VERONIKA A. GRAGER

Sautanz

KRIMINALROMAN

emons:

Bibliografische Information der Deutschen Nationalbibliothek
Die Deutsche Nationalbibliothek verzeichnet diese Publikation in der Deutschen Nationalbibliografie; detaillierte bibliografische Daten sind im Internet über http://dnb.d-nb.de abrufbar.

FSC
www.fsc.org
MIX
Papier aus verantwortungsvollen Quellen
FSC® C083411

Umschlagmotiv: photocase.com/TheGRischun
Umschlaggestaltung: Tobias Doetsch
Gestaltung Innenteil: César Satz & Grafik GmbH, Köln
Druck und Bindung: CPI – Clausen & Bosse, Leck
Printed in Germany 2014
ISBN 978-3-95451-262-1
Originalausgabe

Unser Newsletter informiert Sie
regelmäßig über Neues von emons:
Kostenlos bestellen unter
www.emons-verlag.de

Wichtiger Hinweis für Leserinnen und Leser, die des niederösterreichischen Idioms und des Seglerlateins nur bedingt mächtig sind: Im Glossar gibt es Hilfe, ab S. 262.

Sich elend zu sehen durch eigene,
nicht durch anderer Schuld,
das bereitet die bittersten Qualen.
Sophokles

1

Kalt. So kalt. Dunkel. Er riss die Augen auf, doch da war immer noch Finsternis. Und es brannte. Luft! Er brauchte Luft! Er atmete ein, Wasser drang in seine Lungen. Sein benebelter Verstand registrierte, dass er sich unter Wasser befand und dringend auftauchen musste. Das eingeatmete Wasser löste Hustenreiz aus. Der Schmerz zerriss ihn fast, als er ihm nachgab. Er fasste mit den Händen an seinen Bauch. Spürte etwas, das er dort nicht erwartet hatte. Wärme. Die über seine Hände nach außen drang. Oh Gott!

Panik erfasste ihn. Er musste an die Wasseroberfläche! Er stieß sich vom Boden ab, und erstaunlich schnell erreichte er sie. Er schnappte gierig nach Luft. Quälende Schmerzen bohrten sich in seine Eingeweide. Was war nur los mit ihm?

Er blickte nach oben. Über ihm tobte ein Sturm. Wolkenfetzen rasten über den Himmel. Blitze zuckten durch das Grau und erhellten kurz die Umgebung. Die Wellen waren aufgepeitscht. Er konnte sich kaum über Wasser halten. In kurzer Entfernung, und doch unerreichbar weit weg, verschwand ein Boot im Regen. Sein Boot! Wenn er ins Wasser gestürzt war, wer zum Teufel segelte es dann? Diesen Kurs könnte es nicht ohne Steuermann halten. Hatte ihn jemand verloren? Über Bord geworfen? Das war ja krank. Wer würde denn das tun? Wenn er sich nur erinnern könnte!

Er zitterte. Seine Zähne schlugen aufeinander. Die Kälte wurde beißend, der unerträgliche Schmerz im Bauch ließ ihm kaum Luft zum Atmen. Er war müde und schwach und fühlte sich elend.

Er hatte keine Ahnung, was passiert war. Wie er ins Wasser gelangt war. Er wusste nur eines: Er würde sterben, wenn nicht rasch Hilfe kam.

2

Dorothea Wiltzing sprang wütend und besorgt aus der Dusche, um das Telefon abzuheben, das unaufhörlich klingelte. Wenn um diese Zeit jemand anrief, musste etwas passiert sein. Entgegen ihrer sonstigen Gewohnheit meldete sie sich mit einem knappen »Ja?«.

»Dorli, hast du fürs Wochenende schon etwas vor?«

»Diese Frage fällt dir ausgerechnet jetzt ein, Lupo? Schaust du gelegentlich mal auf die Uhr? Es ist Viertel nach gestern!«, knurrte sie ungnädig in den Hörer. Und war erleichtert, dass nichts passiert war.

»Oh, entschuldige, Dorli. Es ist ja schon nach Mitternacht. Hab ich dich geweckt?«

»Nein, aus der Dusche geholt. Ich bin waschelnass und tropf den Fußboden voll.«

»Schmarrn! Dass es noch immer kein Bildtelefon gibt …«

»I glaub, dir geht's net guat!« Dorli maulte zwar entrüstet, aber sie musste über den lieben, zerstreuten Kerl schmunzeln. Im Gegensatz zu ihr mit ihrem geregelten Tagesablauf lebte Lupo in den Tag hinein, ließ sich hierhin und dorthin treiben. Wenn er einen Detektiv-Auftrag ergatterte, war er kurzzeitig zielbewusst und sogar ein wenig organisiert. Bekam er keinen, arbeitete er als Paketzusteller, Rausschmeißer in einer Disco oder in anderen Hilfsjobs. Einerseits eine beneidenswerte Einstellung, andererseits hätte Dorli das Fehlen jeglicher Sicherheit wahnsinnig gemacht. Und in Lupos Alter, mit etwas mehr als vierzig Lenzen auf dem Buckel, sollte man vielleicht auch schön langsam an die Altersvorsorge denken.

»Du hast mir noch keine Antwort gegeben, Dorli. Weißt, ich muss hier raus. Meine grässliche Nachbarin ist so gestört, die kann nicht leise reden. Und ihre Tochter, die ist ein echtes Früchtchen. Pubertierender Teenager mit allem, was man sich nicht wünscht. Schulstageln, Rauchen und Saufen, wahrscheinlich nimmt sie auch noch Drogen, so weggetreten, wie sie daherkommt. Und das mit dreizehn Jahren! Mit dem Fratzen plärrt die Alte Tag und Nacht herum. Und Fenster schließen bei der Hitze ist nicht drin. Ich muss hier raus, sonst bring ich eine von den zweien noch um. Damit endlich Ruh ist.«

»Zahlt sich nicht aus, Lupo. Im Häfen ist es sicher auch nicht leiser! Und ich bezweifle sehr, dass du dort ein Einzelzimmer bekommst.«

Dorli versuchte, sich einen mordlustigen Lupo vorzustellen. Etwas, das gar nicht zusammenging. Gleichzeitig wurde ihr bewusst, dass »die Alte«, von der Lupo sprach, vermutlich gleich alt, wenn nicht sogar jünger war als sie. Hm. War das jetzt ein Grund zum Ärgern, oder sollte sie den Möchtegern-Charmebolzen doch eher bedauern? Sie beschloss, die Sache mit Humor zu nehmen. Anders ertrug man Lupo ohnehin nicht.

Nebenbei warf sie das Handtuch, das bisher um die nassen Haare geschlungen war, auf den Boden, um damit den See, den sie dort hintröpfelte, zu bannen, bevor alles zwischen den Holzbohlen versickerte.

»Ja, eben. Und jetzt hat mich mein Freund Peter auf sein Boot eingeladen, und ich darf jemanden mitbringen. Wir segeln von Rust nach Podersdorf, besuchen dort das Seefest, und weil dann vermutlich keiner mehr grad stehen kann, übernachten wir auf dem Boot, knapp unter Land. Am Sonntag segeln wir am Nachmittag gemütlich nach Rust zurück und werden bei der Hütte grillen. Wie klingt das für dich?«

»Wacklig, nach Millionen Gelsen und Sonnenbrand. Aber wenn ich für Idefix jemanden find, der ihn übers Wochenende betreut, dann komm ich gerne mit.«

»Hieß der Hund zuletzt nicht Leo, nach deinem Busenfreund, dem geschniegelten Heini vom LKA Sankt Pölten?«

Nach dem »Busenfreund« gebührte Lupo eigentlich gar keine Antwort. Doch sie wollte heute mal nicht so streng sein. »Weißt du, seit i ihn in Leo umtauft hab, hat er kaum mehr gefressen und das wenige auf den Teppich gekotzt, außerdem tausend Flöhe heimgebracht, von den Zecken gar nicht zu reden.«

»Und was hast du getan?«

»Ich nenn ihn wieder Idefix.«

»Und das hilft?«

»Schaut so aus.«

»Geh, das glaubst doch selber nicht! Du kannst den Kerl ja mitnehmen.«

»Na sonst noch was. Bei der Hitze ist er die halbe Zeit im Wasser. Und wer wirft den Sechzig-Kilo-Brocken wieder ins Boot? Dann stinkt es nach nassem Hund, und wenn er sich beutelt, spritzt er alle voll. Das ist auch nicht jedermanns Sache. Und zum Äußerln müssten wir jedes Mal an Land. Nein, das is nix. Und jetzt tschüss, ich muss mich abtrocknen und mir was überziehen. Ich brauch meinen Schönheitsschlaf.«

Dorli legte das Handy lächelnd auf den Tisch. Lupo bemühte sich angestrengt, ihr Interesse zu wecken und Eindruck zu schinden. Vermutlich hatte er diesen Peter wochenlang bekniet, dass er ihn mal mit auf sein Boot nahm, damit er bei Dorli mit seinem Freund und dessen Jacht angeben konnte. Irgendwie süß, wie der große Tollpatsch aus Wien sie umwarb. Seit sie gemeinsam dem Serienmörder von Buchau auf die Schliche gekommen waren und Lupo sie aus dessen Gewalt befreit hatte, scharwenzelte er immer wieder um sie herum. Seltsam, dass er nicht verheiratet war. Er war groß, sah gut aus und hatte ein kluges Köpfchen. Ein wenig unbeholfen wirkte er. Weckte das nicht angeblich die Mutterinstinkte der Frauen?

Sie musste nur achtgeben, dass sie Lore, ihrer Schwägerin, nicht verriet, warum sie auf Idefix aufpassen sollte. Sonst könnte sie sich wieder was anhören, *weil ihr nie einer gut genug war* und *weil sie all die wunderbaren Männer wegbiss*. Oder noch schlimmer, *wie romantisch das war, schluchz!*, mit Herzerln in den verdrehten Augen. Irgendwo hatte Lore sogar recht. Aber dass sie die Männer auf Distanz hielt, hatte seine Gründe. Und ihr miesepetriger Bruder Georg, mit dem Lore gestraft war, war nur einer davon.

Dorli hüllte sich in den flauschigen Bademantel und begann ihr schulterlanges dunkles Haar zu föhnen. Es hatte schon Männer in ihrem Leben gegeben, die sie gewollt hätte. Einen wollte sie sogar heiraten und er sie auch. Doch dann war er einfach gestorben und hatte sie allein gelassen. Es war bei ihnen Liebe auf den ersten Blick gewesen. Das erste und letzte Mal. Die anderen Männer, die Dorli wirklich interessiert hätten, waren alle verheiratet gewesen. Damit waren sie für Dorli nicht vorhanden. Abgesehen davon, was wohl die Tratschweiber im Ort sagen würden, wenn die Gemeindesekretärin einer anderen Frau den Mann ausspannte, gehörte es zu ihren Prinzipien, so etwas niemals zu tun. Und so war es gekommen, dass sie mit siebenunddreißig immer noch ledig war. Was *sie* überhaupt nicht störte, aber anscheinend eine Menge Leute in ihrer Umgebung.

Lupo warf sich auf das ungemachte Bett und grinste zufrieden. Dorli hatte nicht nur nicht Nein gesagt, sie hatte sogar ziemlich erfreut geklungen. Er wollte, dass ihr Verhältnis, das sie ja gar nicht hatten – also *noch nicht* hatten, denn es sollte eines werden –, sich nicht wieder abkühlen würde, so wie nach ihrem ersten gemeinsamen Fall.

Er hatte Dorli damals nicht bedrängen wollen, weil er dachte, sie müsse ihre Verletzungen ausheilen. Den Schock, in der Gefangenschaft eines Psychopathen dem Tod entgegenzusehen, erst einmal überwinden. Doch er hatte zu viel Zeit verstreichen lassen. Fast wäre ihm Dorli entglitten.

War er verliebt? Nein, das Gefühl, das er für Dorli empfand, ging tiefer. Dies war keine Verliebtheit. Es war eine starke Verbundenheit, ein wenig Bewunderung für ihr Temperament und ihr Durchsetzungsvermögen, gepaart mit dem innigen Wunsch, alles Böse von ihr fernzuhalten. Nein, er war nicht verliebt. Er liebte sie, gestand er sich ein. Und hatte tierische Angst davor, dass sie für ihn möglicherweise nicht so empfand.

Er wusste, Angst war kein guter Ratgeber. Weder im Beruf noch in der Liebe. Liebe erforderte mehr Mut als alles andere im Leben. Zumindest für ihn, da er schon einmal grandios gescheitert war.

Sofort verdrängte er die unwillkommenen Erinnerungen an Angelina. Er hatte sie so sehr geliebt. Und sie war mit nichts zufrieden gewesen, was er ihr bieten konnte. Ein Luxuspüppchen, das irrtümlich einen armen Schlucker und Habenichts wie ihn geheiratet hatte.

Da war Dorli ganz anders. Naturverbunden, im Hier und Jetzt geerdet, ein Klasseweib. Aber warum sollte sich die Superfrau ausgerechnet für ihn interessieren?

Oh Gott, weg mit diesen negativen Gedanken! Er dachte an einen Satz aus einem Psychoratgeber, den er einmal gelesen und dann weitergeschenkt hatte, weil bei ihm ohnehin Hopfen und Malz verloren war. Da stand: »Wie soll jemand Sie lieben, wenn Sie sich selbst nicht leiden können?« Positiv denken war daher angesagt. Er würde versuchen, unter dem Haufen von negativen Gedanken und Erlebnissen etwas zu finden und auszugraben, woran er sich aufrichten konnte. Wenn er nur den leisesten Schimmer hätte, was das sein könnte!

3

Die Woche schleppte sich dahin. Dorothea Wiltzing kämpfte gegen ihren Widerwillen, in der Früh überhaupt ins Amt zu gehen. Bürgermeister Willi Kofler, dessen Frau vor einigen Monaten, für ihn recht zweckdienlich, das Zeitliche gesegnet hatte, war nach Mordverdacht und nicht gerade angenehmen polizeilichen Ermittlungen gegen ihn wieder ins Amt zurückgekehrt. Obwohl er damals verkündet hatte, nicht mehr zur Bürgermeisterwahl anzutreten, befand er sich schon mitten im Wahlkampf. Und die üblichen Verdächtigen unterstützten ihn nach Kräften. Sie hatten ja auch eine Menge zu verlieren: unter der Hand vergebene Aufträge an die Freunderln, mit etwas pekuniärer Nachhilfe positiv erledigte Anträge, die sonst niemals durchgegangen wären, abgezweigte Materialien und Dienstleistungen von Professionisten, die der öffentlichen Hand verrechnet wurden. Ja, wer würde so etwas schon freiwillig aufgeben? Echt zum Kotzen!

Und um dem Ganzen die Krone aufzusetzen, war auch ihre »liebe« Kollegin Barbara Schöne, »die schöne Babsi«, wieder da. Koflers Gschpusi und Scheidungsgrund, bevor seine Frau ebenso unerwartet wie Börsel-schonend den Löffel abgegeben hatte. Die Schöne war Dorlis Nemesis. Blöd wie Bohnenstroh, durchgeknallt und hinterfotzig, mit Make-up zugespachtelt und gekleidet wie eine Strichkatz, galten alle ihre Bemühungen einem einzigen Ziel: Dorli hinauszuekeln. Manchmal bedauerte Dorli, dass sie die dumme Kuh nicht angezeigt hatte, als sie die Gelegenheit dazu hatte. Mit einer Verurteilung wäre die Schöne längere Zeit aus dem Verkehr gezogen gewesen. Aber sie wäre auch ganz schön blamiert dagestanden, wenn im Ort ruchbar geworden wäre, dass die doofe Nuss sie überlistet hatte. Tja, Pech, Chance verpasst.

Doch sosehr der Kofler auch auf die berechnende Schlange abfuhr, er wusste wohl, dass er ohne Dorli aufgeschmissen wäre. Hatte er schon wenig Ahnung, was im Amt so lief, wo man etwas fand und wie es erledigt werden musste, so waren diese Dinge der Schöne auch noch nach einem halben Jahr Einschulung ein Buch mit siebzig Siegeln. Daher versuchte der Kofler immer wieder, die schöne Babsi einzubremsen und Dorothea in den höchsten Tönen zu loben. Zumindest wenn sie dabei war. Was er am Stammtisch mit seinen illustren Freunden, wie dem Vinzenz Kogelbauer, dem Förster Max Richter, dem Huber und den anderen Tippelbrüdern, über sie zum Besten gab, war eine andere Geschichte. Dorli konnte es sich lebhaft vorstellen.

Aktuell ging es wieder mal um ein Grund-und-Boden-Problem. Landtagsabgeordneter Siegfried Huber, ein eingefleischter Neonazi mit längerer nationalsozialistischer Familientradition als der Führer persönlich, hätte gerne an seine Hütte noch einen Zubau angefügt. Auf der einen Seite grenzte sein Haus an die Straße, auf der anderen an den Fußweg zum Friedhof und auf der dritten an ein anderes Haus. Blieb nur die vierte Seite. Doch da wäre er mitten im Friedhof gelandet. Also musste ein Plan her, wie man das benötigte Grundstück von der Kirche bekommen und umwidmen könnte, dazu noch die Mauer um den Kirchgarten niederreißen und einige Gräber umlegen. Und das Ganze durfte den Huber natürlich keinen Cent kosten. Willi Kofler hatte ihm volle Unterstützung signalisiert. Vermutlich gab es dafür irgendein windiges Gegengeschäft. Die Toten in den Gräbern konnten sich nicht wehren, und die lebendigen Angehörigen trauten sich nicht, gegen den blauen Landespolitiker aufzumucken. Aber das Volk murrte. So laut wie noch nie. Doch diesmal ergab sich ein Hindernis, mit dem keiner gerechnet hatte. Der Pfarrer legte sich quer. Die Mauer um den Friedhof war älter als die Kirche selbst. Erbaut aus den Grundsteinen der Urkirche. Urkundlich erwähnt erstmals im 5. Jahrhundert. Niemand würde daran herummurksen oder sie gar einreißen, ließ der Diener Gottes verlauten. Nur über seine Leiche!

Dorli fand, der Herr Pfarrer sollte vorsichtiger mit seinen Formulierungen sein. Man konnte nie wissen, wen man da auf irgendwelche Ideen brachte. So ein Unfall auf einer kurvenreichen Landesstraße war bald passiert. Da der Herr Pfarrer aufgrund akuten Priestermangels schon fünf Gemeinden zu betreuen hatte, war er viel auf unübersichtlichen, engen Landstraßen unterwegs. Und der Huber hatte ein paar Freunde, denen man eine kreative Unfallgestaltung durchaus zutrauen würde.

Im Radio lief ein uriger Bauernjazz, zu dem die Schöne laut, falsch und mit Begeisterung mitquietschte. Nebenbei gab sie ununterbrochen irgendwelche dämlichen Fragen von sich.

»Wieso ist eigentlich der Förster net beim Feuerwehrball g'wesen?«

Weder wusste Dorli das, noch interessierte es sie.

»Die Frau Zahndoktor, die hat an neichen Freind. Haben S' den scho g'sehn? A fescher Kampl.«

Die Frau Zahndoktor. Oh Mann!

»Wieso braucht des Bundesheer acht Zitronen?«

Wie bitte? Dorli hatte etwas mitbekommen von einer Ausschreibung im Amtsblatt. Sie hatte nur mit einem halben Ohr zugehört, es hatte sie nicht sonderlich interessiert. Aber wie kam die Schöne auf acht Zitronen? Und dafür gab es eine Ausschreibung im Amtsblatt? Dorli schlug sich mit den Fäusten gegen die Schläfen.

Sie hörte genauer hin. Der Radiosprecher sprach von achtzehn Drohnen für das österreichische Bundesheer! Der Trampel konnte ja nicht einmal Kurznachrichten sinnerfassend verstehen.

Und dann setzte der hirnlose Wurm in Menschengestalt noch eins drauf: »Wieso soll die Welt eigentlich rund sein? Die schaut doch von überall flach aus.«

Oh Herr, lass Hirn vom Himmel regnen. Vielleicht trifft der eine oder andere Tropfen die Schöne und sickert durch den Pony.

Dorli zwang ihre Gesichtszüge zu großem Ernst.

»Frau Schöne, darf ich Sie was fragen?«

»Ja, natürlich!« Barbara Schöne strahlte sie an.

»Was halten Sie als Nicht-Betroffene von Intelligenz?«

»Hä?«

»Ja, mit der Antwort habe ich gerechnet. Danke!«

Dorli grinste in sich hinein. Die Schöne machte ein angefressenes Gesicht und blickte wieder auf ihren Bildschirm, auf dem vermutlich gerade Solitär oder ein anderes interessantes Spiel in Arbeit war.

Dorli hämmerte indessen wieder mal den »Hirtenbrief«, Koflers monatliches Selbstbeweihräucherungspamphlet, in den Computer, als die Eingangstür klappte. Gleich darauf kreischte die Schöne in den höchsten Tönen, und eine tiefe Stimme nuschelte hinter einer Skimaske: »Des is a Überfall. Her mit da Marie! Und ka unüberlegte Bewegung.«

In der Hand des Mannes funkelte ein riesiges Schießeisen. Nachdem sich Dorli mit einem flüchtigen Blick davon überzeugt hatte, dass hier nicht die Innenministerin vor ihr stand, die sich neulich mit dem Spruch »Her mit der Marie« den Unmut einiger Parteikollegen zugezogen hatte, versuchte sie die Situation unter Kontrolle zu bringen.

»Machen Sie sich doch nicht unglücklich. Wir sind nicht die Bank. Die ist zwei Straßen weiter. Was wir in der Kassa haben, reicht grad mal für ein paar Bier und a Packerl Zigaretten!«

Die Waffe schwenkte zu Dorli.

»Wird's bald, du blede Funsen?«

»Wegen meiner.«

Dorli zuckte mit den Achseln. Wegen der paar Netsch würde sie sich nicht niederknallen lassen. Sie kramte die Handkasse aus ihrem Schreibtisch.

»Aufmachen!«, schrie der Räuber.

Dorli nestelte den Schlüssel aus ihrer Bleistifttasse.

»Schlaf net ein, du alte Schrapnöln!«

Jetzt hatte der Kerl eindeutig ihre Schmerzgrenze überschritten. Dorli öffnete die Kassa, entnahm die kleine Geldlade, ging um den Schreibtisch herum und drückte sie dem Räuber in die Hand. Und dann hatte sie endlich mal Gelegenheit, das umzusetzen, was sie im Selbstverteidigungskurs für Frauen bei der Polizei gelernt hatte. Als sie dem Räuber das Geld übergab, versetzte sie ihm mit der anderen Hand einen Handkantenschlag auf die Waffenhand, worauf er die Pistole mit einem lauten Schmerzensschrei fallen ließ. Dorli kickte sie mit dem Fuß weg und drehte dem Mann die Hand auf den Rücken. Dann riss sie ihm mit einem Ruck die Maske vom Kopf. Scheine flatterten durch die Luft, Münzen knallten auf den Boden und kullerten in alle Richtungen davon. Der Räuber stöhnte, die Schöne schrie.

In dem Moment trat Willi Kofler ins Sekretariat.

»Ja servas, Petzi! Was führt denn di zu uns?«

»Ein bewaffneter Raubüberfall«, entgegnete Dorli grantig und drehte dem Petzenköffer den Arm noch ein wenig höher auf den Rücken.

»Na gengan S', Frau Winzling. Lassen S' do den armen Kerl los!«

»I denk net dran. Rufen S' die Polizei. Und im Übrigen kennten S' schön langsam wissen, wie i haß!«

»War des wirklich a Überfall?« Der Kofler wandte sich ungläubig zu seiner »schönen Babsi« um. Die verdrehte die Augen und fiel in vollendeter Theatralik in Ohnmacht, natürlich in die bereitwillig ausgestreckten Arme des Bürgermeisters.

Dorli reichte es bis obenhin. Mit der freien Hand schnappte sie sich das Telefon und wählte den Polizeinotruf.

»So ein Kasperltheater. Alles muass ma selber machen!«, schimpfte sie. Als sich Bertl Wagner von der Polizeiinspektion Buchau meldete, versuchte der Petzenköffer, sich aus Dorlis Klammergriff zu befreien.

»Überfall im Amtshaus Buchau!«, schrie Dorli ins Telefon. Und dann stieß sie dem Petzi ihr Knie mit voller Wucht ins Gemächt. Worauf dieser aufheulte wie die Feuerwehrsirene und zu Boden ging.

Als kurz darauf Bertl in einer zerknautschten Polizeiuniform erschien, die aussah, als hätte er drin geschlafen, beschwerte sich der verhinderte Räuber. »Die giftige Graten hat mi g'schlog. Und treten hat's mi a!«

»Das war ein bewaffneter Raubüberfall. Hätt i warten sollen, bis d' an erschießt?«

»Wenn i jetzt nimma schnackseln kann wegen dir, dann kannst was erleben. Dann klag i di in Grund und Boden!«, echauffierte sich der Petzenköffer weiter.

So was wie du sollt sich eh nicht vermehren. Klugerweise dachte Dorli sich das nur.

»Warum hast denn überhaupt an Überfall gemacht?«, fragte Bertl Wagner.

»Na weil i ka Marie mehr g'habt hab. Und die Bank hat ma a nix geben.«

»Und auf die Idee, dass du vielleicht fragst, ob dir wer was borgt, bist net kommen?«, maulte der Kofler.

»Sicher net. Wegen der Schand.«

»Notstandsgeld hättest ja auch beantragen können. So ein Koffer!« Dorli war schwer verärgert.

Petzenköffer schüttelte den Kopf.

»Ja, ja, ich weiß. Wegen der Schand. Aber dafür, dass du zwei Frauen mit der Puffen bedroht hast, genierst di net?« Dorli zeigte ihm einen Vogel.

»Deswegen hab i ja die Masken aufg'hobt.« Die Stimme des Petzi klang weinerlich. »Und überhaupt«, setzte er noch einen Tick beleidigter mit einem Seitenblick auf Dorli hinzu, »die Krachen is ja net amoi echt.«

»Na glaubst, i bin Waffenexpertin? Für mich hat sie echt genug ausg'schaut!«

»Trampel, damischer«, jammerte der Petzenköffer weiter.

»Und wieso hast eigentlich uns überfallen und net die Bank, am besten ane in Berndorf oder Wiener Neustadt? Ka Hund scheißt dort, wo er frisst.«

»Is net gangen. Mei Auto is hin.«

Bertl Wagner drehte den Petzi mit der Schulter zur Tür.

»Das kannst uns alles auf der Inspektion erzählen und später dem Richter. Aber du bist schon a selten dämlicher Hund, wirklich. Genierst di, um Unterstützung zu bitten, und dass du jetzt wegen nix und wieder nix in den Häfen gehst, ist ka Schand?«

»Alles nur wegen der brutalen Oiden da!«, schrie der Petzenköffer und machte einen Schritt in Dorlis Richtung.

»Wennst noch ein kleines Ohrenreiberl für unterwegs brauchst, dann komm ruhig näher.«

»Hearst d' es?«, wandte sich der Petzenköffer an den Bertl. »Sie bedroht mi ja schon wieder!«

»Geh bitte, mach di net lächerlich. Und jetzt Abmarsch!«

Die Schöne hatte sich mittlerweile von ihrem »Ohnmachtsanfall« erholt. Wenn man ihr jetzt zuhörte, wie sie dem Kofler ihr tapferes Einschreiten beschrieb, das für Dorli ausschließlich darin bestand, dass sie losgekreischt hatte wie ein angestochenes Schwein, könnte man meinen, sie habe den Überfall im Alleingang verhindert.

Dorli spülte den schlechten Geschmack im Mund mit dem Rest ihres lauwarmen Kaffees hinunter und hämmerte wieder in die Tasten des PCs. Sollten die Turteltäubchen schnäbeln oder sich prügeln, ihr war das vollkommen schnurz. Sie machte, dass sie mit ihrer Arbeit fertig wurde, und dann nichts wie weg!

Früher hatte sie sich nie vorstellen können, wie man am Arbeitsplatz ein Burn-out-Syndrom bekommen konnte. Doch mit dem Team Kofler-Schöne war sie auf dem besten Weg dorthin.

4

Der Samstag stellte sich mit einem wunderbaren Segelwetter ein. Sonne, kein Wölkchen am Himmel und dazu ein frischer Wind. Und das Ende September!

Dorli hatte sich erboten, Lupo in Wien abzuholen, da sie seinem klapprigen Schrotthaufen nicht traute. Wer wusste schon, ob der museumsreife Polo den Weg zum Neusiedler See und retour überhaupt noch schaffte und nicht auf halbem Weg auseinanderfiel. Den hielten ja nur noch Rost und saurer Regen zusammen. Lupo hatte dem energisch widersprochen. Leukoplast, Paketschnur, Draht und Gaffatape waren auch dabei.

Viel lieber wäre Dorli mit ihrer Kawasaki gefahren. Es machte immer wieder tierischen Spaß, mal richtig die Sau rauszulassen. Auf der linken Spur über die Autobahn zu brettern, auf Bundesstraßen die Kurven zu schneiden. Und wenn sie ganz ehrlich zu sich selbst war, dann ritt sie beim Biken manchmal ein kleines Teufelchen und ließ sie die Tempolimits einfach ignorieren. Doch für den Wochenendausflug zum Baden und den Besuch eines Festes war ein wenig mehr Garderobe als Motorradkombi und Badeanzug nötig. Und Lupo würde vermutlich auch etwas Gepäck haben. Also hatte sie sich schweren Herzens für das Auto entschieden.

Als sie in Rust auf dem Parkplatz vor dem Seebad aus Dorlis rotem Octavia Kombi kletterten, musterte Lupo besorgt die Fähnchen des Jachtclubs, die munter in der steifen Brise gegen die Masten klackerten. Die Boote schaukelten im Hafen fröhlich auf und ab. Es roch nach Schlamm, frisch gemähtem Gras, Sonnenöl und einem Hauch von verfaultem Fisch.

Lupo schien ein wenig bleich um die Nüstern. »Was meinst, ist das nicht zu viel Wind zum Segeln?«

»Geh Lupo, schau dir die Schifferln draußen am See an. Die haben den Spinnaker gesetzt. Von Sturm keine Rede. Ein schöner Wind zum Segeln. Wo liegt denn das Boot von deinem Freund?«

Lupo brabbelte etwas Unverständliches in seinen imaginären Bart und zog das Handy aus der Hosentasche. »Wir sind da!«, vermeldete er seinem Gesprächspartner. Kurz darauf erschien ein Mann in Lupos Alter, tiefbraun, das Gesicht von tausend Lachfalten durchzogen, mit einer soliden Stirnglatze.

»Schön, dass ihr pünktlich seid. Da können wir den ablandigen Wind ausnützen, um flott rüberzusegeln.«

Er wies mit einer lässigen Handbewegung hinaus auf den See. Vom anderen Ufer war nichts zu sehen, das lag verborgen im Dunst. Täuschte sich Dorli, oder wurde Lupo noch einen Deut blasser? Sein fast schwarzes Haar, wie immer etwas zu lang, wurde vom Wind wie ein dunkler Heiligenschein um sein Gesicht geweht. Und ein leidender Zug lag um seinen Mund. Mit Dornenkrone und ein paar Blutstropfen hätte er das ideale Karfreitags-Kreuzweg-Gesicht. Für die Passionsspiele von Erl in Tirol hätte man ihn sicher vom Fleck weg engagiert.

Sie durchquerten das Bad und gelangten zu einer Marina. Dort musste Peter eine Tür aufschließen, sodass sie in den abgesperrten Bereich gelangten, wo die Boote lagen. Bei seinem, der *Morning Rose*, angekommen, begrüßten sie erst mal Peters Frau Hilde, eine lebhafte kleine Brünette mit Pferdeschwanz, und die Nachbarn Peters, Lena und Willi, sowie Greta und Ernst, die in einem zweiten Boot namens *Lilibeth* an dem Ausflug teilnahmen. Die anderen hatten ihr Gepäck schon an Bord gebracht. Dorli und Lupo erhielten eine kurze Einweisung, wo sie ihr Zeug abstellen und sich ungestört umziehen konnten. Sobald Dorli in ihrem Badeanzug und Lupo mit einer Maxishort an Deck erschienen, wurden die Taue zum Liegeplatz gelöst und die Boote nur unter Vorsegel aus der Marina manövriert. Die Hafeneinfahrt war ein wenig eng, und so mussten sie in der Ruster Bucht ein paarmal aufkreuzen, wobei es immer wieder anderen Booten, Surfern und Schwimmern auszuweichen galt. Weiter draußen war weniger Verkehr. Der Wind war hier deutlich stärker zu spüren, die Wellen höher, und das Schiffchen bekam Seitenlage.

Lupo war inzwischen grün um die Nüstern.

»Ja geh, Alter, was is denn? Willst a Tabletten gegen die Seekrankheit?«

»Lass mich in Ruh, Peter. Mir fehlt nix.«

Doch gleich darauf hing Lupo mit dem Kopf über der Reling und spuckte sein Frühstück zu den Fischen. Er tat Dorli leid. Da hatte er ein wenig vor ihr angeben wollen und jetzt das!

»Pass ja auf, dass du dich auf der richtigen Seite rauslehnst. Sonst schickt's dir der Wind gleich wieder retour!« Peter lachte gutmütig. »Und wie geht's dir, Dorli?«

»Super! Echt schön, wie wir dahinflitzen.«

»Das ist leider nicht immer so. Oft liegen wir hier stundenlang in der Flaute, bevor sich ein Lüfterl regt. Aber heute ist es optimal.«

Vom Heck ertönte ein qualvolles Würgen. »Der arme Lupinski is seekrank. Willst du das Großsegel setzen, Dorli?«

»Mit Vergnügen. Wenn du mir sagst, was ich tun muss.«

»Mach ich gleich. Aber fall mir nicht in den Bach!«

»Kann man da nicht eh überall stehen?«

»Durchaus nicht«, antwortete Peter, »aber das glauben alle, weil es ein flacher Binnensee ist. Das ist der Grund, warum viele Leute mit dem See Probleme bekommen. Denn selbst wenn das Wasser noch relativ warm ist, so wie jetzt, kühlt man nach kurzer Zeit aus. Wenn man kein sehr geübter Schwimmer ist, können einem sogar die kleinen Wellen Schwierigkeiten bereiten. Und bei Sturm wird's überhaupt ungemütlich.«

Lupo stöhnte und erbrach sich erneut gurgelnd. Peter und Dorli ignorierten ihn.

»Ich dachte, den See kann man zu Fuß durchqueren?«, entgegnete Dorli.

»Nicht jedes Jahr, nicht zu jeder Jahreszeit, nicht bei jedem Wetter. Aber wenn die Wellen höher werden, kann es sogar bei normalem Wasserstand passieren, dass man mit dem Kielschwert am Grund aufschlägt. Dann muss man es raufholen, was zur Folge hat, dass das Boot eine ziemliche Abdrift bekommen kann, je nachdem, woher der Wind weht.«

»Also kein See für Anfänger?«

»Nicht unbedingt. Aber für Segler mit ein wenig Erfahrung durchaus beherrschbar. Hier segeln ja schon die Kinder. Unsere auch, die haben hier jedes Jahr bei der Optimisten-Regatta mitgemacht.«

»Und manchmal sogar gewonnen«, mischte sich Hilde ein. »Aber jetzt ist Schluss mit den Schauergeschichten. Ich mix uns mal einen Manöverschluck. Dann wird es Lupo gleich besser gehen.«

Sie verschwand in der Pantry, was so viel hieß, dass sie ein paar Treppenstufen nach unten in die Küche des Bootes kletterte. Gleich darauf kehrte sie mit vier beschlagenen Gläsern mit Gin Tonic zurück. Und mit einer Tablette für Lupo.

»Komm, runter damit. Dann wird es dir gleich besser gehen.«

Lupo, so grau im Gesicht wie das Wasser des Sees, nahm widerstrebend das Glas in Empfang.

»Ich bring nix runter«, nuschelte er atemlos.

Peter lachte fröhlich. »Sei nicht so eine Memme, nimm dir ein Beispiel an deiner Freundin.« Und an Dorli gewandt setzte er fort: »Der arme Lupinski hat ein zartes Gemüt und einen sehr sensiblen Magen. Aber sonst ist er ziemlich in Ordnung.«

Er hieb Lupo auf die Schulter, dass dieser fast aus dem Boot fiel.

»Wisst's ihr eigentlich, dass Podersdorf der einzige Ort direkt am See ist?«, fragte Hilde.

»Ich weiß, dass dort kein Schilf wächst. Aber nicht, dass dies nur an dieser Stelle der Fall ist«, antwortete Dorli.

»Überall sonst rund um den See mussten erst lange Dämme durch das Schilf aufgeschüttet werden und außerdem noch jede Menge Erde und Sand für die Bäder.«

»Na ja, es dürfte sich rechnen. Denn im Sommer ist es doch überall bummvoll.«

»Und bald gibt's so viel Schiffanakeln, dass man nimmer segeln kann«, brummte Peter.

»Ach, so wild ist das auch wieder nicht. Aber es werden schon jedes Jahr mehr, und es kommen auch immer mehr Surfer dazu. Und jetzt auch noch die Skiter.«

»Was bitte sind Skiter?«

»Die mit den Bretteln und einem Schirm. Die sind ganz schön flott unterwegs.«

Hilde trank ihr Glas leer. Dann wandte sie sich an Dorli. »Wollen wir uns am Vorschiff in die Sonne legen?«

Dorli nickte, reichte Peter ihr leeres Glas, und dann schwankten die beiden Frauen nach vorne.

»Damit die Männer mal ungestört plauschen können. Das wird den armen Lupo ablenken. Ich glaub, die haben sich schon jahrelang nicht mehr gesehen. Seit Lupos Scheidung sicher nicht mehr als zwei oder drei Mal.«

»Warum hat die Ehe nicht gehalten?«, fragte Dorli.

Sie hatte Lupo nie dazu befragt, weil sie dachte, es sei ihm vielleicht unangenehm.

»Ach, die Angelina, die war so eine G'spreizte. Nix war ihr gut und teuer genug. Lupo verdiente zu wenig, kümmerte sich angeblich nicht ausreichend um sie und bot ihr vor allem nicht den Luxus, den sie sich erträumt hatte. Dazu war sie ein faules Aas. Lupo sollte Geld verdienen, den Haushalt schupfen, und wenn er abends todmüd ins Bett fiel, wollte Madame, die sich den ganzen Tag nur im Spiegel betrachtet und gestylt hatte, fein ausgehen. Nur hatten sie, abgesehen davon, dass Lupo am Abend ausgepowert war, einfach kein Geld für große Unterhaltungen. Anfangs ist sie stinksauer zu Hause geblieben, aber nach kürzester Zeit zog sie alleine los und ließ sich von fremden Männern einladen. Oft kehrte sie erst am Morgen nach Hause zurück, als Lupo längst wieder zur Arbeit war.«

»Oh Mann. Und wie hat er das aufgenommen?«

»Stoisch. Ich denke, es war ihm bald klar, dass diese Frau sich selbst am meisten liebte und an zweiter Stelle Geld und Tand. Da sie dies mit Lupo nicht erreichen konnte, kam es, wie es kommen musste. Sie lernte einen reichen Schnösel kennen, der ihr das Blaue vom Himmel versprach. Da ließ sie Lupo sitzen. Eines Abends, als er heimkam, stand sein Zeug vor der Tür, und das Schloss war ausgewechselt. Zu guter Letzt hatte sie noch den Nerv, bei der Scheidung Unterhalt zu verlangen. Aber da ist Lupo dann endlich aufgewacht und hat ihr geraten, entweder arbeiten zu gehen oder sich einen anderen Trottel zu suchen, der sie aushält.«

»Da bin ich ja gut davongekommen. Ich war nie verheiratet.«

Hilde grinste. »Nicht alle sind so schrecklich. Ich kenn etliche Paare, die, so wie Peter und ich, seit vielen Jahren verheiratet sind und durchaus gut miteinander auskommen. Aber Lupo und Angie haben wirklich überhaupt nicht zueinander gepasst.«

Sie schwiegen eine Weile und genossen das sanfte Auf und Ab des Schiffes. Dann wandte Hilde sich Dorli zu. »Warum hast du nie geheiratet? Oder ist die Frage zu indiskret?«

»Nein, ist sie nicht. Ich hatte als junges Mädchen einen Freund. Die große Liebe. Wir hatten ein absolut inniges Verhältnis. Doch dann ist Daniel kurz vor der geplanten Hochzeit gestorben. Eine Gehirnblutung aus heiterem Himmel. Er wurde zwar noch notoperiert, aber ein paar Tage drauf ist er gestorben, ohne das Bewusstsein wiedererlangt zu haben. Jahrelang hab ich mich dann zurückgezogen und war voll Hass auf Gott und die Welt. Später, als ich langsam wieder begann, am Leben teilzunehmen, waren alle halbwegs passablen Männer vergeben. Also bin ich halt allein geblieben. Ich hab damit nie ein Problem gehabt.«

»Auch eine schlimme Geschichte.« Hilde griff über das Deck, nahm Dorlis Hand und drückte sie. »Aber vielleicht gibt es irgendwann ein Happy End.«

»Wer weiß?« Dorli wälzte sich auf den Bauch. »Schau mal, da drüben schält sich schon das andere Ufer aus dem Dunst.«

»Siehst du den einzelnen Baum? Bei dem werden wir unser Nachtlager aufschlagen. Dort ist eine sanfte Bucht im Schilf, da ist es sicher. Damit wir nicht Angst haben müssen, dass uns nächtens ein Besoffener über den Haufen fährt.«

Als sie den Platz erreichten, zeigte Hilde Dorli, wie man das Tau an den dafür vorgesehenen Klampen belegte, dann warf Peter den Anker in hohem Bogen ins Wasser, während Hilde und Dorli die lose im Wind flatternden Segel bargen.

»Gute Mannschaft, ihr zwei da vorne!«, rief Peter. Und zu Lupo gewandt: »Sei so lieb und hol die Zeisinge aus dem Schwalbennest.«

Lupo starrte ihn an, als sei er ein grünes Marsmännchen.

»Na hopp auf, oder willst du gar nix tun?«

»Äh – was sind bitte die Schwalben im Zweigennest?«

»Lupinski, die bist doch früher schon mit mir segeln gewesen. Hast dein Hirn mit ausgekotzt? Die Zeisinge sind die Gummischnürln mit den Holzkugeln dran zum Auftuchen der Segel am Baum. Und die Schwalbennester sind die Staufächer in Sichthöhe. Die Zeiserln sind auf der rechten Seite, erstes Fach!«

»Und warum kannst dann net Deutsch mit mir reden?«, grantelte Lupo. Er schwankte über die kurze Treppe ins Schiffsinnere. Immerhin brachte er die gewünschten »Zeisinge« mit.

»Da hast deine Vogerln, du feiner Pinkel. Früher hast des Segel einfach mit a paar Schnürln festbunden. So viel zum ›Hirn auskotzt‹.« Er reichte Peter die Gummistropper. »Ihr Segler seid's genauso deppat wie die Jäger und Fischer. Braucht's unbedingt jeder a eigene Sprach! Bei dir halt Seglerlatein.«

»Geh komm, du Grantscherm, beruhig di. I häng am Heck die Badeleiter rein.« Peter zog die Leiter aus einer der Backkisten. »Badetag eröffnet!«

Dann prüfte er noch, ob der Anker hielt, und stieg in den Bauch des Bootes, um sich die Badehose anzuziehen.

Dorli und Hilde, die schon in Badekleidung waren, köpfelten umgehend ins Wasser.

»Ma, herrlich! Komm rein, Lupo. Dann stehst du auf solidem Grund. Da wird dir gleich besser.«

»I hab nix!«, maulte er. Es musste seiner gekränkten Männlichkeit richtig wehtun, dass er nicht, wie geplant, den starken Kerl markieren konnte. Doch vermutlich war es mit seiner Mannesehre auch nicht vereinbar, dass er als Einziger auf dem schwankenden Boot hockte. Er sprang, Beine voran, über Bord. Gleich darauf verzog er schmerzlich das Gesicht.

»Lupinski, was ist denn jetzt schon wieder?« Peter schwamm in seine Richtung.

»Ich bin auf so einen blödsinnigen Schilfstengel g'hupft. Weil das Wasser so scheißtrüb ist. Ich glaub, ich hab mir den Fuß aufg'schnitten.«

»Heut ist irgendwie nicht dein Tag, oder?« Dorli kraulte zu ihm. »Zeig her.«

»Wie denn? Der Fuß ist unten, Gnädigste.«

»Herrschaftszeiten, stell di net so an. Leg di flach aufs Wasser und halt die zarten Fußerln nach oben.«

Dorli musterte seine Fußsohlen. »Blutet ein bisserl. Ist aber net sehr tief. Wirst mit dem Leben davonkommen.«

»Ja, macht's euch nur alle lustig über mich!« Lupo drehte sich beleidigt um und schwamm davon.

»Der kriegt sich schon wieder ein. Lasst's ihn jetzt in Ruhe schmollen.« Dorli wusste nur allzu gut, wie man mit beleidigten Leberwürsten umging. Ihr Bruder war ja ein Paradebeispiel für so was. Da hatte sie jahrzehntelanges unfreiwilliges Training hinter sich.

Hilde lachte und schwamm zum Nachbarboot. Nicht weit entfernt waren mittlerweile die Freunde vor Anker gegangen. Bald waren auch hier alle im Wasser, und kurz darauf tobte eine herzerfrischende Wasserschlacht. Plötzlich riss irgendetwas Dorli von den Beinen. Als sie wieder an die Oberfläche kam, spritzte ihr Lupo eine Handvoll Wasser ins Gesicht.

»Na sieh mal einer an, wer da wieder unter den Lebenden weilt!«

»Jetzt geht's mir wieder gut. Mir war so sauschlecht. Am liebsten wär ich ins Wasser g'hupft und zurückmarschiert. Oder g'storben.«

»Armes Wolfi-Schatzi!«

Damit fing sich Dorli die nächste Breitseite Wasser ein. Lupo hieß nämlich Wolfgang Schatz und war schon in der Volksschule die längste Zeit als »Wolfi-Schatzi« gehänselt worden, bis ihm ein Freund den Namen Lupo verpasste.

»Wenn alle abgekühlt sind, machen wir uns halbwegs stadtfein und segeln noch ein Stückerl nach Norden, nach Podersdorf. Dort suchen wir uns einen gemütlichen Heurigen und schlagen uns den Wanst voll. Und dann werfen wir uns ins festliche Gewühl. Alle einverstanden?«

Nach Peters Rede kletterten sie an Bord. Obwohl das Boot recht groß war, war das Umkleiden, Schminken und Frisieren doch ein wenig mühsam, schon alleine mangels Stehhöhe im Schiffsbauch. Schiffe mit Tiefgang hatten auf dem Neusiedler See keine Daseinsberechtigung. Das Wasser war einfach zu seicht.

Eine Stunde später kletterten sie auf den Steg, an dem Peters Boot angelegt hatte. Kurz darauf schnüffelte Dorli wie ein Fährtenhund. Dann folgte sie den Geruchsspuren.

»Mei schaut's, Steckerlfisch! Die hab i das letzte Mal als Kind gegessen. Können wir nicht da was schmausen?«

Ein Blick in die Runde zeigte ihr, dass die anderen Segler ihrem Vorschlag nicht abgeneigt waren. Sie enterten einen Tisch, bestellten ihre Fische und jeder ein Krügerl Bier.

Die Fischbräter arbeiteten trotz Affenhitze in ihrem Kabuff am offenen Feuer wie am Fließband.

»Die sind echt arme Hunde. Bei der Hitz dauernd so nah am Feuer!« Lupo schüttelte bedauernd den Kopf. »I würd das nicht aushalten. Aber da kommen unsere Fischerln. Mmm.«

»Memme!«, war Peters Kommentar. Schon mit vollen Backen kauend, räumte er jedoch ein: »Das muss wirklich a Sauhacken sein. Aber schmeckt das nicht herrlich?«

Später marschierten sie zum Sportplatz, wo das Festzelt stand und die »Puszta Cowboys« verzweifelt versuchten, die lachenden und sich brüllend unterhaltenden Festgäste zu übertönen. Hier verstand man das eigene Wort nicht, und außerdem war es in dem Zelt brütend heiß und dampfig.

Peter schlug vor, eine Kutsche zu mieten und in die »Hölle« zum Heurigen zu fahren. Sein Vorschlag wurde einstimmig angenommen. Dort saßen sie gemütlich unter den ausladenden Ästen alter Bäume im Schatten und kosteten sich durch die Weine der Gegend.

Zu später Stunde, wieder zurück in Podersdorf, merkten sie, dass nun eine andere Band am Werk war. Die Burschen nannten sich »Greyhound Gang«, fünf mittelalterliche Herren, deren

Sänger ihren Auftritt mit den Worten einleitete: »Zweihundertfünfundsiebzig Jahre Rock und Blues betraten soeben die Bühne. Also sozusagen lebendige Musikgeschichte.«

Dorli dachte, dass einer aussah wie ein Altachtundsechziger, einer wie ein aus den Sechzigerjahren übrig gebliebener Gammler, dazu ein Danzer-Verschnitt, ein Pilzkopf und ein Hippie. Der Altachtundsechziger und der Gammler hätten allerdings das Gesamtalter der Herren ein wenig angehoben. Na ja, vielleicht schummelten nicht nur Frauen bei der Altersangabe ein wenig. Abgesehen davon: Keith Richards von den Stones sah seit dreißig Jahren wie sechzig aus. Man durfte bei Musikern nicht vom Aussehen auf das Alter schließen.

Aber was nun durch die einsetzende Dunkelheit schallte, war durchaus reizvoll und machte ihnen richtig Lust, auch mal das Tanzbein zu schwingen. Dorli tanzte mit allen Männern der Runde. Nur Lupo war nicht dazu zu bewegen, sich auch auf die Tanzfläche zu begeben. Als er sich endlich dazu aufraffte, Dorli aufzufordern, nachdem ihn alle am Tisch gnadenlos aufgezogen hatten, intonierte die Band einen Lamourhatscher.

Dorli musste grinsen. Als hätte er die grauen Hunde bestochen! Dabei war Lupo gar nicht so unbegabt. Immerhin gelang es ihm locker, den Takt zu halten und dazu noch hin und wieder ein Wort in Dorlis Haar zu murmeln. Leider verstand sie genau gar nichts davon, die Musik war lauter.

Gegen Mitternacht schlenderten sie gut gelaunt, beschwingt und mehr oder weniger angeheitert Richtung Boot. Eine Stunde später saßen sie bei Kerzenlicht im Schiffsbauch und plauderten noch ein wenig über den Tag und die alten Zeiten. Plötzlich knallte etwas mit einem dumpfen Schlag gegen die Schiffswand.

»Sicher nur ein Stück Treibholz«, sagte Peter.

Doch kaum hatte er zu Ende gesprochen, ging es wieder *wumm*, begleitet von einem scharrenden Geräusch.

»Treibholz? Hört sich eher an, als würde da was an der Außenhaut anklopfen.« Lupo versuchte, durch eines der klitzekleinen Fenster zu schielen. »Man sieht nix, zu finster.«

»Das Ungeheuer von Loch Ness ist auf Sommerfrische bei uns. Habt's es nicht g'hört in ›Burgenland heute‹?«, lästerte Hilda.

Wumm. Scharrazzz. Klong. Lauter diesmal, länger.

Jetzt sprangen sie alle auf und schoben das Gelsengitter vor dem Eingang zur Seite.

»Hilde, nimm die Taschenlampe mit«, rief Peter. »Es ist finster wie in einem Bärenarsch!«

Gemeinsam tapsten sie zum Vorschiff, woher die Geräusche gekommen waren. Hilde reichte die Lampe an Lupo weiter, der leuchtete ins Wasser. Das Boot hatte sich im sanften Wind gedreht und lag jetzt auf der anderen Seite der kleinen natürlichen Bucht recht nahe am Schilfgürtel. Und dann sahen sie rot. Eine rote Windjacke. Aufgebläht vom Wind? Nicht nur. Da steckte auch noch der Besitzer drin. Mit der nächsten Böe kam auch der entsprechende Geruch.

»Oh Gott! Ist der tot?« Hilde klammerte sich an Lupos Arm. Sie würgte.

»Sicher. Er liegt mit dem Gesicht nach unten im Wasser. Und nicht erst seit heute, so wie es hier riecht.« Lupo machte sich aus Hildes Umklammerung frei. »Habt ihr hier Handyempfang?«

Peter nickte.

»Dann solltet ihr die Polizei anrufen.«

Dorli trat nahe an Lupo heran, sodass nur er hören konnte, was sie sagte. Sie wechselten einen Blick des Einverständnisses. Dann zogen sie beide ihre Kleider aus und baten Peter, die Badeleiter ans Heck zu hängen und ein paar Handtücher für sie zu holen.

»Ihr wollt doch da nicht reingehen?«, fragte eine bleiche Hilde mit weit aufgerissenen Augen.

»Doch.« Lupo nickte bestätigend. »Wir wollen wissen, was mit dem Menschen passiert ist.«

Eine Stunde später war die Wasserpolizei vor Ort. Sie bargen den Toten und vermuteten, dass dies Erich Smekal sei, der seit dem Sturm vor drei Tagen als vermisst galt.

»Der Erich?«, stammelte Peter.

»Sie kennen den Toten?«

»Sicher. Sein Boot liegt in der Marina ja nicht weit von unserem. Mein Gott, wir hatten ja keine Ahnung, dass er vermisst wird.«

»Lesen Sie denn keine Zeitung?«, fragte einer der Polizisten.

»Schon. Aber wir waren ein paar Tage unterwegs. Bis nach Deutschland ist die Meldung nicht gedrungen.« Peter wischte sich über die Augen.

Hilde schluchzte leise in ihr Taschentuch. »Mein Gott, die arme Familie. Wie ist denn das passiert?«

»Vermutlich gekentert und ersoffen«, meinte einer der Beamten.

»Und die Wunde am Bauch?«, fragte Dorli.

»Fischfraß.«

Dorli und Lupo wechselten einen Blick.

Fischfraß? Seit wann gab es denn im Neusiedler See Piranhas? Dorli schüttelte den Kopf. Entweder waren die Burschen von der Polizei hier unheimlich dämlich, oder sie wollten nichts sehen.

»Das schaut eher aus, als habe er eine Harpune in den Bauch bekommen.« Lupo sprach aus, was auch Dorli dachte.

»Ah, ist der Herr Gerichtsmediziner? Wenn net, dann überlassen S' das uns.«

Dorli verbesserte sich in Gedanken. Die waren nicht nur dämlich, sondern auch noch präpotent.

Dorli und Lupo traten den Rückzug ins Boot an. Wenn hier etwas nicht stimmte, dann würde das ja hoffentlich die Rechtsmedizin herausfinden. Und vielleicht hatte sich der Mann die Verletzung wirklich dabei zugezogen, als er über Bord ging.

Als die Polizei endlich ihre Aussagen aufgenommen hatte und wieder abgezogen war, fanden die Segler lange keinen Schlaf. Vor allem Hilde und Peter waren tief getroffen. Was dem armen Kerl wohl passiert war?

Bis die Gespräche langsam versickerten und Ruhe auf dem Schiff einkehrte, war es fünf Uhr morgens.

5

»Ahoi, *Morning Rose*. Was war denn heute Nacht bei euch los?«

»Ahoi, *Lilibeth*. Uns hat der Wind eine Wasserleiche angespült. Den Erich Smekal hat's erwischt!« Peter heizte eben den Spirituskocher an.

»Den Erich? Den Mann, der uns allen das richtige Segeln beigebracht hat? Das kann i gar net glauben.«

»Es besteht leider kein Zweifel daran, dass er der Tote war.«

»Ma, und wir haben das verschlafen! Der Ingler Toni hat uns vor ein paar Minuten angerufen und gefragt, warum die Polente bei euch war.«

»Tja, wer schläft, den bestraft das Leben!«, ätzte Peter in Richtung Nachbarboot.

»Wollt ihr dann hier zum Baden bleiben?«, kam es von drüben.

»Sicher nicht!«, gab Hilde zurück, die eben mit Speck und Eiern in der Hand an Deck kletterte. »Da geh ich ganz bestimmt nicht ins Wasser!«

»Wieso nicht? Die Leich ist doch eh schon weg«, zog Peter seine bessere Hälfte auf.

Sie bedachte ihn mit einem Giftblick.

»Na gut. Bevor meine Holde mit den Eiern wirft – Schotterinsel?«, rief er den Nachbarn zu.

»Gut! Treffen wir uns dort. Wir legen schon ab.«

»Wir frühstücken erst noch. Bis später.«

Der Tote geisterte den ganzen Tag immer wieder durch die Gespräche der Freunde. Ob er ein Unfallopfer oder vielleicht doch ermordet worden war?

Es war ein typischer Spätsommertag auf dem See. Drückende Hitze, kein Lüftchen regte sich. Man hielt es selbst unter dem Sonnensegel nicht sehr lange aus, dann musste man zum Abkühlen ins Wasser. Der Himmel war fast weiß, kein Wölkchen weit und breit.

Plötzlich sah Dorli aus allen Richtungen schnell blitzende orangefarbene Blinklichter.

»Was ist denn das?«, fragte sie.

Peter erwachte aus einem faulen Dösen unter dem Sonnensegel und blickte in die Runde.

»Sturmwarnung! Herhören, Leute. Alle aus dem Wasser. Sonnensegel runter. Hilde und Dorli bitte Segel bergen und Sturmsegel setzen. Im Boot alles sturmsicher stauen, das machst du, Lupo. Hilde«, wandte er sich an seine Frau, »hol das Ölzeug und die Rettungswesten aus den Kisten in der Plicht. Sie liegen dann in der ersten Koje steuerbord«, erklärte er Dorli und Lupo. »Wenn es sehr stürmisch wird, zieht ihr bitte die Rettungswesten an. Und falls einer von euch über Bord fällt, dann findet er in der rechten Tasche einen Blitzer. Den nehmt ihr raus und befestigt ihn irgendwo, wo man ihn gut sehen kann.«

Er selbst staute die Badeleiter und holte den Anker ein. Das Boot dümpelte im kaum bewegten Wasser auf der Stelle.

»Was ist ein Blitzer?«, fragte Dorli.

Hilde, die eben aus der Kajüte kletterte, erklärte: »Ein kleines batteriegespeistes Gerät, das jede Sekunde einen hellen Blitz abgibt, sobald es mit Wasser in Kontakt kommt. Und zwar für mindestens zwölf Stunden. Und danach noch eine ganze Weile alle sechs Sekunden. Damit man Menschen, die über Bord fallen, schneller finden kann.«

»Warum so hektisch? Kommt jetzt ein Sturm? Es herrscht doch ölige Flaute!«, beschwerte sich Lupo.

»Das kann sich innerhalb von ein paar Minuten ändern«, antwortete Peter. »Was kommt, weiß man vorher nie. Es ist besser, man ist auf alles vorbereitet. Und du, Lupo, nimm eine Tablette gegen Übelkeit.«

»Mir geht's doch eh gut«, wehrte dieser ab.

»Ja, jetzt. Aber wenn wirklich ein Fetzenwind aufkommt, dann brauchen wir jede Hand fürs Schiff und keinen, der beim Kotzen über Bord fällt. Also hopp! Das war keine Empfehlung, das war ein Befehl vom Käpten.«

Maulend nahm Lupo die Pille entgegen und spülte sie mit

Todesverachtung und einem halb vollen Glas lauwarmen Wasser hinunter.

Hilde und Dorli bargen Vor- und Großsegel und zogen die kleinen Sturmsegel auf. Als alles erledigt war, bat Peter sie, etwas wärmere Kleidung anzuziehen. Wenn wirklich ein Gewittersturm aufziehen sollte, dann würde es zu dieser Jahreszeit vermutlich ordentlich abkühlen. Und in dem bockenden Boot wäre es bei der fehlenden Stehhöhe eher schwierig, sich umzuziehen.

Als alle Befehle des Kapitäns ausgeführt waren, hockte die Besatzung schwitzend in der Plicht und wartete, was nun auf sie zukommen würde.

Sie sahen, dass sich die Besatzung der *Lilibeth* ebenso gewissenhaft auf den Sturm vorbereitet hatte.

»Was ist das da draußen für ein komischer dunkler Strich am Wasser?«, fragte Lupo. Er hatte Augen wie ein Falke. Das war Dorli schon bei früheren Gelegenheiten aufgefallen.

»Es geht los«, meinte Peter nur lakonisch. »Haltet euch irgendwo fest.«

Sie beobachteten, wie der schwarze Strich näher kam. Und dann fiel der Sturm fauchend über sie her.

Peter trimmte das Großsegel, Hilde versuchte die Sturmfock zu bändigen, doch sie brauchte Lupos Hilfe, damit sie die Schot belegen konnte. Das Boot bäumte sich auf, legte sich fast waagrecht aufs Wasser und schoss plötzlich in den Wind.

»Achtung, Kopf runter, Baum kommt!« Obwohl Peter aus Leibeskräften schrie, blies ihm der Wind die Worte von den Lippen fort.

Als das Schiff Fahrt aufgenommen hatte und Peter einen vernünftigen Kurs steuern konnte, stampfte das kleine Boot mit ordentlicher Lage brav dahin, immerhin auf einem recht vernünftigen Heimatkurs.

»Wenn der Wind nicht schrallt, werden wir nicht viele Schläge brauchen, bis wir in die Marina kommen. Aber wir sollten's nicht verschreien.« Hilde hatte sich eine Regenjacke übergezogen und löste nun Peter am Steuer ab, damit er auch Regenkleidung anlegen konnte. Wie auf Kommando begann es in diesem Moment zu schütten. Dorli und Lupo flüchteten ebenfalls in die Kajüte, um sich wetterfest zu adjustieren.

Im Inneren des Bootes hörte sich der Sturm noch viel dramatischer an als draußen. Alles Mögliche schepperte und schlug. Der Sturm pfiff in den Stagen und Wanten. Wenn das Boot in ein Wellental krachte, konnte man meinen, es würde gleich auseinanderbrechen. Und selbst Dorli spürte, dass ihr Magen im Inneren des Schiffleins ein recht bewegtes Eigenleben entwickelte.

Dorli und Lupo waren erleichtert, als sie wieder hinausklettern konnten. Ein Blick zur *Lilibeth* zeigte, dass sie ebenfalls stabil auf Kurs lag. Von der Besatzung waren gerade noch Schemen auszumachen. Der Regen rauschte mittlerweile wie eine Wasserwand nieder.

Kurz darauf hörten sie tiefes Rumpeln und Grollen.

»Na bravo, jetzt gibt's doch wirklich noch ein feines Gewitter.« Peters Gesichtszüge sahen ein wenig verkniffen aus. »Gewitter am Wasser ist nicht gerade das Gelbe vom Ei.«

Er hockte sich auf die andere Seite am Heck des Bootes.

»Achtung, Wende!«

Alle zogen die Köpfe ein, der Baum rauschte auf die andere Seite.

»Wir haben allerdings keine Wahl. Jetzt müssen wir da durch. Wären wir weiter draußen am See, würden wir das Gewitter vor Anker abwettern. Aber wir sind schon vor der Einfahrt zur Ruster Bucht. Hier wird es demnächst vor heimkehrenden Schiffen nur so wimmeln. Daher müssen wir uns vom Acker machen.«

Unter Blitz und Donner und Böen, die das kleine Boot immer wieder fast auf die Seite legten, rauschten sie in die kleine Marina.

»Das Anlegen wird nicht leicht. Lupo, nimm den Bootshaken, um zu verhindern, dass wir irgendwo dranknallen. Hilde, du springst auf den Steg und versuchst uns irgendwie auf Slip zu legen, sodass wir das Boot dann heranziehen können. Sobald Hilde uns an der Leine hat, bitte ich dich, Dorli, ebenfalls an Land zu springen, und werfe dir die zweite Leine zu. Der Rest sollte ein Kinderspiel sein.«

Das Kinderspiel gestaltete sich noch relativ aufregend, denn Hilde landete nur mit einem Bein am Steg. Das zweite noch am Boot, das jedoch zur anderen Seite wegdriftete, verhalf ihr zu einem schmerzhaften Kunststück: einem Spagat. Und dann plumpste sie ins schmutzige Hafenwasser. Währenddessen war es Dorli gelungen, auf der anderen Seite auf den Steg zu hüpfen. Peter warf ihr das Tau zu, und Dorli schlang es um den nächsten Poller. Der Sturm orgelte, die Segel knallten gegen den Mast. Dorli sauste auf die andere Seite. Lupo versuchte sich als Werfer. Der Sturm drückte das Seil klatschend ins Wasser. Dort kämpfte sich Hilde eben Richtung Steg. Sie nahm das Tau auf und reichte es Dorli. Die zog erst Hilde hinauf, dann das Boot näher und belegte auch hier das Tau an einem Holzpfahl. Gemeinsam mit Hilde zog sie nun das Schiffchen ganz in den Liegeplatz. Fünf Minuten später waren die Segel geborgen, und das Boot lag sicher.

Hilde sah aus wie ein Wassermann. Schlammig graues Wasser rann aus ihren Haaren, Wasserpflanzen hingen ihr von den Schultern, und der Geruch, der an ihr haftete, erinnerte entfernt an die Zeiten der Plumpsklos. Sie raffte Handtuch, Shampoo, Duschgel und ein Bündel Kleider in einem Nylonsack an sich und rannte Richtung Duschen.

Als sie zehn Minuten später sauber und frisch duftend auf das Boot zurückkehrte, hatte sich das Unwetter verzogen, und die ersten Sonnenstrahlen blinzelten zwischen den Wolken hervor.

Peter, Lupo und Dorli hatten in der Zwischenzeit das Schiff gereinigt und alles, was sich selbstständig gemacht hatte, wieder an seinen Platz gestaut. Jetzt saßen sie mit einem Glas Ruster Rotwein in der Hand in der Plicht und lästerten über Hilde, die ein Schlammbad genommen hatte.

»Na ja, typischer Fall von schlechtem Timing«, ätzte Hilde in Richtung Peter.

»Eher von Patschertsein«, kam die Retourkutsche.

»Aber ihr habt ja keine Ahnung, wie toll der Gatsch für die Haut ist. Der reinste Jungbrunnen!« Hilde trat zu Peter und schubste ihn näher zur Bordwand.

»Hö! Bei mir wirkt das nimmer.« Lachend wehrte er seine Frau ab. »Aber Hilde hat recht. Wären wir später losgesegelt, könnten wir jetzt ganz friedlich reinkommen. Nur weiß man das vorher nie. Manchmal wird der Sturm ärger, und dann ist es wirklich scheiße da draußen.«

»Ich bin froh, dass wir im Hafen sind und nicht ich baden gegangen bin.« Lupo nippte an seinem Glas. »Und entweder sind deine Pillen gegen Seekrankheit super, oder ich hab keine Zeit zum Schlechtwerden gehabt.«

»Vielleicht machen dir auch die richtigen Wellen gar nix, nur die kurzen, rollenden, wie gestern Vormittag. Die vertragen viele Leute nicht.«

»Danke für euer tief empfundenes Mitgefühl!« Hilde warf einen grimmigen Blick in die Runde. »Ihr könntet mir wenigstens auch was zu trinken geben.«

»Ach mein Hildchen, komm, sei wieder friedlich!« Peter nahm ihr die ausgewaschenen Kleider aus der Hand und hängte sie zum Trocknen über die Reling.

Als Hilde ihr Glas in der Hand hielt und den anderen zuprostete, grinste sie schon über ihre Ungeschicklichkeit. »Das letzte Mal ist mir das passiert, als ich mit Peter das erste Mal auf dem See war. Kannst dich erinnern?«

Peter lachte über das ganze Gesicht. »No na. War ein gottvoller Anblick. Vor allem eine sehr kunstvolle Einlage, denn es war absolut windstill.«

»Na das hättest jetzt nicht unbedingt verraten müssen!« Hilde versetzte ihrem Peter einen leichten Schlag mit der Faust. »Sind eigentlich die Segel schon trocken?«, fragte sie. »Denn falls ja, dann sollten wir sie einpacken und uns in die Hütte zurückziehen. Bevor die Gelsen kommen.«

Die Hütte war ein Pfahlbau aus Holz, der ein wenig abseits der Hafeneinfahrt lag. Dahinter das Schilf, davor der See. Ein schmaler Holzsteg führte von der Marina durch das Schilf. Das Blockhaus war geräumig, und die Terrasse davor, die sich die Besitzer mit den Nachbarn teilten, maß sicher an die zweihundert Quadratmeter, wenn nicht mehr.

»Wow! Wie kommt man zu so einer Hütte hier?«, fragte Dorli.

Peter stellte das Gepäck ab. »Indem man kluge Eltern hat, die sofort zugriffen, als vor fünfzig Jahren hier die ersten Hütten gebaut und verpachtet wurden.«

Kurze Zeit später waren auch die Nachbarn eingetroffen. Sie saßen auf der Terrasse, in einem Kugelgrill brutzelten Schweinsripperln und Folienkartoffeln. Sie beobachteten, wie routiniert oder hilflos sich die Segler anstellten, die jetzt in den Hafen zurückkehrten. Der Sturm war zwar abgeflaut, aber der Wind war immer noch stark und böig und die Wellen ruppig.

»Da kann man lernen, wie man es nicht macht.« Peter deutete auf ein großes Boot, das neu und teuer aussah. »Der hätt sich besser ein kleines Bötchen zum Lernen kaufen sollen. Vermutlich hat er zu viel Tiefgang und schrammt immer wieder über den Seeboden. Hoffentlich schlägt er nicht leck, bevor er im Hafen ist, sonst muss die Wasserrettung ausrücken.«

Wie aufs Stichwort drehten sich die Gespräche danach wieder um den Toten vom See.

Plötzlich klopfte jemand dröhnend an die Tür.

»Ist offen!«, riefen Peter und Hilde im Chor. Herein kam ein großer, braun gebrannter Mann.

»Servus, Beat«, begrüßte ihn Peter. »Was treibt dich denn in unsere bescheidene Hütte? Ich dachte, ihr würdet heute Wein lesen in den Hügeln.«

»Grüazi mit'nand.« Beat hob die rechte Hand an die Schläfen. »Jetzt sind mer fertig mit em Läse. Z'Märli vo de langsame Schwiizer isch ächt ä Märli!«

»Der Beat ist, wie niemand vermuten würde, ein Schweizer«, sprach Peter weiter. »Und obwohl er schon seit hundert Jahren in Österreich lebt, sagen's noch immer ›Tschusch‹ zu ihm, weil er einfach die deutsche Sprach nicht derlernt.«

»Geh Beat, setz di daher. Nimm dir einen Schluck und hör nicht auf den alten Deppen.« Hilde schob Beat einen Stuhl zu und reichte ihm ein sauberes Glas.

Beat Eberli war als ganz junger Bursche zum ersten Mal am Neusiedler See gewesen, um eine Regatta zu fahren. Die hatte er zwar nicht gewonnen, dafür das Herz einer Winzerstochter aus der Umgebung. Beat war geblieben, und gemeinsam mit seiner Frau hatte er einen gut gehenden Weinbaubetrieb aufgebaut. Samt angeschlossenem Heurigen. Vor zwei Jahren hatte seine Frau eine schwere Herzerkrankung niedergeworfen, und die Ärzte rieten ihr dringend, in Zukunft leiserzutreten. Daraufhin verkauften sie die meisten Weinberge und den Heurigenbetrieb und behielten nur mehr eine kleine Fläche mit Rebstöcken für den Eigenbedarf.

Beat nahm Platz und kostete den dunkelrot funkelnden Wein.

»Ned schlecht. Aber unserer isch besser.«

»Wissen wir«, entgegnete Peter. »Aber du Neidhammel verkaufst ja nix. Ihr sauft den alle selber!«

»Und a ünsri Gäscht«, ergänzte Beat lächelnd. »Aber nur de Guete.« Dann wurde sein Gesicht ernst. »Ihr händ de Erich g'funde?«

»Oh Gott, ja.« Hilde schlug die Hände vors Gesicht. »Grässlich. Den Ton, als der an der Bordwand entlangscharrte, werd ich mein Leben nicht vergessen.« Sie stockte. »Ihr wart befreundet, oder?«

»Jo, seit viele Johr.«

»Weiß Anja schon Bescheid?« Peter blickte den Freund forschend an.

»Jo, ich han sie anglüütet, damit sie nöd us alle Wolke fällt, wenn plötzli d'Kriminalpolizei kommt.«

»Und, wie hat sie's aufg'nommen?«, wollte Hilde wissen.

»Relativ g'fasst. Noch drei Täg hät sie vermuetli nimmer glaubt, dass ihr Mann no läbt. Wüsset ihr, was mit ihm passiert isch?«

»Die Polizei meint, er sei im Sturm über Bord gegangen und ertrunken«, antwortete Peter.

»Niä!« Beat stellte sein Glas mit Nachdruck auf den Tisch. »De Erich und ich sind seit zwänzg Joor vieli Regatte g'fahre. Nöd nur do, sondern au uf em Meer. Mit neunzäni isch er allei über de Atlantik g'seglet! Do bruuchts mehr als die paar läppische Beaufort, dass der vom Boot fallt! Das isch jo nur es Stürmli gsii! Und usserdem, er hät mehreri Notblitz an Bord g'habt. Während einem Sturm hätt er sicher einen mit sich getragen.«

»Lupo glaubt auch nicht an einen Unfall.« Peter zeigte auf ihn. »Und der ist Detektiv, also sollte er da einen guten Riecher haben.«

»Kannst du denn was mache, wenn d'Polizei nichts findet?«, fragte Beat.

»Das darf ich gar nicht, wenn die Polizei den Fall übernommen hat«, antwortete Lupo. »Erst wenn die ihre Untersuchungen abgeschlossen haben oder wenn du meinst, das Ergebnis sei nicht überzeugend, dann kann ich tätig werden.«

»Guet z'wüsse. Vielecht brauchemer nomol deini Hilf.«

Falls das so war, dann brauchte Lupo einen Dolmetsch, das war ihm nach der kurzen Unterhaltung mit Beat klar.

Hilde stellte eine Schüssel mit Salat und einen Korb mit Baguettes auf den Tisch.

»Wartet erst mal auf den Bericht der Rechtsmedizin. Dann wisst ihr sicher mehr. Und jetzt bitte Themenwechsel. Das Futter ist fertig!«

6

Drei Tage später erreichte Lupo ein Anruf Beat Eberlis. Die Kripo Eisenstadt hatte Anja Smekal verständigt, dass der Leichnam ihres Mannes freigegeben war. Gerichtsmediziner war gar keiner beauftragt worden. Mangels Kapazität hatte der Pathologe des Eisenstädter Spitals einen kurzen Blick auf die Leiche geworfen. »Tod durch Ertrinken« stand auf dem Totenschein. Die Bauchwunde hätte Smekal sich vermutlich zugezogen, als er über Bord fiel. Die Polizei ging nach wie vor davon aus, dass er im Sturm über Bord gegangen und ertrunken war. »Keine Fremdeinwirkung« hieß es im Protokoll. Doch da Beat keine Sekunde daran glaubte, hatte er die Witwe davon in Kenntnis gesetzt, dass er ihn, Lupo, engagiert hatte, damit er herausfand, was wirklich passiert war. Sie vereinbarten ein Treffen bei Anja Smekal am folgenden Tag.

Das Wetter hatte sich endlich zu der Jahreszeit entsprechenden Temperaturen entschlossen. Es herrschte zwar immer noch Hochdruckwetter, aber ein frischer Wind aus Norden pustete die lähmende Warmluft aus den Alpen. Am Morgen kratzte man hier und da schon eine dünne Eisschicht von der Windschutzscheibe. Tagsüber wurde es aber in den sonnigen Regionen immer noch sehr warm.

Das Haus der Familie Smekal lag in Katzelsdorf, einem verträumten Ort an der Leitha, wo es noch einen richtigen Auwald gab. In der Kellergasse, hinter einem Holzzaun auf weißem Sockel, lag das Haus mit einem integrierten spitzen Vordach. Es war großzügig dimensioniert, wirkte aber keinesfalls protzig in die Gegend geklotzt oder auffällig neureich gestaltet, sondern schlicht und funktionell. Der Garten war eher klein, denn das Haus nahm fast die gesamte Länge des Grundstücks ein. Es gab keine Blumenrabatten, sondern einige Bäume und eine gepflegte Rasenfläche. Eine Birke zeigte erste gelbe Blätter. Es roch nach frisch gemähtem Gras. Woher, wurde klar, als im Garten nebenan ein Rasenmäher losratterte.

Anja Smekal, eine zarte Blondine um die vierzig, war vermutlich mal eine hübsche Frau gewesen. Jetzt bot sie einen erbarmungswürdigen Anblick. Blass und verhuscht, die Augen rot vom Weinen, doch ruhig und scheinbar gefasst empfing sie Beat und Lupo. Im ganzen Haus roch es muffig, als sei länger nicht gelüftet worden. Auf den Möbeln lag Staub. Auf dem Tisch des Wohnzimmers, in das Anja Smekal sie geführt hatte, stapelten sich Zeitungen, Illustrierte, dazwischen schmutzige Servietten von einem lang zurückliegenden Mahl. Daneben eine halbe Flasche Cognac, kein Glas, doch eingetrocknete Ränder davon auf der Tischplatte.

Anja Smekals Kleider vermittelten den Eindruck, dass sie seit Tagen in ihnen geschlafen hatte. Von ihr ging ein säuerlicher Geruch aus. Ihr unsteter Blick konnte nicht lange an einer Stelle verweilen. Sie sah aus, als wäre mit dem Tod ihres Mannes ihre Welt zusammengebrochen. Was vermutlich auch der Fall war.

So einfühlsam wie möglich stellt Lupo der Witwe eine Menge Fragen über die letzten Tage ihres Mannes. Da Erich Smekal selbstständig war und eine kleine Spedition betrieben hatte, erkundigte er sich auch nach der Firma. Auftragslage, Schuldenstand, Feinde, all das konnte eine Rolle spielen. Bei ungeklärten Todesfällen war vom Selbstmord über Unfall bis Mord alles drin. Je mehr Lupo von der Witwe in Erfahrung bringen konnte, desto früher konnte man vermutlich einiges ausschließen. Er musste sich auch über die familiären Verhältnisse erkundigen. Anja Smekals Mund verzog sich zu einem schmalen Strich, als er sie nach ihrer Beziehung zu ihrem Mann fragte. Das war sichtlich ein Thema, über das man in ihrer Welt mit unbekannten Dritten nicht sprach.

»Sehen Sie, gnädige Frau, ich stelle diese Fragen nicht, weil ich neugierig bin. Aber wenn ich nachforschen soll, was mit Ihrem Mann passiert ist, muss ich so viel wie möglich über sein Umfeld erfahren. Wie er normalerweise war. Ob er in der letzten Zeit ein verändertes oder auffälliges Verhalten an den Tag gelegt hat.

Wie er zu seiner Familie stand. Je mehr ich weiß, desto weniger muss ich von anderen Zeugen erfragen.«

Anja Smekals Blick war abwehrend, ja fast feindlich. Sie fuhr sich mit der Hand durch ihr verfilztes Haar. »Ich verstehe«, sagte sie. Doch ihre Körpersprache machte Lupo klar, dass er hier und jetzt nicht willkommen war.

»Und wie war das Verhältnis Ihres Mannes zu Ihrem Sohn?«

Anja Smekals Blick wechselte von feindselig zu entrüstet. »Wollen Sie jetzt andeuten, dass mein Sohn etwas mit Erichs Tod zu tun haben könnte?«, fragte sie mit vor Empörung zittriger Stimme. Sogar ihre Wangen färbten sich vor Entrüstung rosig.

»Selbstverständlich nicht. Ich möchte nur wissen, wie sie zueinander standen. Waren sie Kumpel, war das Verhältnis Vater – Sohn eher autoritär geprägt?«

»Fragen Sie Lukas doch selbst«, kam die schnippische Antwort.

»Das werde ich bei Gelegenheit tun. Jetzt will ich nicht weiter stören. Ich melde mich nach der Beerdigung wieder. Bis dahin habe ich mir einen Überblick verschafft.«

Lupo erhob sich, und Beat begleitete ihn zur Tür.

»Das dürfen Sie de Anja nöd übel nehmen.« Beat reichte Lupo die Hand. Er hatte einen festen Händedruck und blickte Lupo direkt in die Augen. »D'Anja isch völlig durchenander. Sonsch is sie nöd so.«

»Keine Sorge. Es ist sehr schlimm, wenn man einen geliebten Menschen ohne jede Vorwarnung verliert. Wenn der Partner krank war und nach langem Leiden stirbt, dann war man vorgewarnt. Manchmal ist man sogar froh, dass er von seinen Schmerzen endlich erlöst wurde. Aber in diesem Fall ist die Katastrophe ohne Vorwarnung über die Familie hereingebrochen. Das kann einem schon den Boden unter den Füßen wegziehen.«

»Das isch bi de Anja passiert, ganz klar.« Beat rieb sich mit dem Zeigefinger über den Nasenrücken. »Wüsset Sie, was mier au nöd usm Chopf will?«

Lupo, der von Beats Sätzen immer nur die Hälfte verstand, rang sich dazu durch, Beat um etwas zu bitten. »Tut mir leid, aber ich verstehe Sie so schlecht. Könnten Sie versuchen, etwas weniger Schweizerisch …« Verlegen brach er ab.

»Entschuldigen Sie. Ja, selbstverständlich. Also, was ich sagen wollt: Wo dem Erich seini Leich g'funden worden isch und wo sein Boot, isch eigenartig. Das hätte doch eigentlich näher beinanderliegen sollen.«

»War es nicht?«

»Nein. Z'Boot isch viel weiter südlich gsii, fast auf de Grenze zu Ungarn. Und das ein Tag noch dem Sturm.«

»Interessant. Und was schließen Sie daraus?«

»Dass de Erich auf offenem See ins Wasser g'worfen worden is. Und dass z'Boot vom Wind schneller wegtriebe worden und im Schilf g'landet is. Und: Der Wind hat am Abend dreht. Von Südwescht auf Nordwescht.«

»Hm. Ich bin kein Segler. Was heißt das?«

»Eigentli hätte de Erich dort g'funde werde müsse, wo z'Schiff g'läge isch. Oder wenigschtens i de Nöochi.«

Lupo brauchte eine Weile, bis er »i de Nöochi« mit »in der Nähe« übersetzt hatte.

»Das heißt, wir bräuchten einen exakten Wetterbericht des Abends und eventuell einen Strömungstechniker. Ich werde mich darum kümmern.«

»Danke. Übrigens, alli Notblitz sind a Bord gsii. Für mich es klars Indiz dodefür, dass de Erich nöd selber g'seglet isch.«

»Ich hoffe, wir werden bald mehr wissen.«

»Bis bald. Und ruafet Sie mir aa, wenn Sie mehr wüsset.«

»Ich ruf an, versprochen.«

Der Schweizer war ein angenehmer Auftraggeber und seit vielen Jahren mit Erich Smekal befreundet gewesen. Seinen Schilderungen nach war Erich ein wundervoller Freund, ein anbetungswürdiger Ehemann und liebevoller Vater gewesen. In der Firma beliebt und selbst von den Konkurrenten am Markt geachtet. Eigentlich konnte er sich nicht vorstellen, dass Smekal Feinde gehabt hätte. Aber noch weniger hielt er es für möglich, dass er einfach beim Segeln über Bord gefallen sein sollte. Immerhin bestand noch die Möglichkeit, dass er einen Schlaganfall oder Herzinfarkt erlitten hätte. Aus dem Grund hatte Beat mit Anjas Billigung den Leichnam Erich Smekals in die Pathologie des Badener Spitals zu Frau Dr. Helga Rusch bringen lassen. Nicht weil er dem Pathologen in Wiener Neustadt, das näher lag, misstraute, sondern weil er Frau Dr. Rusch kannte. Sie war eine langjährige Freundin seiner Frau. Sie würde abklären, ob ein krankheitsbedingter Faktor bei Smekals Tod eine Rolle gespielt hatte. Bis ein Befund vorliegen würde, sollte Lupo sich in der Firma und bei der Konkurrenz umsehen.

7

Dorli saß in der Amtsstube in Buchau und starrte seit einigen Minuten auf den Bildschirm, ohne dass sie wirklich wahrnahm, was sie sah. Sie konnte sich nicht erinnern, jemals in ihrem Leben annähernd so verzweifelt gewesen zu sein, außer damals, als ihr Freund gestorben war.

Ihre Tätigkeit auf dem Gemeindeamt hatte sie immer als freudig verrichteten Dienst an der Allgemeinheit verstanden, nie als Job. Doch jetzt? Die unselige Verbindung von Barbara Schöne, dem vermutlich dümmsten Mehrzeller auf dem Planeten, mit dem Bürgermeister, den sie für einen hinterlistigen, feigen Wetterhahn hielt, machte es ihr fast unmöglich, sich auf ihre Arbeit zu konzentrieren. Doch was konnte sie tun, außer sich mit dieser Konstellation zu arrangieren? Kündigen. Und dann? Die Gemeinde würde den Bach runtergehen. Dafür wollte sie nicht verantwortlich sein. Oh Mann! Was für eine beschissene Zeit.

Dorli wurde unsanft aus ihren elegischen Betrachtungen gerissen, als die Eingangstür klappte. Als sie aufsah, steuerte der Förster Max Richter auf sie zu.

»Griass di, Dorli. Is da Chef da?«

»Sicher. Um was geht's?«

»Geht di nix an.«

»Na dann.« Dorli wandte sich wieder ihrem Bildschirm zu.

»Willst mi net einelassen?«

Dorli sprach zu ihrem Computer. Sie sah Max nicht an.

»Darf ich nur, wenn ich dem Kofler sagen kann, was der Besucher will.«

»Sagt wer?«

»Dreimal darfst raten. I hab's jedenfalls net erfunden.«

»Na guat«, lenkte Max Richter ein. »Sag ihm, es geht um den Wald in Langebichl.«

Kommentarlos erhob sich Dorli und klopfte an Koflers Bürotür. Das »Herein« ließ lange genug auf sich warten, dass sich die schöne Babsi wieder vollständig ankleiden konnte, nahm sie an. Konnten die nicht zu Hause ihre überschüssigen Hormone abbauen? Ekelhaft!

»Was gibt's?« Koflers Stimme klang ungehalten.

»Möglicherweise Arbeit. Der Förster ist da. Wegen dem Wald in Langebichl, soll ich sagen.«

Kofler winkte die schöne Babsi hinaus. »Er soll no an Moment warten. Ich muss mal für kleine Buben.«

Kofler schickte ihr einen schelmischen Blick. Angeekelt wandte Dorli den Kopf ab. *Oh mein Gott. Für kleine Buben! Hoffentlich schilderte er ihr nicht auch noch das Ergebnis seiner Bemühungen in allen Details.*

»Der Max sitzt draußen. Holen S' ihn halt dann rein.«

Der Kofler nickte. Dann rief er Dorli hinterher, als sie eben den Raum verlassen wollte. »Wir zwei müssen auch miteinander reden. So geht des net weiter.«

Der Meinung war Dorli auch. Dem Gespräch sah sie trotzdem mit recht gemischten Gefühlen entgegen.

Am Abend meldete sich Lupo.

»Hallo Dorli. Laut der Witwe und dem Freund Smekals war der Mann der reinste Engel auf Erden.«

»Glaubst du das im Ernst?«

Dorli, die gerade bügelte, klemmte das Telefon zwischen Schulter und Kinn, damit sie ihre Bluse fertig glätten konnte. Dann stellte sie das Bügeleisen ab und zog den Stecker.

»Sicher nicht. Engel werden normalerweise nicht mit einer Riesenwunde im Bauch über Bord ihrer Segelboote geworfen.«

»Noch weißt du nicht, ob er nicht gefallen ist.«

»Ein gefallener Engel. Das ist gut!«

»Lupo, du weißt, dass ich das nicht so gemeint hab.«

Lupo lachte. »Ja, aber es passt. Sag, hast du nicht Lust, mit mir auf Spurensuche zu gehen?«

»Wie denn?«, antwortete Dorli und gab sich gleich selbst die Antwort. Sie hatte noch jede Menge Resturlaub aus den diversen

Jahren, wo sie nicht ihren ganzen Urlaub verbraten hatte. Weil sie so gern mit ihrem Chef, dem Altbürgermeister, zusammengearbeitet hatte. Und im laufenden Jahr war sie überhaupt nicht auf Urlaub gewesen, weil die Schöne erst gekündigt worden, dann verschwunden und danach in Untersuchungshaft gewesen war. Der Bürgermeister dagegen war in Trauer und dann mit der Schöne auf Urlaub gewesen. Die Aussicht, auf ein, zwei Wochen weder ihn noch die blöde Trutschen Babsi zu sehen, war höchst verlockend. Mit Lupo zu versuchen, einen Fall aufzuklären, ihn zu beobachten, wie er sich auf seinem Terrain bewegte, ebenso. *Pfeif drauf, ich nehm gleich drei Wochen!*

»Weißt du was, Lupo? Ich nehme mir einfach Urlaub. Ich ruf dich morgen an.«

8

Erich Smekal besaß eine kleine Baufirma und eine Spedition, die vor allem Lkws für die Müllabfuhr stellte, sowie Container für Schutt und Sperrmüll. Vermutlich war er mit seiner Handvoll Lastwagen kaum eine Gefahr für den Platzhirsch, die Spedition Transalpin. Aber man konnte nie wissen. Dorli und Lupo wollten sie zuallererst unter die Lupe nehmen. Es wäre nicht das erste Mal, dass jemand die Konkurrenz aus dem Weg geräumt hätte. Oder hatte die Müllmafia ihre Hand im Spiel? Gab es kleinere Transporteure, die mitmischten? War Smekal in irgendwelche dunkle Geschäfte verwickelt, die ihm den Tod gebracht hatten? Viele Fragen, keine Antworten.

Außerdem mussten sie sich in Erich Smekals Firma umsehen und die Mitarbeiter befragen. Wie sie zu dem »Engelmythos« standen. Hier würden sie anfangen.

Die Firma hatte ihren Sitz in der Industriestraße in Leobersdorf. Dorli verkofferte sich einmal, weil sie nicht damit rechnete, dass die Querstraße zur Industriestraße genauso hieß. Interessante Namensgebung. Gegenüber der Feuerwehr fragte sie schließlich einen Mann, der mit seinem übergewichtigen asthmatischen Pudeldackelirgendwas-Mischling am Straßenrand dahinschlich. Bei dem Tempo, das die beiden draufhatten, konnten sie maximal zweihundert Meter von zu Hause entfernt sein. Es sei denn, sie machten einen Tagesausflug. Dann könnten sie auch um die Ecke wohnen. Er würde sich hier sicher auskennen.

Sie musste noch einmal rechts abbiegen. Die Einfahrt zur Firma lag nämlich in der Gewerbestraße.

Der Himmel hatte sich langsam dunkler gefärbt, und die Wolken hingen ziemlich tief. Es war zwar erst elf Uhr Vormittag, doch man hätte meinen können, es wäre nach Sonnenuntergang. Dazu wehte ein strammer Wind aus Nordost, sodass sich die mageren zehn Grad bedeutend kälter anfühlten.

Die Firma Smekal lag zwischen einem vergammelten Schrottplatz und einer leeren Fabrikshalle mit teilweise eingeschlagenen Fenstern. Die Gegend wirkte so einladend wie ein Friedhof um Mitternacht. Passend zur Stimmung begann es zu nieseln, als Dorli und Lupo aus dem Auto kletterten und auf den Eingang der Firma zustrebten. Die Smekal Ges.m.b.H. war in einem schmucklosen Schuhschachtelbau untergebracht. Es sah aus, als habe ein liebloser Bauherr einen überdimensionierten Container in die Gegend gestellt. Die hellgrauen Wände wurden durch großflächige Fenster unterbrochen, an denen vergammelte Außenjalousien hingen, teils nach allen Richtungen schief. Gekrönt wurde die Hässlichkeit durch ein dunkelgraues Welleternitdach. Der Hof war asphaltiert, nicht ein grüner Halm war zu sehen.

Dorli blickte geschockt in die Runde. »Mann, ist das trostlos hier. In so einer Gegend möchte ich nicht einmal begraben sein.«

Lupo nickte. »Entweder lief die Firma nicht besonders gut, oder Smekal hat sein Geld lieber in sein Haus, sein Boot und andere Hobbys gesteckt.«

Die Befragung der Angestellten verlief ziemlich ergebnislos. Dasselbe Bild wie bei der Schilderung von Beat und der Ehefrau. Ein Mann ohne Fehl und Tadel. Seine Mitarbeiter beteten ihn an. Seine Konkurrenten achteten ihn, niemand konnte sich vorstellen, dass er auch nur ansatzweise bei jemandem unbeliebt gewesen sein könnte. Das einzig Auffällige war, dass der Buchhalter zwei Tage vor Smekals Verschwinden zuletzt zum Dienst erschienen war, danach nicht mehr. Er hatte sich auch nicht krankgemeldet. Selbst telefonisch war er bisher nicht zu erreichen gewesen.

»Weißt du, was mich stutzig macht?«, fragte Dorli, als sie die Smekal GmbH verließen. Lupo schüttelte den Kopf.

»Dass wirklich niemand ein schlechtes Wort über den Smekal verliert. Das gibt's nicht! Jeder Mensch hat Feinde, zumindest Neider. Aber hier – überall eitel Wonne, Sonnenschein. Das stinkt mir gewaltig.«

»Du hast recht. Das ist nicht normal. Macht fast den Eindruck, als wär etwas vorgefallen, das absolut nicht an die Öffentlichkeit gelangen soll.« Lupo öffnete die Autotür.

»Und genau da müssen wir ansetzen. Gab es in der letzten Zeit

Rausschmisse, Mitarbeiter, die sich womöglich rächen wollten? Und den Buchhalter müssen wir auch unter die Lupe nehmen.«

»Ja. Aber vielleicht ist er im Spital. Das muss noch nichts bedeuten, dass ihn keiner erreichen konnte.«

Dorli nickte gedankenverloren, rutschte auf den Beifahrersitz und drückte Lupo den Schlüssel in die Hand. »Fahr du, ich muss nachdenken.«

»Jetzt schauen wir mal zur Konkurrenz. Hoffentlich gibt's wenigstens dort ein paar harsche Worte über den Engelmann.« Lupo quetschte sich hinters Lenkrad und verstellte den Sitz.

»Wenn er das Loch nicht im Bauch, sondern am Rücken g'habt hätt, dann würd i glatt annehmen, es hätt ihm wer die Flügel ausg'rissen.« Dorli lehnte sich zurück. »Wo sitzt die Transalpin?«

»Am südlichen Rand von Wiener Neustadt, in der Molkereistraße. Die wiederum ist laut Plan eine Quergasse am Ende der Neunkirchner Straße.«

»Na, wenigstens haben wir's nicht weit.«

»Sag, Dorli, wie geht's denn eigentlich deinen speziellen Freunden, den schmissigen Achtundachtzigern?«

»Die Heil-Hitler-Fraktion ist gerade sehr beschäftigt.«

»Ach ja?«

»Die planen jetzt einen Umsturz. Wenn sogar der Stronach eine Partei auf die Beine stellen kann, dann muss es ihnen doch auch gelingen. Und wenn sie mal im Parlament sind, dann wird es wieder so wunderbar, wie es nie war.«

»Soso. Und wie stellen sich die Kerle das vor?«

»Na ja, es ist ein bisserl schwierig. Denn seit selbst der letzte Hirnamputierte begreifen musste, dass der Führer siebzig Jahre nach dem Krieg nicht mehr leben kann, sind sie auf der Suche nach einem geeigneten Kandidaten. Voraussetzung ist natürlich, dass er groß, blond und blauäugig ist und als ordentlicher Herrenmensch einwandfreies Deutsch spricht. Leider schaut's da bei den Ewiggestrigen net so super aus. Ihr Nachwuchs rekrutiert sich ja eher aus bildungsfernen Schichten. Bei Leuten, die selbstverständlich nie die Schuld bei sich suchen würden dafür, dass sie keinen Job bekommen. Es ist ja viel einfacher, drüber zu hetzen, dass einem die Tschuschen die besten Arbeitsplätze wegnehmen. Und andererseits sind die angeblich die größten Sozialschmarotzer. Dass sie selber von Sozialhilfe oder Notstandshilfe leben, oft überhaupt net vermittelbar sind, weil sie nix g'lernt haben, Alkoholiker sind oder eher sehr einfach g'strickte Gemüter, das fallt denen nicht auf.«

»Oh Mann!«

»Dabei gibt's so a schönes Beispiel in Ungarn. Wie man's machen könnt. Aber den Orban wolln's a net.«

»Warum? Der müsst doch genau auf ihrer Welle liegen.«

»Weil er in den Augen der Glatzerten zu den Untermenschen gehört. I sag ja, die haben a schweres Problem. Endlich jemand, der denkt und handelt, wie sie es sich wünschen. Und dann ist's die falsche Rasse.«

Als sie in den Hof der Transalpin einfuhren, war klar, dass für diese große Firma Smekals kleine Quetschen kaum als Konkurrent angesehen werden konnte. Smekal hatte sechs Lkws und zwei Sattelschlepper sowie eine Handvoll Angestellter. Hier fanden sie einen riesigen Parkplatz vor, auf dem sich ein Sattelzug an den anderen reihte. Und daneben noch eine viel größere freie Fläche. Neben dem modernen Bürokomplex befanden sich Garagentore in XXL-Größe. Eines war offen, und man sah, dass darin eine Werkstatt untergebracht war. Ein Tieflader stand über einer Montagegrube, und Arbeiter im Blaumann wieselten um den Wagen herum.

Im Bürogebäude kamen sie zu einer aufgebrezelten Empfangsdame, die in eine atemberaubende Parfümwolke gehüllt war. Aus unsichtbaren Lautsprecherboxen rieselte Fahrstuhlmusik. Die Frau an der Rezeption fragte, womit sie ihnen dienen könne. Lupo wies sich als Detektiv aus und fragte nach dem Geschäftsführer.

Kurze Zeit später traten zwei Männer aus dem Lift an der Stirnseite des Empfangs. Einer, dunkles Haar, unsteter Blick, klein und drahtig, stellte sich als Horst Biermann, Geschäftsführer der Transalpin, vor. Sein öliges Lächeln war nicht gerade dazu angetan, ihn ins Herz zu schließen. Der andere Mann, Sebastian Langbauer, einen Kopf größer als sein Chef, mit Bäuchlein und rosig schimmernder Stirnglatze, war Prokurist und Finanzchef der Firma. Er wirkte wie ein gemütlicher Bär.

Biermann bat Dorli und Lupo in ein Besprechungszimmer, das sie über einen kurzen Flur erreichten. Es roch nach Kaffee, kaltem Zigarrenrauch und Schmieröl. Eine Mischung, die Dorlis Magen rebellieren ließ.

Lupo erkundigte sich, ob sie schon von Smekals Tod gehört hatten.

»Sicher. Stand ja in der Zeitung. Ein Unfall, oder?« Biermann grinste breit. »Jaja, der große Segler! Ich sag ja immer, wer sich in Gefahr begibt …«

Lupo unterbrach den Kerl mit dem schmierigen Grinsen.

»Noch ist nicht sicher, dass es ein Unfall war. Wir ermitteln in alle Richtungen.«

Biermanns Lächeln erstarb. Er lehnte sich in seinem Stuhl zurück und knetete die Finger.

»Und da kommen Sie ausgerechnet zu uns?«, knurrte er gereizt.

»Nicht nur. Wir befragen alle, die mit Erich Smekal zu tun hatten.«

»Da werden Sie bei uns nicht viele finden.« Der Finanzer hatte nun das Wort ergriffen. »Wir haben mit Smekal kaum zusammengearbeitet. Und die paarmal, die wir ihn gebeten haben, für uns eine Fuhre zu übernehmen, das ist Jahre her.«

Dorli wandte sich an Langbauer. »Welche Art Geschäfte haben Sie mit Smekal abgewickelt?«

Bevor dieser noch zu einer Antwort ansetzen konnte, fuhr Biermann dazwischen. »Was soll die Frage? Wir sind ein anständiges Unternehmen. Und dass der Smekal jetzt den Löffel abgegeben hat, hat mit uns absolut nichts zu tun.«

»Behauptet ja auch keiner.« Langbauer warf seinem Chef einen scharfen Blick zu. »Die Herrschaften wollten doch nur eine Auskunft zu unseren Geschäftsbeziehungen. Und da wir nicht gerade Rauschgift geschmuggelt haben, sehe ich hier überhaupt kein Problem.«

Biermann kniff den Mund zusammen, schwieg aber.

Langbauer fuhr fort: »Wenn bei uns mal ein Wagen ausgefallen ist, haben wir in der Umgebung rumgefragt, ob jemand für uns die Fuhre übernehmen kann. Das ist in der Branche üblich. Denn ein Kleiner macht die Fahrt, wird dafür bezahlt und aus. Ein größerer Konkurrent könnte einem den Kunden abwerben. Und das ist das Letzte, was man brauchen kann. Die Konkurrenz aus dem Osten ist ohnehin schon schlimm genug, und das Transportgewerbe an sich ist hart.«

»Und wie war Erich Smekal so?«, fragte Dorli.

»Als Mensch oder als Geschäftspartner?« Wieder Langbauer. Biermann schien mit Gesichtslähmung in seinem Sessel zu kauern und den Beleidigten zu spielen.

»Sowohl als auch.«

»Als Geschäftspartner korrekt, pünktlich und zuverlässig. Als Mensch? Einen wie ihn würde vermutlich jeder gern zu seinem Freundeskreis zählen. Ich kannte ihn nicht näher, aber er schien sehr nett zu sein.«

»Teilen Sie die Einschätzung Ihres Kollegen?«, wandte sich Lupo nun an den versteinerten Biermann.

Der schüttelte den Kopf. »Ich habe mit ihm persönlich nie zu tun gehabt. Immer nur meine Leute. Ich kann dazu gar nichts sagen.«

»Und wer hatte mit Erich Smekal Kontakt?« Lupo musste sich sehr beherrschen, dass er den schmierigen Kerl nicht anblaffte.

»Keine Ahnung«, erwiderte der und wies mit der Hand auf seinen Finanzer. »Weißt du wen?«

»Am ehesten der Joe Müller. Der hat früher mal für den Smekal gearbeitet und ist jetzt Fahrer bei uns.«

»Können wir mit ihm sprechen?«

Langbauer fischte sein iPhone aus der Rocktasche und tippte auf dem Display herum. »Tut mir leid, er ist auf Tour. Er kommt am Samstag zurück. Sie könnten ihn dann am Montag befragen.«

Lupo nickte. »Und wer hat Smekal kontaktiert, wenn es eine Fuhre für ihn gab?«

»Entweder ich oder unser Vorarbeiter.«

»Wie heißt der Mann, und wo finden wir ihn?«

Biermanns Raubtierblick zuckte zu Langbauer, der bereitwillig Auskunft gab.

»Lazlo Körtesy. Er ist allerdings im Moment auf Urlaub und zu Hause in Ungarn. Sie erreichen ihn erst wieder in zwei Wochen.«

Lupo musterte ihn forschend. »Müssen Sie da gar nicht ihr elektronisches Orakel befragen?«

Langbauer grinste amüsiert. »Nein. Wenn der Vorarbeiter ausfällt, dann muss meist ich einspringen, wenn etwas unklar ist. Das merk ich mir auch so.«

Dorli und Lupo bedankten sich für die Auskünfte und verließen die Firma.

»Mann, der Geschäftsführer ist doch das reinste Ekelpaket.« Dorli schüttelte sich.

»Der hat irgendwas zu verbergen«, erwiderte Lupo. »So ein Komiker. Er schaut nervös und beunruhigt aus, gleichzeitig spuckt er überhebliche Töne, und dann will er Smekal gar nicht persönlich kennen.«

»Typen wie der haben meist Dreck am Stecken. Die Frage ist, hat es mit Smekal zu tun? Oder dreht er andere krumme Dinger, und jetzt geht ihm der Arsch auf Grundeis, dass wir was rausfinden könnten, wenn wir herumschnüffeln?«

»Den Kerl werden wir wiedersehen, wenn sich herausstellen sollte, dass Erich Smekal keines natürlichen Todes gestorben ist.«

»Sehe ich auch so.« Dorli nickte zustimmend.

»Andererseits kann ich mir fast nicht vorstellen, dass die hier ein Motiv hätten.«

»Wer weiß, was der Smekal für die Heinis hat fahren müssen.«

»Und dann hätte unser personifizierter Engel die Transalpin-Leute erpresst? Geh, das glaubst aber selber nicht, Dorli.«

»Dem schwindlichen Geschäftsführer traue ich alles zu.«

»Aber doch nicht unserem Unschuldslamm!«

»Was weiß ich. Vielleicht war das Lamm ein Wolf im Schafspelz.«

Dorli warf ihre drahtigen eins einundsechzig auf den Beifahrersitz. Was für Lupo wohl bedeutete, dass er weiterfahren sollte.

»Komisch ist außerdem, dass keiner erreichbar ist, der mit Smekal zu tun hatte.«

»Könnte ja auch Zufall sein.«

»Oder Absicht. Wir werden sehen, welche Ausrede sie uns das nächste Mal auftischen.«

»Was nun?«

»Mittagessen. Mir knurrt der Magen. Und dann in die Pathologie nach Baden.«

Lupo setzte seine Kappe auf und machte auf Chauffeur. »Sehr wohl, Miss Daisy.«

Dorli boxte ihn vom Nebensitz in die Rippen. »Den Film hab ich gesehen. Daisy ist mindestens hundert. Nimm das zurück! Sonst …«

»Sonst was?«

»Lass es lieber nicht drauf ankommen!«

Als Dorli und Lupo in Baden aus der Pathologie kamen, wo sie mit Frau Dr. Rusch über die Ergebnisse der Autopsie Erich Smekals gesprochen hatten, war der sanfte Nieselregen von vorhin in einen handfesten Platzregen übergegangen.

»Und jetzt?«, fragte Lupo.

»Rennen!«, entgegnete Dorli und sauste los in Richtung Auto.

Lupo versuchte den Schlüssel ins Schloss zu kriegen, aber wie immer, wenn man sich besonders beeilen will, klappte es nicht.

»Funkfernsteuerung!«, keuchte Dorli.

Lupo warf ihr einen entgeisterten Blick zu.

»Der Autoschlüssel. Du musst nicht den Schlüssel reinstecken zum Aufsperren. Drück auf …«

Die Schlösser klackten, die Blinker leuchteten, Dorli riss die Tür auf und warf sich mit Schwung auf den Beifahrersitz.

»Brr.« Sie schüttelte das Wasser aus ihrem Gesicht. »Sauwetter. Und du lässt mich da draußen im Regen stehen!«

Lupo schlug die Tür zu und wischte sich die Tropfen aus den Augen.

»Du siehst entzückend aus, wenn du wütend bist.«

Dorli drehte ihr Gesicht in seine Richtung. Öffnete den Mund zu einer harschen Entgegnung und schloss ihn wieder, ohne einen Ton von sich gegeben zu haben. Einen Moment kreuzten sich ihre Blicke. Verhakten sich. Hielten einander fest. Bis Dorli sich abwendete. Ihr Herz hatte einen Moment lang ausgesetzt, als Lupo sie so intensiv angesehen hatte. Mist, das fehlte noch, dass sie sich in den Kerl verschaute. *Ablenken, ausweichen, negieren, Dorli.*

»Was hältst du von dem Bericht der Pathologin?«, fragte sie mit etwas unsicherer Stimme.

»Auf jeden Fall wissen wir jetzt, dass er weder einen Herzinfarkt, einen Schlaganfall noch eine andere Krankheit hatte. Und dass man fast hundertprozentig sagen kann, dass es ein Mord war und kein Unfall – das haben wir ja selbst auch vermutet. Im Kontext mit den Aussagen seines Freundes Beat Eberli tendiere ich stark zur Variante ›Todesfall durch Fremdeinwirkung‹.« Lupos Stimme klang etwas heiser.

»Frau Dr. Rusch hat ja dazu auch eine eindeutige Gewichtung abgegeben. Unfall vielleicht zehn Prozent, Mord etwa neunzig Prozent. Denn wer fällt schon ungefähr zehnmal hintereinander in dieselbe Metallspitze?«

Sie schwiegen beide, in ihre Gedanken versunken. Lupo brach das Schweigen.

»Wir müssen mit Beat und der Witwe reden. Sie sollen die Polizei einschalten.«

9

Beat Eberli, Anja Smekal und ihr Sohn Lukas saßen steif im Wohnzimmer der Smekals, um sich den Bericht über das Ergebnis der Obduktion anzuhören. Ihnen gegenüber hatten sich Dorli und Lupo niedergelassen.

Lupo ergriff das Wort. »Erich Smekal ist verblutet und ertrunken. Simultan sozusagen. Grund für den massiven Blutverlust war eine Wunde im Bauchbereich. Sie stammte mit großer Wahrscheinlichkeit von einem Holzpfahl mit Metallspitze, möglicherweise einem Bootshaken, wovon ein Teil abgebrochen war.«

Anja Smekal war bei Lupos Bericht immer mehr in sich zusammengesunken. Ihre Gesichtsfarbe glich dem Kalkweiß der Wand. Beat schüttelte den Kopf und murmelte Unverständliches. Lukas, ein lang aufgeschossener, aber kräftiger Junge von ungefähr achtzehn Jahren, in ausgefransten Jeans und mit zerknautschtem T-Shirt, saß bleich und steif wie eine Statue neben seiner Mutter. Bei dem Wort »Bootshaken« zuckte er zusammen.

»Wie kommt sie auf einen Holzpfahl mit Metallspitze?«, fragte Anja Smekal heiser.

»Durch die Analyse kleinster Rückstände in der Wunde«, antwortete Lupo.

»Und? Isch's jetzt ein Unfall gsii?«, fragte Beat.

Dorli antwortete: »Das lässt sich nicht mit letzter Sicherheit feststellen. Aber die Wahrscheinlichkeit dafür ist laut Frau Dr. Rusch minimal, denn bei einem Unfall müsste Ihr Freund mehrere Male in diese Spitze gefallen sein. Immerhin war die Wunde so groß, dass Gedärme aus dem Bauchraum ausgetreten sind. Der Verdacht liegt nahe, dass der Tod durch Fremdeinwirkung eingetreten ist.«

»Oh mein Gott!«, presste Anja Smekal hervor, wurde noch blasser, als sie ohnehin schon war, und verbarg ihr Gesicht hinter einem Taschentuch.

»Han ich's doch denkt«, murmelte Beat. »Das isch Mord gsii.«

Düsteres Schweigen lastete auf dem Raum. Lupo unterbrach es.

»Frau Smekal, Sie sollten die Polizei informieren. Aufgrund des Gutachtens der Pathologin müsste die den Fall wieder aufnehmen.«

»Wird mein Mann davon wieder lebendig?« Anja Smekals Augen glühten.

»Nein. Aber vielleicht wird dadurch der Mörder gefasst.«

»Ich will nicht, dass die Polizei in jedes Eck schaut. Was werden denn da die Nachbarn denken? Es reicht, wenn Sie überall Ihre Nasen reinstecken.«

Die Frau hat Sorgen! Dorli krampfte es innerlich zusammen. *Ihr Mann ist ermordet worden, und sie kümmert es nur, was die Nachbarn denken, wenn die Polizei kommt. Als ob das nicht scheißegal wäre!* Leider gab es viel zu viele, die dachten wie Anja Smekal. Was in der Familie passierte, war piepegal, selbst wenn Männer ihre Frauen und Kinder halb totprügelten. Hauptsache, nach außen hin sah alles nach heiler Welt aus.

Beat Eberli beugte sich zur Witwe und nahm ihre Hände. »Anja, das meinst doch nöd ernscht! Wenn de Erich ermordet worden isch, denn muess es dich doch auch interessieren, dass der Mörder wegg'sperrt wird!«

Anja Smekal schüttelte den Kopf. »Nein. Keine Polizei. Die zwei«, sie bedachte Dorli und Lupo mit einem giftigen Blick, »die können von mir aus weitermachen. Noch zwei Wochen. Dann ist Schluss. Mein Sohn und ich müssen wieder zu einem normalen Leben zurückkehren können.«

Beat und Lupo tauschten einen Blick. Lupo wandte sich an Frau Smekal. »In diesem Fall würden wir gerne die Bücher Ihres Mannes überprüfen lassen. Denn eines ist auffällig. Kurz bevor Ihr Mann starb, ist der Buchhalter verschwunden und seitdem auch nicht mehr zum Dienst erschienen. Das kann natürlich Zufall sein. Er könnte aber auch Geld unterschlagen haben. Ihr Mann könnte drauf gekommen sein, und bevor er sein Wissen weitergeben konnte, hat ihn der Buchhalter vielleicht getötet.«

»Der Parizek ist verschwunden?« Lukas beugte sich vor. »Der

ist aber so was von einem urfaden Typen. Der und was unterschlagen?«

»Kann ich mir auch nicht vorstellen«, assistierte Anja Smekal.

»Mir hätten uns auch nöd vorstelle chönne, dass de Erich plötzlich tot isch.« Beat wandte sich an Lupo. »D'Anja wird luege, dass d'Bücher prüft werden. Mir müssen jeder no so kleinen Spur nochgoh. Wenn de Erich wirklich ermordet worde isch, denn wird de Sausack nöd domit durchkomme!«

»Dürfen wir Sie noch etwas fragen?«, wandte sich Lupo an Lukas.

Der nickte.

»Wie war Ihr Verhältnis zu Ihrem Vater? Freundschaftlich, autoritär, indifferent?«

»Schwer zu sagen«, antwortete Lukas. »Er war ja nie da. Immer stand die Firma an erster Stelle.«

Anja Smekal warf ihrem Sohn einen bösen Blick zu.

»Na ja, eher freundschaftlich, aber irgendwie distanziert«, ergänzte Lukas und blickte demonstrativ nicht in Richtung seiner Mutter.

Lupo beugte sich zu ihm vor. »Wie soll ich das verstehen?«

»Sehen Sie, wir lebten im gleichen Haus. Aber wir kannten einander kaum.«

»Waren Sie denn nicht gelegentlich mit Ihrem Vater auf dem Boot?«

»Doch, das schon. Aber wie oft hatte er denn Zeit? Vier-, vielleicht fünfmal im Jahr. Und selbst da hat er immer nur über die Firma gequatscht.«

»Und das hat Sie nicht interessiert? Sie werden doch die Spedition einmal übernehmen, oder?«

Lukas zuckte desinteressiert mit den Schultern. »Keine Ahnung.«

Dorli wandte sich an Anja. »Wissen Sie, wer jetzt die Firma erbt?«

»Wahrscheinlich ich. Aber was soll ich damit? Ich kenn mich doch überhaupt nicht aus«, jammerte sie. Ihr ohnehin schon bekümmerter Gesichtsausdruck war einer Maske der Ablehnung gewichen. »Mein Gott, wie soll das alles jetzt weitergehen?« Sie klang, als würde sie gleich losheulen.

Dorli vergewisserte sich, dass die Haustür bereits geschlossen war. »Diese Familie ist irgendwie seltsam.«

»Ja, man kriegt den Eindruck, der einzig normale Mensch in dem Haus war der allseits beliebte Engelmann Erich. Anja quengelt die ganze Zeit. Und den Junior interessiert absolut nix.«

»Du bringst es auf den Punkt. Die gute Ehefrau war anscheinend immer nur Hausfrau. Sie wirkt völlig realitätsfern. Wichtig ist nur, was die Nachbarn denken. Da ist es sogar egal, wie ihr Mann gestorben ist. Jämmerlich! Und der Junge? Der ist halt grad in dem Alter, wo Burschen meinen, sie seien besonders cool, wenn sie alles langweilig finden.«

»Ob der in der Schule auch so cool ist?«, fragte Lupo.

»Vermutlich. Er ist schon über achtzehn, denn er fährt ein Auto, und hat noch nicht maturiert, also hat er wahrscheinlich schon mal eine Klasse wiederholt.«

»Woher weißt du, dass er ein Auto hat?«

Dorli grinste. »Weil er sich eben da drüben in einen roten Honda gequetscht hat und weggefahren ist.«

»Hm. Ist mir glatt entgangen. Egal. Uns interessiert ja weder sein Geburtsjahr noch sein Zeugnis, wir suchen einen Mörder. Komm, Dorli, wir besuchen nochmals die Firma Smekal.«

Hier stellte sich heraus, dass der Buchhalter immer noch unauffindbar war. Und außerdem nun doch der Verdacht bestand, dass er eine größere Summe abgezweigt haben könnte. Man wartete ungeduldig auf einen Mann aus der Wirtschaftsprüferkanzlei Konrad & Meier, der die Bücher durchforsten sollte.

Angesprochen auf Joe Müller, der nun bei der Transalpin fuhr, äußerte sich Smekals Assistentin vorsichtig. Immerhin kitzelte Lupo aus ihr heraus, dass Müller wegen Trunkenheit am Steuer gefeuert worden war. Die Polizei hatte ihm damals den Führerschein entzogen. Das lag allerdings zwei Jahre zurück.

10

Am nächsten Tag nahm Dorli den Hund mit, bevor sie Lupo abholte, und sie klapperten die Freunde und Verwandten der Smekals ab, die Beat Eberli und die Witwe ihnen genannt hatten. Doch wen auch immer Dorli oder Lupo befragten, überall das gleiche Bild: Erich Smekal war ein vorbildlicher Gatte und Vater, ein verlässlicher Freund, in der Gemeinde beliebt, ein wunderbarer Segelkamerad und jemand, der sich an vielen Wohltätigkeitsveranstaltungen nicht nur mit Geld, sondern auch aktiv beteiligt hatte.

Dorli fasste in Worte, was sie beide fühlten: »Jemanden, der so perfekt ist, gibt es ganz einfach nicht.«

»Irgendwo müssen Leichen im Keller liegen, ich kann sie fast riechen«, ergänzte Lupo. »Aber wo, zum Teufel, sollen wir ansetzen?«

»Bei der Transalpin. Der verschlagene und überhebliche Geschäftsführer hat auf mich so gewirkt, als hätte er was zu verbergen.«

»Der Buchhalter ist mir auch viel zu glatt. Jovial und nett, aber rein gefühlsmäßig ebenfalls nicht lupenrein.«

Diesmal empfing sie zu Dorlis Erleichterung Langbauer alleine.

»Sie können den Hund ruhig mit reinbringen. Ich mag Berner Sennenhunde. Sie sind so knuffig.«

Er bat sie nicht in das muffige Besprechungszimmer, sondern in sein gemütliches Büro im ersten Stock. Ein Hauch von Pfeifentabakrauch mit Vanillearoma lag in der Luft. Sie nahmen Platz, Idefix rollte sich zu Dorlis Füßen zusammen, und Lupo fragte nach dem Sicherheitsdienst.

»Das ist die Secur Austria. Sie überwacht das Gelände mit Kameras und stellt sowohl den Tag- als auch den Nachtportier. Wollen Sie übrigens etwas zu trinken? Kaffee, Tee, Mineral, Saft?«

»Nein danke. Können wir mit den Portieren sprechen?«, fragte Lupo.

»Ich weiß zwar nicht, was Sie sich davon erwarten, aber sicher. Wenn Sie rausgehen, können Sie mit dem Tagportier plaudern, und er weiß sicher auch, wie Sie den Nachtportier erreichen können.«

»Sind die Tore an der großen Einfahrt in der Nacht geschlossen?«

»Ja. Wenn ein Sattelzug kommt, dann ruft der Fahrer entweder an, oder er muss beim Schranken stehen bleiben und läuten. Dann meldet sich der Portier, und wenn ihn der Portier nicht persönlich kennt, muss er sich mit seiner Codekarte ausweisen. Dann geht der Schranken hoch, und die Tore werden automatisch zur Seite gerollt.«

»Sicher wie Fort Knox!«, stellte Dorli fest.

»Tja, früher war das nicht notwendig. Aber in den letzten Jahren sind unglaubliche Dinge passiert. Metallteile wurden vom Hof gestohlen und abtransportiert, Anhänger mit Kränen oder Baggern und einmal sogar ein ganzer Sattelzug samt Ladung entführt. Da hat sich die Versicherung quergelegt. Entweder wir würden die Bewachung entsprechend verschärfen, oder sie zahlen nicht mehr.«

»Na arg!« Dorli strich sich eine Haarsträhne aus den Augen.

»Schlimmer, als Sie sich das vorstellen können. Wir sind sogar verpflichtet, die Zutrittskarten der Mitarbeiter, die nicht gerade Dienst haben, einzuziehen. Es könnte ja auch ein Mitarbeiter unbefugt das Gelände betreten und etwas stehlen. Das alles ist mühsam und zeitaufwendig.«

»Sind die Karten denn personalisiert?«, fragte Dorli.

»Die der Angestellten schon, da läuft auch die Zeiterfassung darüber. Die der Arbeiter sind nur einfache Türöffner. Die haben ihre Stempelkarten dort, wo ihr Arbeitsplatz ist. Das hat sich leider auch als notwendig erwiesen, sonst würden die Herrschaften stundenlang auf unsere Kosten im Hof herumlungern, rauchen und quatschen.«

»Muss ein Heidengeld kosten«, warf Lupo ein.

»Sie sagen es. Und letztendlich müssen wir diese Kosten auf den Kunden abwälzen. Die Gewinnspannen sind so mager geworden, dass wir das nicht tragen können.«

Langbauers Telefon klingelte. Er hob ab, lauschte. Dann wandte er sich an seine Besucher. »Tut mir leid. Ich muss mich um ein Problem kümmern.«

»Ein hartes Business.« Dorli erhob sich, Idefix stand in derselben Sekunde an ihrer Seite. »Danke, dass Sie uns noch einmal Ihre Zeit geschenkt haben. Smekal können wir ja leider nicht mehr über die Usancen in dem Geschäft befragen. Sie haben uns sehr geholfen.«

»Gern. Sie finden alleine hinaus?«

Dorli eilte aus dem Raum, Lupo hatte Mühe, sie einzuholen.

»Was rennst denn jetzt so?«

»Ich hab eine Idee. Geh du schon mal vor zum Portier und fratschel ihn aus. Ich rede noch mit der aufgebrezelten Empfangsdame.«

Lupo schüttelte den Kopf, machte sich aber auf den Weg. »Und nimm den Hund mit.«

»Na komm, mein Alter. Wir sind hier nicht erwünscht.«

Dorli schritt zum Empfang und wollte die junge Frau in ein Gespräch verwickeln. Doch gerade zu diesem Zeitpunkt stand das Telefon keinen Moment still. Arbeiter kamen vorbei, klatschten ihre Zutrittskarten auf den Tresen und verließen die Firma. Dorli hörte Fetzen der Unterhaltung der Telefonistin mit.

»Aber Sie können doch nicht die Alarmanlagen für vierundzwanzig Stunden ausschalten!« Dorli verstand nicht, was der andere Gesprächsteilnehmer antwortete, doch das, was die Frau darauf erwiderte, klang vielversprechend.

»Von heute Abend bis morgen Mittag? Und nur wegen der blöden Software? Nein, das kann ich nicht einfach so weitergeben. Das erklären Sie mal schön selbst dem Chef.«

Sie drückte ein paar Knöpfe, dann warf sie den Hörer auf die Telefonstation zurück. »Unglaublich«, murmelte sie und wandte sich dann endlich Dorli zu. »Was kann ich für Sie tun?«

»Wissen Sie, wann Joe Müller von seiner Tour zurückkommt?«

»Nein. Der war laut Computerprotokoll heute Nacht da und ist schon wieder weg.«

»Und wohin ist er gefahren?«

»Keine Ahnung. Sollte normalerweise auch erfasst sein, wohin und mit welchen Wagen.« Sie tippte auf der Tastatur ihres Computers herum. »Genau, ich hab mich richtig erinnert. Da steht nix. Komisch.«

»Kann man nichts machen. Danke.«

Das neuerliche Klingeln des Telefons enthob Dorli weiterer Konversation mit der Empfangsdame. Rasch verließ sie das Gebäude.

Lupo hatte in der Zwischenzeit erfahren, dass der Nachtportier, der seit Jahren bei der Spedition den Hauptdienst versah, derzeit auf Kur weilte. Sein Vertreter hatte den Dienst erst angetreten, als Smekal bereits tot war. Ihn brauchten sie daher nicht zu befragen.

»Der Tagportier ist seit zwei Jahren hier. Er ist sich sicher, dass er Smekal zumindest in den letzten zwei, drei Monaten nicht gesehen hat.«

»Trotzdem, irgendwas stinkt hier. Findest du es nicht auch seltsam, dass alle, die mit dem Smekal zu tun hatten, auf Urlaub oder sonst wie nicht greifbar sind? Wir sollten uns einmal ungestört umsehen.«

»Doch, hier ist alles komisch. Ich hab mich ein bisserl umgeschaut, aber mit den Kameras, dem Portier und den Zutrittskarten wird es nicht leicht sein, hier ungesehen reinzukommen.«

Dorli lächelte geheimnisvoll. »Dann habe ich gute Neuigkeiten.«

»Ja?«

»Heute Nacht wird es keine Kameras und keine Aufzeichnungen geben. Die Sicherheitsfirma hat angerufen, dass von heute Abend bis morgen Mittag eine neue Software eingespielt und vermutlich auch getestet wird. Die Empfangsliesel war ziemlich aufgebracht deswegen.«

»Ein Problem weniger. Aber wie kommen wir rein?«

»Damit!« Dorli fischte eine Zutrittskarte aus ihrer Jackentasche. »Die ist mir zugelaufen.«

Lupo streckte die Hand aus und strich ihr durchs Haar. »Du bist einfach unglaublich.«

»Deswegen muasst ma net gleich die Frisur zerstören, wenn's amal net regnet.« Dorli murrte zwar, aber sie konnte nicht verhindern, dass es ihr wohlig über den Rücken rieselte, als sie Lupos Hand spürte. Langsam wurde ihr der Mann unheimlich. Er berührte Teile ihrer Seele, von denen sie glaubte, sie seien vor langer Zeit abgestorben. Doch Lupo riss sie aus ihrer Erstarrung.

»Komm, Dorli, wir haben noch eine Menge vor. Irgendwo wird es hier ja ein Gasthaus geben. Da könnten wir was futtern, und dann versuchen wir ein Zeit/Weg-Diagramm von Smekals letzten Tagen zu erstellen, soweit wir das wissen. Und danach können wir uns auf die Suche machen, wie wir die Löcher, die sicher bleiben werden, stopfen können.«

11

Nachdem sie in einem kleinen Landgasthaus gegessen hatten, schob Dorli das Geschirr zur Seite und fischte Zettel und Kugelschreiber aus ihrer Handtasche.

»So, jetzt schauen wir mal. Vom Tag seines Verschwindens wissen wir, dass er bis Mittag im Büro war. Danach Funkstille.«

Dorli teilte das Papier in vier Spalten. Die erste bekam die Überschrift »Sonntag«, jene danach »Montag«, »Dienstag«, »Mittwoch«. Dann schrieb sie in die jeweiligen Spalten, was sie bereits wussten.

Am Sonntag war Smekal laut Auskunft seiner Frau am Segelboot gewesen. Lukas hatte ihn nicht begleitet, der war mit Freunden bei einer Fete.

Montag war Smekal ab neun Uhr früh in der Spedition, und zwar bis neunzehn Uhr am Abend. Er hatte auf einen Lkw aus Russland gewartet. An diesem Tag hatte er ein langes Gespräch mit dem Buchhalter geführt. Der danach nicht wieder zum Dienst erschienen war. Gegen Mitternacht war er nach Hause gekommen. Wo er in der Zwischenzeit gewesen war, mussten sie noch herausfinden.

Am Dienstag war Erich Smekal am Vormittag nur kurz in der Firma gewesen. Danach war er gegangen, ohne zu sagen, wann er wiederkommen würde. Auch am Handy war er nicht erreichbar, als ihn ein Mitarbeiter etwas fragen wollte. Die Nacht von Dienstag auf Mittwoch hatte er nicht zu Hause verbracht. Da klaffte eine große Lücke in den Aufzeichnungen.

Am Mittwoch war Smekal bis ungefähr dreizehn Uhr in der Firma gewesen, danach fehlte wieder jede Spur von ihm.

Laut Angaben seiner Mitarbeiter war das kein typisches Verhalten für ihren Chef. Normalerweise war er jeden Tag anwesend, und zwar kam er meist als Erster und ging oft als Letzter.

Lupo drehte Dorlis Zettel zu sich.

Sonntag
Boot? Vermutung Ehefrau
Nacht?
Zeugen?

Montag
9.00 – 19.00 Firma
19.00 – 24.00 ?
24.00 – daheim

Dienstag
8.00 – 10.00 Firma
10.00 – ?
Nacht – ?

Mittwoch
9.00 – 13.00 Firma
13.00 – 18.00 ?
~ 18.00 – auf dem Boot?
Gegen 23.00 Uhr – Tod auf dem See

»Schaut nicht gut aus. Zu viele Löcher«, stellte Lupo fest.

»Du sagst es. Mehr Löcher als sonst was.« Dorli kratzte sich mit dem Kuli nachdenklich im Haaransatz. »Warum hat er sich in dieser Woche anders verhalten als sonst? Wo war er von Dienstagvormittag bis Mittwoch früh? Und wo war er am Mittwochnachmittag bis zu seinem Tod in den Abendstunden?«

»Ich fürchte, wir müssen Klinken putzen gehen. Bei den Nachbarn im Wohnort und bei den Bootsbesitzern, die ihre Liegeplätze in der Marina in Rust neben seinem haben. Es ist ja nicht einmal sicher, dass er den Sonntag wirklich am See verbracht hat.«

»Wo fangen wir an?«

»Am liebsten am Neusiedler See. Denn ob, wann und mit wem er am Tag seines Todes am Boot war, ist so ziemlich die wichtigste Information.«

Das Ergebnis ihres Ausflugs an den See war mehr als mager. Das Wetter hatte umgeschlagen, die Boote lagen verlassen und abgedeckt an den Stegen.

Der Hafenmeister blickte Dorli und Lupo grimmig an, als sie ihn auszufragen versuchten. »Wer sind Sie eigentlich? Wer hat Sie dazu ermächtigt, hier Fragen zu stellen?«

Lupo zückte seine Lizenz und erklärte, dass er beauftragt war, die Umstände des Todes von Erich Smekal aufzuklären.

»Aber das war doch ein Unfall, hat die Polizei gesagt.« Der Hafenmeister sah immer noch finster drein.

»Das ist mittlerweile nicht mehr so sicher.« Lupo beugte sich zum offenen Schalter und stellte dem Mann Fragen. Der zögerte lange, bevor er sich bequemte, einige zu beantworten.

Am Mittwoch, dem Todestag von Erich Smekal, hatte er weder jemanden aufs Boot kommen noch es aus dem Hafen fahren sehen. »Möglicherweise war es schon dunkel, als er ausgelaufen ist. Denn an Bord muss er wohl gewesen sein.«

Das leuchtete Dorli und Lupo ein. Am Dienstag war er sicher weder auf dem Boot noch in der Hütte. Am Sonntag vor seinem Tod war Erich Smekal allerdings mit dem Segelboot rausgefahren. Er war nicht allein. Da habe ihn ein hoch aufgeschossener Junge begleitet, vermutlich nicht der Sohn, denn der war kräftig, und die Begleitung Smekals war von zartem Körperbau gewesen.

»Könnte es auch eine Frau gewesen sein?«, fragte Dorli.

»Möglich. Er oder sie, wer weiß das heute schon, war fast so groß wie Erich Smekal, trug Jeans, einen Schlabberpulli und eine Schirmkappe.«

»Hat Smekal mit Begleitung die Nacht auf dem Boot verbracht?«, erkundigte sich Lupo.

Der Hafenmeister blickte ihn verächtlich an. »Ich spioniere den Leuten nicht hinterher!«

»Das ist in diesem Fall kein Spionieren. Wir versuchen einen Mord aufzuklären. Also wenn Sie *zufällig*«, Lupo betonte das letzte Wort, »etwas beobachtet haben, das uns weiterhilft, dann ist es Ihre Pflicht, uns das mitzuteilen.«

Hui, da lehnt Lupo sich jetzt aber weit aus dem Fenster. Dorli war sich sicher, dass eine Auskunftspflicht nur gegenüber der Polizei bestand. Eigentlich hätte der Mann sie auch einfach zum Teufel schicken können.

Der Hafenmeister schluckte. »Ich weiß ohnehin nichts. Im Hafen lag das Schiff nicht, als ich so gegen zweiundzwanzig Uhr die Marina verließ. Wenn er darauf die Nacht verbracht hat, dann draußen auf dem Wasser, oder er hat in der Hütte geschlafen. Am Morgen, als ich um acht meinen Dienst wieder antrat, lag das Boot jedenfalls an seinem Liegeplatz.«

Wieder im Auto, zog Dorli ihren Zettel mit Erich Smekals letzten Tagen aus der Handtasche und ergänzte, was sie erfahren hatten.

Sonntag
Boot? Vermutung Ehefrau
Ja, mit Gast. Wer? Weiblich?
Nacht?
Ja, auf dem Wasser oder in der Hütte. Boot nicht am Liegeplatz. Erst am Morgen.
Zeugen?
Hafenmeister.

Montag
9.00 – 19.00 Firma
19.00 – 24.00 ?
24.00 – daheim

Dienstag
8.00 – 10.00 Firma
10.00 – ?
Nacht – ?

Mittwoch
9.00 – 13.00 Firma
13.00 – 18.00 ?
~ 18.00 – auf dem Boot?

Smekal ist erst nach Einbruch der Dunkelheit aufs Boot gekommen. Gegen 23.00 Uhr – Tod auf dem See

Lupo schüttelte den Kopf. »Nicht gerade üppig, was wir jetzt erfahren haben.«

»Aber interessant. Wer war der oder die Unbekannte am Sonntag? Ich tippe auf eine Frau, wenn er mit ihr die Nacht auf dem Wasser oder in der Hütte verbracht hat«, bemerkte Dorli.

»Würd dem Typen echt menschliche Züge verleihen, wenn er ein Gschpusi mit irgendwem gehabt hätt!«

Dorli lachte. »Typisch Mann. Er wär dir sympathischer, wenn er seine Frau betrogen hätt.«

»Nicht deswegen«, verteidigte sich Lupo. »Aber weil er dann endlich einen kleinen Makel auf den Engelsflügeln picken hätte.«

12

Kurz nach ein Uhr nachts schlichen Dorli, Lupo und Idefix am Zaun der Transalpin entlang. Lupo hatte eine Zange dabei, mit der er in einer entlegenen Ecke den Maschendraht durchtrennte und nach außen bog. Er machte die Vorhut, und jedes Mal, wenn er sah, dass die Luft rein war und kein Nachtwächter auf Runde, gab er mit einer Hundepfeife das Signal zum Nachrücken. Diese Pfeifen arbeiteten im hochfrequenten Bereich und waren daher für das menschliche Ohr unhörbar. Sobald Idefix sich in Bewegung setzte, folgte Dorli. Auf diese Weise gelangten sie relativ rasch bis zum Eingangstor des Bürogebäudes. Ein Blick durch die Glasfront zeigte, dass sich im schwach beleuchteten Eingangsbereich niemand aufhielt.

»Hoffentlich funktioniert der Zutritt mit Karte, wenn die gesamte Elektronik lahmgelegt ist«, flüsterte Lupo.

»Probieren geht über studieren.« Dorli zog die gemopste Karte durch den Schlitz des Apparates. Mit einem leisen Klicken öffnete sich die Tür.

»Wohin?«, fragte sie mit einem breiten Grinsen.

»Ins Büro vom Geschäftsführer, dann in das vom Langbauer.«

Sie setzten sich in Bewegung, vermieden den Lift und schlichen vorsichtig die Treppen hoch. Im Gegensatz zur Eingangshalle war es hier relativ dunkel. Nur die Notbeleuchtung, die die Fluchttüren kennzeichnete, war an.

Mit der kleinen Leuchte von Dorlis Schlüsselanhänger lasen sie die Namensschilder auf dem Flur. Die Tür zu Biermanns Büro war verschlossen. Dafür war Lupo allerdings bestens gerüstet. Zu seiner Standardausrüstung gehörte ein Satz Dietriche. Im Nu hatte er die Bürotür damit geöffnet.

»Das machst du wohl nicht zum ersten Mal«, stellte Dorli fest und huschte in den Raum.

Lupo grinste und folgte ihr. Idefix schnupperte in allen Ecken, fand offenbar nichts, was für ihn von Interesse war, und legte sich neben den Eingang. Dorli knipste die Taschenlampe an, Lupo knackte alle Schlösser, die versperrt waren. Dann nickte er Dorli zu.

»Ich nehm mir das Büro von Langbauer vor. Wir treffen uns in einer Viertelstunde draußen beim Zaun, oder – wenn was passiert – beim Auto.« Weg war er.

Der Schreibtisch war unversperrt gewesen. Dorli zog leise die Laden auf, sondierte hastig den Inhalt und schloss sie wieder. *Wenn da was Heikles drin wär, hätte der doch abgesperrt, oder?*

Dorli wandte sich einer Hängeregisterkartei zu. Blätterte durch die Akten. *Nichts. Schmarrn.*

Dorli ließ ihre Blicke schweifen. Wo würde sie sensibles Material verstecken? Im Safe. Aber es gab keinen. Wo dann? Sie öffnete den Kleiderschrank. Ein Ersatzanzug und zwei weiße Hemden, originalverpackt. Zwei Krawatten, eine dunkelrot, die andere blau, und ein Paar Schuhe. Dazu noch ein schmaler Ordner. Da war sicher nichts Aufregendes drinnen, wenn er einfach so im Kleiderschrank lag. Trotzdem öffnete Dorli den Hefter. Rasch blätterte sie durch die Seiten. Ein Blatt schien interessant. Eine DIN-A4-Seite, ziehharmonikamäßig gefaltet, schien die Einsatzziele aller Lkws zu enthalten. Dorli riss das Blatt aus dem Ordner, faltete es und steckte es hinten in ihre Hose. Sie legte die Mappe zurück. Vielleicht war es irgendwie von Nutzen.

Idefix spitzte die Ohren und gab einen leisen Knurrlaut von sich. Jemand musste sich nähern. Dorli löschte die Taschenlampe und öffnete geräuschlos die Tür. Niemand da. »Los!«, flüsterte sie dem Hund zu.

So leise wie möglich rannte sie mit Idefix in Richtung Treppenhaus. Von Lupo nichts zu sehen. Egal. Sie musste sich beeilen, aus der Richtung des Fahrstuhls hörte sie schwere Schritte. Gemeinsam huschten sie durchs Treppenhaus nach unten. Die Eingangshalle war leer. Durch die Tür und dann Richtung Loch im Zaun.

Plötzlich hörte Dorli asthmatisches Keuchen hinter sich.

»Idefix, pass auf. Jetzt wird's brenzlig. Du bist ein ganz armer Hund. Armer Hund! Du musst hinken. Hinken!«

Sie vergewisserte sich, dass der Hund das Kommando verstanden hatte. Dann wechselte sie die Richtung und steuerte die Einfahrt der Spedition an.

»He, Sie, stehen bleiben!«

Dorli gehorchte und drehte sich langsam um. Ein Nachtwächter, der fast so stark humpelte wie Idefix, kam schnaufend heran. »Was suchen Sie denn da?«

»Meinen Hund. Also, ich hab ihn schon gefunden. Er muss irgendwo ein Loch im Zaun entdeckt haben und ist da rein. Anscheinend hat er sich verletzt. Er hinkt. Ich wollte ihm helfen und bin über das Tor. Irgendwie muss ich ihn doch hier wieder rauskriegen.«

»Ihr Hund? Und was bitte machen Sie um halb zwei mit dem Hund hier draußen?«

»Na dreimal dürfen S' raten. Er hat mal müssen. Ich war auf der Heimfahrt von Freunden.«

»Das können S' glei der Polizei erzählen.«

Tatsächlich. Eben fuhr ein Polizeiauto vor. Die Beamten fragten den Nachtwächter, warum er sie gerufen hatte. Der wies auf Dorli und ihren hinkenden Hund.

»Na, dann kumman S' amoi mit. Haben S' irgendwas mitgehn lassen?«

Dorli wies ihre Hände vor, die abgesehen von einer Hundeleine leer waren. »Was denn? Und wo sollte ich das versteckt haben?«

Die Beamten verfrachteten Dorli samt Hund ins Polizeiauto. *Hoffentlich hat Lupo entkommen können!*

Auf der Wachstube musste Dorli sich ausweisen. Sie gab an, woher sie angeblich kam und wohin sie unterwegs war, nämlich nach Hause. Dass ihr Hund mal musste und so weiter. Sie wiederholte die Geschichte. Da sie weder Schaden angerichtet noch etwas gestohlen hatte, nahmen die Beamten ihre Daten auf und ließen sie dann laufen.

»Und wie bitte komm ich jetzt mitten in der Nacht zu meinem Auto? Noch dazu mit einem hatscherten Hund?«

In diesem Augenblick läutete ihr Handy. Sie meldete sich.
»Hallo Schatz! … Nein, ich komm eh gleich. Uns ist nur was Komisches passiert. … Nein, du brauchst dir keine Sorgen machen, ich bin schon unterwegs.«
Sie steckte das Telefon in die Jackentasche. »Mein Freund. Er fragt sich, wo ich so lang bleib.«
»Na kommen S', ich bring Sie zu Ihrem Auto.« Einer der Beamten erhob sich. Idefix ebenfalls. Zu ihrem Schrecken bemerkte Dorli, dass er jetzt auf der anderen Seite hinkte. Zum Glück fiel das sonst keinem auf. *Hoffentlich hat Lupo kapiert, dass wir jetzt zurückgebracht werden, und sitzt nicht neben dem Auto!*
Der nette Polizist brachte Dorli direkt zu ihrem Octavia.
»Danke, das war lieb von Ihnen.«
»Schon gut. Hab Sie mit Ihrem verletzten Hund ja nicht auf die Straße werfen können.« Er salutierte, wartete, bis Dorli ihr Auto aufgeschlossen und Idefix verstaut hatte. Dann blinkte er noch einmal zum Abschied mit der Warnblinkanlage und fuhr davon.
Dorli startete den Motor und drückte auf Lupos Handynummer. »Wo bist du?«
»Polizei weg?«
»Ja.«
»Hundert Meter hinter dir. Bei der Baumgruppe.«
Dorli legte den Retourgang ein und holte Lupo.
»Das war knapp. Aber dadurch, dass sie dich geschnappt haben, bin ich entkommen.«
»Gut so.«
»Was hast ihnen denn für a G'schichtl druckt?«
»Mein armer Hund muss irgendwo bei einem Loch im Zaun reingekommen sein. Dabei hat er sich verletzt. Ich wollte ihn holen.«
»Und das haben sie dir geglaubt?«
»Sicher! Idefix ist ein begnadeter Simulant. Das habe ich vor Monaten durch Zufall entdeckt, als er wirklich eine Verletzung hatte. Sie hätte längst ausgeheilt sein müssen, aber immer wenn ich ›armer Hund‹ gesagt hab, ist er wieder gehumpelt.«

»Er ist wirklich gehatscht?«

»Klar. Mittlerweile kann er das auf Zuruf. Allerdings beim Abmarsch aus der Inspektion hinkte er mit dem verkehrten Haxen. Aber das hat niemand gemerkt. Hast du was gefunden?«

»Ja, da wirst Augen machen. Und du?«

»Nur eine Liste mit den Touren der Lastwagen. Keine Ahnung, ob uns das was hilft.«

Eine Weile herrschte Schweigen. Lupo brach es. »Wohin fahrst du eigentlich?«

»Zu mir nach Haus, es ist schon so spät. Wenn es dir nix ausmacht, heut in meinem Gästezimmer zu schlafen.«

»Äh, nein, natürlich nicht.«

»Ich bring dich in der Früh nach Wien.«

»Es reicht, wennst mich zum Zug bringst.«

»Aber erst, wenn wir uns unsere Beute ganz genau ang'schaut haben.«

»Geht klar. Das wird sicher interessant!«

13

Am nächsten Morgen, als Dorli und Lupo eben beim Frühstück saßen, klingelte Lupos Telefon. Nach dem Gespräch legte er das Handy mit nachdenklicher Miene auf den Tisch.

»Was ist los?«, fragte Dorli.

»Wir haben möglicherweise eine erste Spur. Auf unsere Umfragen in Katzelsdorf und den umliegenden Orten hat sich ein Mädchen gemeldet, die Oberschülerin Ilona Weiss. Sie behauptet, ihre Freundin Natascha Bergmann sei am Dienstag, dem Tag, bevor Smekal gestorben ist, ungefähr um elf Uhr zu ihm ins Auto gestiegen. Sie weiß allerdings nicht, wohin die beiden gefahren sein könnten. Denn obwohl sie eigentlich mit Natascha für den späteren Nachmittag verabredet gewesen wäre, hat sie diese danach nicht mehr gesehen. Ja nicht einmal mehr auf dem Handy erreicht.«

»Hm. Wie alt ist diese Natascha?«

»So alt wie ihre Freundin. Siebzehn und ein bisserl was.«

»Na das wär natürlich ein Ding, wenn der Smekal ein Verhältnis mit einer Schülerin gehabt hätt!«

»Da würden die Flügerln gleich ordentlich rosten!«

»Lupo, wir sollten mit der kleinen Weiss reden. Wie Natascha aussieht. Ob sie die beiden öfter mal miteinander gesehen hat.«

»Ich hab ohnehin einen Termin mit ihr ausgemacht. In einer halben Stunde in Wiener Neustadt. Wir müssen nur das Studium der Transalpin-Akten verschieben.«

Kurze Zeit später war klar, dass die Spur wirklich heiß sein könnte. Denn Natascha Bergmann entsprach exakt der Beschreibung, die der Hafenmeister von Smekals Begleitung am Sonntag abgegeben hatte. Groß, schlank, schwarze Jeans, allerdings am Dienstag nicht kombiniert mit Schlabberpulli, sondern mit Designer-T-Shirt, Sonnenbrille, Strohhut, High Heels und einer Handtasche von

Calvin Klein, alles in knalligen Rottönen, aufeinander abgestimmt.

Dorlis und Lupos Plan stand schnell fest. Erst die Unterlagen der Transalpin studieren, bevor dort jemand auf die Idee kam, dass etwas verschwunden war, und vielleicht bei Dorli oder Lupo antanzte. Dann die Akten verschwinden lassen und zur Adresse von Nataschas Elternhaus fahren. Die junge Dame befragen, ob sie auch die Begleitung vom Sonntag gewesen war. Ob sie Erich Smekal näher kannte, wo sie am Dienstag mit ihm hingefahren war. Und schließlich: ob sie ihn auch am Mittwoch getroffen hatte.

14

Die schmale Akte, die Lupo bei der Transalpin entwendet hatte, war brisant.

»Die haben Menschen geschmuggelt«, grummelte Dorli.

»Im großen Stil, so wie es ausschaut.« Lupo wendete das Blatt, das er gerade studierte. »Da schau, die haben etliche Lkw-Züge umgebaut. Da ist sogar eine Skizze.«

»Siehst du aus den Unterlagen, wie lang das schon so geht?«

»Na ja, wenn der Umbau 1998 erfolgt ist, wie zumindest auf dem Plan hier vermerkt ist, dann läuft das schon eine ganze Weile.«

»Höchst einträglich. Ich hab hier gerade eine Aufstellung von Langbauer gefunden, wo fein säuberlich aufgelistet ist, welche Beträge da im letzten Jahr hereingekommen sind.«

»Schwarz noch dazu.«

»Na sicher, Lupo. Oder denkst du, die haben dem Finanzamt gemeldet: ›Wir haben am 21. März siebzehn Weißrussen importiert und dafür fünfzigtausend Euro kassiert‹?«

Lupo lachte. »Ja klar! Ah, da scheint einmal der Smekal auf! Scheint so, als hätt er zumindest einen Flüchtlingstransport für die Transalpin abgewickelt. Danach nie wieder.«

»Vielleicht hat er vorher nicht gewusst, woraus seine Fracht besteht.« Dorli nahm einen großen Schluck Kaffee.

»Und du denkst, als er es spitzgekriegt hat, hat er die Kerle erpresst?«

»Kann i mir eigentlich net wirklich vorstellen. Aber der Engelmann hat sich wahrscheinlich geweigert, noch einmal so eine Fuhre zu übernehmen.«

»Deswegen bringt man normalerweise niemanden um.«

»Wo du recht hast, hast du recht, Lupo. Also ist das für uns eine Sackgasse?«

»Vielleicht ja, vielleicht nein. Wir wissen noch zu wenig über die Beziehungen zwischen Smekal und der Transalpin. Was ist mit deinem Blatt?«

»Da sind die Routen für alle Lastwagen von heuer aufgelistet. Offenbar auch schon die in Planung.«

»Schau'n wir doch mal, ob unsere Speziallaster da auch drauf aufscheinen.«

Sie studierten die Einsatzpläne.

»Da schau her!«, rief Dorli. »Da ist einer, da noch einer.«

»Die kommen alle aus Russland, aus Turkmenistan, Usbekistan und Tadschikistan.« Lupo schüttelte den Kopf. »Sagt dir das irgendwas?«

»Und ob. Ich hab in Geografie jedenfalls nicht geschlafen wie ein gewisser Detektiv aus Wien. Die angrenzenden Länder sind der Iran, Afghanistan und Pakistan.«

»Respekt. Du bist wirklich gut. Und da sind echt Fuhren eingetragen, die in der Zukunft liegen?«

»Genau!«

»Weißt, was wir jetzt machen?«

Dorli schüttelte den Kopf.

»Hast du einen Kopierer?«

»Ja, warum?«

»Dann kopieren wir das ganze Zeug und deponieren die Kopien irgendwo, wo sie niemand suchen wird. Vielleicht am Gemeindeamt?«

»Kommt nicht in Frage. Glaubst, i geh dort in mein Urlaub freiwillig hin?«

»Hast eine bessere Idee?«

»Ja. I steck's in a Kuvert und geb's dem Karl Kinaski vom Pecherhof. Der soll's in seinen Safe einsperren.«

»Super, Dorli. Dort wird sicher keiner suchen.«

»Und die Originale?«

»Die schick ich anonym an die Zollbehörde.«

»Mein Gott, da wär i gern Mauserl bei der Transalpin, wenn die dem Ungustel Biermann die Unterlagen vor die Nasen knallen.«

»Oder den nächsten Schmuggellaster an der Grenze aus dem Verkehr ziehen. Der soignierte Herr Langbauer wird sich auch warm anziehen müssen.«

Lupo reichte Dorli den ganzen Pack Unterlagen. Sie schaltete ihren Drucker ein, der auch kopieren und einscannen konnte. Dann zupfte sie drei große gelbe Kuverts aus dem Schreibtisch. Eines reichte sie Lupo, in die beiden anderen stopfte sie die Kopien und klebte die Umschläge zu.

»Für wen ist denn die andere Kopie?«, fragte Lupo.

»Die geb ich Oberleutnant Leo Bergler vom LKA Sankt Pölten. Sicherheitshalber. Wer weiß, ob nicht ein paar vom Zoll bei der Transalpin mitschneiden und daher das Zeug einfach schubladisieren.«

»Auf die Idee wär ich jetzt nicht kommen!«

»Na ja, ich bin vielleicht sehr misstrauisch. Aber aus langjähriger Erfahrung in der Lokalpolitik weiß ich, dass fast überall geschoben, geschmiert und gemauschelt wird.«

»Arg.« Lupo schüttelte den Kopf, als könnte er das gar nicht glauben.

»Ich fahr schnell mal runter zum Karl. Bin gleich wieder da.«

Am Weg zur Familie Bergmann, die – wie sie mit einem Blick auf Google Earth gesehen hatten – in einer ruhigen, sonnigen Hanglage in Eichbüchl ein riesiges Anwesen bewohnte, hielt Dorli bei einem Postamt, wo Lupo das Kuvert mit dem brisanten Inhalt aufgab.

»Weißt, was i net versteh? Warum führen Leut über ihre krummen Dinger Buch?«, fragte Dorli ihn, als er wieder in den Wagen stieg.

Lupo warf die Autotür zu und schnallte sich an. »Keine Ahnung. Vielleicht deswegen, damit später das Schwarzgeld richtig aufgeteilt werden kann. Immerhin stammen die Aufzeichnungen vom Buchhalter.«

»Sehr gewissenhaft«, ätzte Dorli.

»Jetzt schau dir das an!«, rief Lupo, als sie in die kleine Gasse einbogen, in der die Bergmanns residierten. »Das ist ja ein Schloss!«

Tatsächlich führte hinter der beeindruckenden Einfahrt ein breiter Kiesweg zu einem riesigen zweigeschossigen Gebäude, dessen Fronten zu einem Gutteil aus Glas bestanden. Dahinter, im weitläufigen, von einer Mauer umschlossenen Park, verloren sich zwischen den Büschen noch weitere Gebäudeteile. Was genau, konnte man vom Tor aus nicht sehen.

»Steile Hütte. Bin gespannt, womit die ihr Gerschtl verdienen.«

»Wenn sie nicht aus einer reichen Dynastie stammen, dann drehen sie auch irgendwelche linken Dinger.«

»Glaubst du, die sind in die Macheloikes der Transalpin verwickelt?«

Lupo schüttelte den Kopf. »Das ist eher unwahrscheinlich.«

Dorli stellte den Wagen ab, und sie stiegen aus. Sie läutete an einer Klingel, über der eine Kamera angebracht war. Nichts. Sie versuchte es wieder. Keine Reaktion. Auch die Kamera blieb bewegungslos.

»Keiner zu Hause. Hätten wir vorher anrufen sollen?« Lupo trat einen Schritt zurück und musterte die Fassade. »Die Rollläden im Erdgeschoss sind alle geschlossen.«

»Vielleicht sind die verreist. Ich probier's mal bei den Nachbarn.«

Kurze Zeit später kam Dorli zurückgelaufen.

»Angeblich sind die Bergmanns auf Urlaub.«

»Hast du erfahren, wann sie wieder zurückkommen?«

»In einer Woche.«

»Kann man nix machen. Wir werden in der Zwischenzeit versuchen herauszufinden, ob Smekal das Mädchen nur von A nach B befördert hat oder ob zwischen den beiden etwas lief.«

Dorli nickte. »Eigentlich könnten wir hier auch herumfragen, ob irgendjemand die kleine Bergmann am Dienstagnachmittag irgendwo gesehen hat.«

»Klar, wenn wir schon hier sind. Und so groß ist das Kaff ja auch wieder nicht.«

»Pass auf, Lupo, dass dich keiner hört. Auf dem Land solltest du vorsichtig mit solchen abwertenden Bezeichnungen sein. Sonst erfährst du überhaupt nix.«

Im vorletzten Haus hatten sie Glück. Eine ältere Dame erinnerte sich daran, dass sie mit ihrer Enkelin an dem Tag im Designer-Outlet in Parndorf gewesen war. Und sie war sich ziemlich sicher, dass sie dort Natascha Bergmann in Begleitung eines Mannes gesehen hatte. Zu seinem Aussehen konnte sie keine Angaben machen, außer dass er etwas größer war als sie. Nur eines war ihr aufgefallen: Der Mann war um einiges älter gewesen als das Mädchen.

»Bingo!« Lupo rieb sich die Hände. »Wieder ein Stückchen vom Mosaik.«

»Und was fangen wir damit an?«

»Wir fahren nach Parndorf und erkundigen uns dort, ob es Überwachungskameras gibt. Ich bin sicher, dass die reichlich vorhanden sind. Und wenn ja, werden wir bitten, ob wir die Aufzeichnungen von dem bewussten Dienstag sehen dürfen.«

»Ge-ni-al.«

»Na ja, ein bisserl was ist anscheinend von meiner Ausbildung hängen geblieben.«

»Jetzt tu nicht so tiefstapeln, Lupo. Du hast ein phänomenales Gedächtnis. Ich nehm an, da is mehr als ›ein bisserl‹ vorhanden.«

Lupo drehte sich zu Dorli, nahm ihre Hand und drückte seine Lippen drauf. Fast ein vollendeter Handkuss. Dabei sah er ihr tief in die Augen.

Dorli spürte, dass sie rot wurde. *Das auch noch!*

»Herrschaftszeiten, was soll denn des?« Sie entzog ihm murrend ihre Hand.

Lupo grinste breit. »Danke, dass dir mal was Positives an mir aufgefallen ist.«

»Bluzer«, murmelte Dorli in gespielter Entrüstung und stieg in den Wagen. Auf die Beifahrerseite. Drückte Lupo die Schlüssel in die Hand.

»Fahr! Damit du auf andere Gedanken kommst!«

So ein dummer Kerl. Brachte sie ganz durcheinander. In einer stillen Stunde musste sie darüber nachdenken, was das für sie bedeutete. Was Lupo ihr bedeutete.

15

Dorli erklärte Lupo, dass sie einen Tag zu Hause brauchte, damit sie Wäsche waschen, einkaufen, putzen und erledigen konnte, was halt sonst so anfiel.

Daraufhin lenkte er Dorlis Auto zum Bahnhof in Wiener Neustadt.

»Ich fahr mit dem Zug nach Wien. Dann kannst beim Heimfahren schon einkaufen.«

»Idefix wird's dir danken, denn sein Futter ist ratzeputz aufgefressen.«

Nach ihrem Großeinkauf im Supermarkt verstaute Dorli alles im Kühlschrank und den Küchenkästen. Die Putzaktion konnte wohl bis zum Abend warten. Also nahm sie die Leine vom Haken und machte sich mit Idefix auf den Weg zum Haus ihres Bruders. Der war wohl noch bei der Arbeit, aber Lore war vielleicht zu Hause.

Zu ihrer großen Überraschung öffnete Georg, als sie klingelte. Ihr Bruder war erheblich größer als sie, eine Größenverteilung unter Geschwistern, die Dorli immer schon empörend gefunden hatte. Sie reichte ihm gerade mal bis zum Brustbein. Eigentlich sah er gut aus, war aber ein etwas miesepetriger Zeitgenosse und ließ sich gehen. Immer tat ihm irgendwo etwas weh, plagten ihn eingebildete Allergien – mit einem Wort: Er war ein Hypochonder, wie er im Buche steht. Doch heute sah er wirklich nicht gut aus.

»Was machst denn du da?«, fragte sie perplex.

»Zufällig wohn i da!«, grantelte er sie an.

Es roch muffig im Haus, und von Georg ging eine miefige Wolke von ungewaschenem Körper und Alkoholdunst aus. *Pfui Deibel!*

»Jo mei, jetzt sei net glei wieder beleidigt. I hab glaubt, um die Zeit bist no in der Arbeit.«

»Heut net.« Georg schlurfte ins Wohnzimmer.

Gott, hatte der eine Laune. Wie Lore das jahraus, jahrein aushielt, war Dorli ein Rätsel.

»Wo ist denn dein liebend Eheweib?«, fragte sie.

Ihr Bruder drehte sich mit wutverzerrter Miene zu Dorli und schlug mit der Faust gegen den Türstock.

»Abg'haut. Samt Peter und Lilly. Und keine Nachricht, kein Zettel, und am Telefon meldet sie si a net.«

»Was hast denn schon wieder ang'stellt?«

»Was i ang'stellt hab?«, brüllte er. »Sie is weg! Ohne Grund. Wahrscheinlich hat s' an andern!«

»Geh, do net die Lore.«

»Ihr Weiber halts ja allweil z'samm. Vielleicht is eh bei dir.«

»Bruderherz, jetzt denk amoi kurz nach. Wär's bei mir, käm i dann zu dir und tät nach ihr fragen?«

»Ka Ahnung.« Resigniert ließ sich Georg auf einen Sessel fallen.

»Jetzt erzähl mal, was wirklich war.«

»Nix. Gestern in der Fruah waren s' no alle da. Am Nachmittag, wie i hamkommen bin, war die Bude leer.«

»Wieso bist am Nachmittag nach Haus kommen?«

»Weil s' mi ausseg'schmissen haben bei der Dataspot.«

»Ach du meine Güte. Warum denn des?«

»Was waß denn i? Im Moment kracht alles rundherum z'amm. Und i steh da mit'm g'waschenen G'sicht.«

»Na so ganz unschuldig bist ja jetzt a wieder net. Denk nur, was du die Lore die ganzen letzten Jahr hast anschauen lassen.«

»Was soll denn des heißen?«

»Na die ganze Arbeit ist doch an ihr hängen blieben. Wenn du aus der Firma kommen bist, warst immer müd und hast di vorn Fernseher klotzt oder bist am Computer g'sessen. Die Lore hat aber a den ganzen Tag gearbeitet und zwischendurch Wäsch g'waschen, mit den Kindern die Aufgaben g'macht, den Haushalt g'schupft, kocht, bügelt, und so weiter. Hast du ihr einmal g'holfen?«

»Geh, lass mi doch in Ruah mit der blöden Quatscherei.«

»Ganz im Gegenteil. Denn irgendwer muss dir ja mal sagen,

was los ist. Und als würd der Rest no net reichen, hast dauernd irgendwelche Wehwehchen, damit du ja nix tuan kannst daheim. Net amoi den Mist raustragen. Weil wir ja immer sooo krank sind. Dabei bist du a jämmerlicher Waschlappen und a ausg'wachsener Hypochonder.«

Georg sprang auf, die Fäuste geballt, hochrot im Gesicht.

»Waßt wos? Schleich di! Auf deine blöden Sprüch hab i grad no g'wart!«

Bevor Dorli wusste, wie ihr geschah, handelte sie sich einen Faustschlag ein, der sie fast vom Stuhl fegte. Und die zweite geballte Hand war nur mehr Zentimeter von ihrem Kopf entfernt.

Doch Georg hatte die Rechnung ohne Idefix gemacht. Obwohl Georg mal sein Herrchen gewesen war, stand er jetzt mit gesträubtem Nackenhaar zwischen Dorli und ihm, knurrte drohend, und die Lefzen waren nach oben gezogen, sodass man sein furchterregendes Gebiss sah.

»Geh weg, du damisches Viech!«, brüllte Georg und trat nach dem Hund. Worauf dieser ihn in den Fuß biss.

»Auaaah!« Mit dramatischer Geste, grotesk wie eine alternde Filmdiva, ließ Georg sich auf den nächstbesten Sessel sinken. »Scheißköter!«

»Komm, Idefix, wir gehen.«

Dorli stand auf und rieb sich die Schulter, wo Georgs Faust sie getroffen hatte.

»Ich hoffe für dich, dass du nie gegen deine Frau oder die Kinder die Hand erhoben hast. Sonst wird dich jeder Richter der Welt schuldig scheiden. Und zu Recht.«

Georg jammerte leise vor sich hin.

»Ja, bedauer di nur selber. Denn sonst wirst keinen finden! Und wennst irgendwann einmal fertig bist damit, dann kannst ja zu mir kommen, wennst reden willst.«

Dorli schnappte ihre Jacke vom Garderobenhaken und verließ wortlos das Haus. Die Tür flog hinter ihr recht lautstark ins Schloss. *So ein damischer Mistkerl. Erhebt die Hand gegen seine eigene Schwester. Unglaublich! Badet im Selbstmitleid und will die Schuld an allem allen anderen zuschieben.* Sie strich dem Hund über den Kopf. »Aber auf dich kann ich mich verlassen. Braver Wuschel!«

Nachdem sie mit Idefix eine Weile durch den Wald gelaufen war, machte Dorli es sich zu Hause gemütlich. Dann griff sie sich das Handy und rief Lore an. Schon beim dritten Klingeln wurde abgehoben. Sie war also nicht bei der Arbeit. Lore betrieb einen mobilen Fußpflegedienst. Und wenn sie gerade im Einsatz war, nahm sie prinzipiell kein Gespräch entgegen.

»Ich war beim Schurl.«

»Na dann weißt es eh schon. I hab ihn verlassen.«

»Wundert mi gar net. Er ist auf mich losgangen.«

»Wie bitte?«

»Er hat mi g'schlagen. Mit der Faust. Dann hat Idefix ihn gebissen.«

»Ist er deppat? Was ist denn jetzt schon wieder in den Kerl g'fahren?«

»Er tut sich halt leid, dass du ihn, den allerärmsten Mann auf der Welt, verlassen hast.«

»Das glaub ich. Aber nicht *es* tut ihm leid, sondern *er* sich.«

»Sag, Lore, wollen wir uns nicht zum Plaudern treffen?«

»I hab no zwei Kunden. Dann hab ich zwei Stunden Zeit, da kann i bei dir vorbeikommen. Oder besser, treffen wir uns bei der Grete. Dort wohn ich mit den Kindern im Moment.«

»Bei der Grebenzerin?«

»Ja. Sie is net so allein, und uns ist auch geholfen.«

»Alles klar.«

Später, als sie bei der Witwe des Hias in der gemütlichen Stube zusammensaßen, fiel Dorli auf, wie schmal Lores Gesicht wirkte. Sie sah mitgenommen aus, tiefe Schatten unter den Augen, der Teint bleich. Was war aus ihrer lebenslustigen und immer gut aufgelegten Schwägerin geworden?

»Also, was ist los?«, fragte Dorli und nahm Lores Hände in die ihren.

»Ich weiß gar nicht, wo ich anfangen soll.«

»Na ja, dass der Schurl seinen Job verloren hat, weiß ich schon.«

»Hat er dir auch verraten, warum?«

Dorli schüttelte den Kopf.

»Weil er den ganzen Tag Computerspiele gespielt und Pornos g'schaut hat.«

»Ist net dein Ernst! In der Firma?«

»Ja. Und die Arbeit ist liegen geblieben. Deswegen ist er schon mehrmals verwarnt worden. Und jetzt war der Ofen aus.«

»Schmarrn. Jetzt wird's schwierig mit dem Haus, oder?«

»Wenn das nur alles wär!« Lore wischte sich über die Augen.

»Was denn noch?«

»Hast du von der G'schicht mit dem Grasl René gehört?«

»Ist das der aus dem Achtundachtziger-Club mit dem Schmiss im G'sicht, der das ganze Schwarzgeld von den Bauern und wahrscheinlich noch etlichen anderen Leuten verzockt hat?« Dorli grinste in heimlicher Schadenfreude. »Haben denn die wirklich geglaubt, der Kasperl René, der noch nix in seinem Leben richtig auf die Reih bracht hat, bringt ihnen bessere Renditen als die Bank?«

»Dorli, du glaubst es nicht, der Georg war a so deppat und hat ihm hunderttausend Euro zur Veranlagung geben.«

»Hun-dert-tau-send Euro?« Dorli schnappte nach Luft. »Mein Gott! Woher hat er denn so viel Geld g'habt?«

»Das ist es ja. Wir haben nix erspart, sind ja grad so mit einem blauen Aug durchgekommen. Er hat sich einen Kredit bei der Bank genommen, die Sicherstellung ist unser Haus. Und jetzt ist des Geld weg, die Raten vom Haus hat er auch nicht zahlt in den letzten Monaten, und die Bank will natürlich die ausständigen Raten und den Kredit getilgt haben. Und zwar prompt.«

»Und dann riskiert er noch, dass er kündigt wird? I versteh den Burschen net.«

»Dann simma zwei. Weißt, fünfzehn Jahr lang haben wir uns nix gegönnt und gearbeitet wie die Viecher, damit wir endlich die Schulden aufs Haus zurückzahlen. In einem knappen Jahr wären wir fertig gewesen. Hätten uns mal einen Urlaub leisten können. Den Kindern eine Skiausrüstung kaufen und sie auf

Skikurs schicken. Oder uns a neueres Auto zulegen. Aber nein, der Depp muss an Kredit aufnehmen und alles verzocken!«

»Und er hat nix g'sagt, und die Bank hat von dir keine Unterschrift wollen?«

»Ja, das ist das Ärgste. Wir sind beide je zur Hälfte angeschrieben. Und mir hat niemand was gesagt. Wahrscheinlich war da wieder sein guter Freund Edi am Werk. Der nimmt des net so genau mit den Vorschriften.«

»Der Edi is ja a so ana aus der Altnazi-Ecken. Die halten z'samm wia Pech und Schwefel. Und was soll jetzt werden?«

»I hab keine Ahnung, wie es weitergehen soll. Das Haus ist jedenfalls Geschichte. Das wird sich die Bank untern Nagel reißen.«

Dorli sprang auf und nahm die nun weinende Lore in den Arm.

»Das wird sich erst herausstellen. Denn eigentlich kann ja nur Schurls Hälfte an die Bank gehen.«

»Das werden wir bald wissen. I hab heut bei der Bank ang'rufen und bekomm nächste Woche eine Aufstellung, was offen ist und welche Fälligkeiten vorgeschrieben werden. Danach hab i mi schon angemeldet zu einem Termin mit dem Direktor von der Bank. Dann wiss'ma mehr.«

»Meinst, hat der René alles verzockt?«

»Glaub i net. Aber den Rest hat er für sich ausgeben. Schnelle Autos, heiße Nächte mit kessen Mädels, tolle Urlaube in Thailand, Kenia und Rio. Da is sicher ka lukerter Heller mehr da. Außerdem sitzt der jetzt im Häfen.«

»Schöner Schmarrn. Jetzt pass mal auf, wenn ihr irgendwas braucht's, ich hab ein bisserl was erspart. Sicher nicht genug, um das Haus zu retten, aber wenn es irgendwo knapp wird, kann i aushelfen. Und wohnen könnt's bei mir immer.«

»Danke. Irgendwie muass i versuchen, jetzt mit der Situation klarzukommen. Es ist wie in einem Gruselfilm. Vor ein paar Tagen war die Welt noch in Ordnung, und plötzlich fallt alles auseinander.« Lore knüllte ein nasses Taschentuch zusammen und warf es zornig Richtung Mistkübel.

Dorli nickte. »Wissen die Kinder Bescheid?«

»Ja. I hab ihnen ja erklären müssen, warum wir weg sind von zu Haus.«

Plötzlich ging die Tür auf, und ein wundervoller Duft nach Zimt und Orangen wehte ins Zimmer. Grete Grebenzer trat mit einem Tablett mit Teegläsern und einer Kanne ein.

»Mädels, i hab euch an Punsch g'macht. Und dazu gibt's Kekserln. Und du, Lore, hör auf zum Blazen. Es bringt eh nix. Es wird scho wieder werden.«

»Danke, Grete.« Lore schluckte.

»Weißt, du hast zwei ganz liabe Kinder. Ihr seids alle g'sund, und du hast an super Beruf. I beneid di, trotz deiner Schwierigkeiten.«

»Ach Gretel!« Dorli sprang auf und nahm ihr das Tablett ab.

»Weil's wahr is! Was soll i sagen? Meinen Mann hat a Verrückter umbracht, und Kinder hamma kane kriegt. Dagegen san des Pinats!«

Trotz des Ernstes der Lage musste Dorli grinsen. Dass Gretel das Wort »Peanuts« kannte!

Kurz darauf stürmten Lilly und Peter herein und machten sich über die Kekse her.

»Der Punsch is ohne Alkohol, den könnt's ihr a trinken!«, erklärte Grete und füllte auch den Kindern die Teegläser voll. Zu Dorli gewandt, fuhr sie fort: »Jetzt is wieder Leben im Haus. Und außerdem essen die Kinder die Kekserln, die i für den Hiasi no eing'frorn hab. Für mi sind die Lore und die Gschrapperln der reinste Jungbrunnen. Und weißt, was des Beste is?«, fragte sie Dorli.

Sie schüttelte den Kopf.

»I hab die Fußpflege im Haus!«

Jetzt mussten alle grinsen. Die Gretel hatte sich nicht nur von ihrem Schock nach dem Mord an ihrem Mann erholt, sie hatte auch ihren Humor wiedergefunden. Hier waren Lore und die Kinder wirklich gut aufgehoben, dachte Dorli. Sie wurden nicht nur mit offenen Armen empfangen, sie wurden ein wenig aufgemuntert und liebevoll betreut.

Bevor Dorli ging, nahm Lore sie noch kurz beiseite. »Sag, kannst beim Schurl vorbeifahren und schauen, ob er eh die Katzen versorgt? Ich will dort net hin.«

Ich auch nicht. Aber irgendwer musste nach Glenfiddich und Ballantines schauen.

16

Lupo war nach Hause gefahren und hatte sich von der Hohen Warte die Wetterdaten für Mittwoch, den 18. September, faxen lassen, und zwar speziell für den Raum Neusiedler See.

Danach hatte er sich in seinem kleinen Wohnzimmer an den Schreibtisch gesetzt und sich einen Planausschnitt des Burgenlandes ausgedruckt, der den See sowie die umliegenden Orte zeigte. Dabei fiel ihm auf, dass der See eigentlich aussah wie eine leicht zerfledderte Schuheinlage. Und zwar für den linken Schuh. Witzig!

Er trug die Ruster Marina ein, den Ausgangspunkt der Segelpartie, die für Smekal mit dem Tod geendet hatte, den Platz des Leichenfundes etwas unterhalb von Podersdorf und den Ort kurz vor der ungarischen Grenze, nahe Illmitz, an dem das Boot gefunden worden war.

Und dann gewann er die Überzeugung, dass Beat Eberli mit seiner Vermutung richtigliegen dürfte.

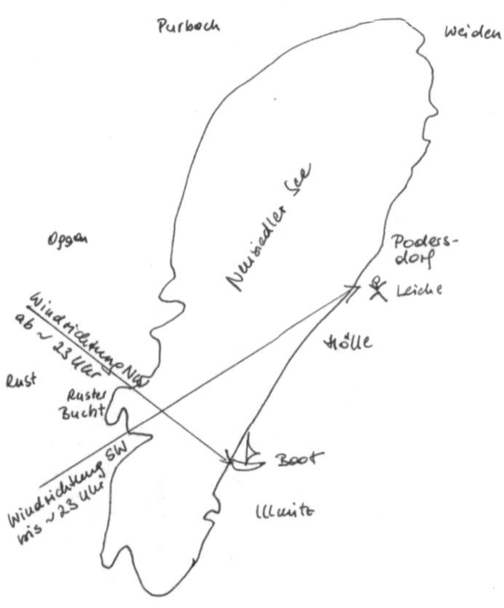

Der Wind war am Abend aus Südwest gekommen und hatte zu Sturmstärke aufgefrischt. Wäre Smekal beim Segeln über Bord gegangen, hätte das Boot, das ja unter Segeln war, ungefähr dort im Schilf landen müssen, wo später Smekals Leiche gefunden wurde. Er hatte zu diesem Zeitpunkt eindeutig noch gelebt, vermutlich noch eine ganze Weile. Der Tod war laut Autopsie gegen dreiundzwanzig Uhr durch Ertrinken eingetreten. Der Wind blies zu dieser Zeit in Sturmstärke immer noch aus Südwest. Smekals Leiche trieb langsam Richtung Podersdorf. Das Segelschiff hätte vor ihm dort sein müssen.

Die Frage war: Wie kam das Boot dann in die Nähe der ungarischen Grenze? Wäre die Jacht bereits in der Nähe von Podersdorf im Schilf festgesessen, hätte sie dann so weit nach Süden abgetrieben werden können? Höchst unwahrscheinlich, da der Wind ja ungefähr um dreiundzwanzig Uhr schön langsam auf Nordwest drehte. Das Boot wäre aus dem Schilf nicht mehr weggekommen. Und selbst wenn es noch nicht ganz am Schilfgürtel gestrandet wäre, wäre es ein paar hundert Meter unterhalb der Leiche angekommen. Aber nicht in der Gegend von Illmitz.

Für Lupo war klar, Smekal konnte nicht allein gewesen sein. Sein Mörder war mit ihm an Bord. Warf ihn irgendwann zwischen zweiundzwanzig und dreiundzwanzig Uhr mitten im See schwer verletzt ins Wasser und segelte zurück nach Rust. Da der Wind irgendwann in dieser Zeit auf Nordwest drehte, musste Smekal zu der Zeit, als sein Mörder nach Rust gelangte, schon im Schilf gesteckt haben. Sonst wäre er abgetrieben worden. Möglicherweise hatte der Täter sogar gegen den Sturm aufkreuzen müssen. Aber was hatte er dann getan? War er auf ein anderes Boot gewechselt und hatte Smekals Jacht einfach sich selbst überlassen?

Kurz entschlossen rief Lupo Beat Eberli an und schilderte ihm seine Überlegungen.

Eberli schwieg kurz. »Hätte der Mörder das g'macht, denn wär z'Boot wohl eifach kenteret. Er muess vor de Hafen-Iifahrt g'wändet ha, denn d'Pinne belegt ha, und z'Boot auf den See raustreiben lossen. Nur so kann's dort g'landet sii, wo's am nöchschte Tag g'funde worde isch.«

»Aber wie könnte der Mörder von dort weggekommen sein?«, fragte Lupo.

»Das frog ich mi au scho di ganze Zeit.«

»Kann er ein Beiboot mitgehabt haben?«

»Mögli. Aber ich glaub nöd. Das wäri im Sturm es ziemlichs Problem g'worde.«

»Er kann sich wohl kaum in Luft aufgelöst haben. Könnte man von dort zu Fuß –«

»Unwahrscheinlich, bei dem Seegang!«, unterbrach ihn Beat.

»Aber möglich wäre es?«, hakte Lupo nach.

»Rein theoretisch jo. Mit emene Neoprenanzug auf alli Fäll. De Erich hät immer zwei Anzüg an Bord g'habt, fürs Surfen. Aber es isch schwierig. No dazue bi Dunkelheit.«

»Danke für die Auskunft.«

Lupo legte das Handy auf den Tisch und lehnte sich in seinem alten Lehnstuhl gemütlich zurück. Nebenan plärrte der Fernseher, als stünde er direkt im Zimmer. Irgendeine Show mit kreischendem Lachen des Publikums. Herrgott, wenn er sich doch nur eine ruhigere Wohnung leisten könnte! Man konnte ja keinen klaren Gedanken fassen bei dem infernalischen Krach. In diesem Augenblick begann die Alte auf der anderen Seite wieder mit ihrer Tochter zu brüllen, die nicht weniger lautstark antwortete. Dann schlugen die Türen, eine der beiden Frauen schrie auf. Es krachte, als hätte jemand etwas aus dem Fenster auf die Straße geworfen. Danach wurde es auf dieser Seite still. Hatten sie sich jetzt endlich gegenseitig umgebracht? Vielleicht konnten sie das mit dem Fernsehfreak auf der anderen Seite auch noch tun!

Lupo versuchte sich zu konzentrieren. Wenn es so gewesen wäre, wie er vermutete, dann könnte man das nie und nimmer beweisen. Es gab keinen Zeugen, der das Schiff oder seine Besatzung gesehen hatte, als es den Hafen verließ. Vermutlich weil es nach Einbruch der Dunkelheit geschehen war.

Warum war Erich Smekal an diesem Abend überhaupt aufs

Boot gekommen? War er verabredet? War er vor irgendwas oder irgendwem auf der Flucht?

Oder lag Lupo komplett falsch, und es war doch ein Unfall gewesen? Mist.

17

Als Lupo am nächsten Morgen Dorli abholte, war sie ziemlich schweigsam. Irgendwas schien sie zu bedrücken. Lupo war unsicher, wie er darauf reagieren sollte. Ausnahmsweise war er sich keiner Schuld bewusst.

Er nahm sich ein Herz und schilderte ihr seine Überlegungen vom Vorabend. Das riss sie aus ihren Gedanken, und die übliche Lebhaftigkeit kehrte zurück. Es schien also tatsächlich nicht an ihm zu liegen.

»Sollten wir nicht doch die Polizei einschalten?«, fragte Dorli.

»Das ist eine knifflige Frage. Eigentlich sollten wir. Aber unser Auftraggeber Beat Eberli sagt Nein. Er will erst mehr wissen. Ich begebe mich da auf dünnes Eis. Denn wenn die Polizei drauf kommt, dass ich sie nicht verständigt habe, als neue Fakten auftauchten, werden sie mir Schwierigkeiten machen. Wenn ich allerdings zur Polizei gehe, ist der Auftrag weg.«

»Den du brauchst wie einen Bissen Brot?«

»So ungefähr. Außerdem hat mich der Fall irgendwie in den Bann gezogen. Ich will selbst wissen, was mit dem Smekal passiert ist.«

»Na gut. Auf dein Risiko.« Dorli schmunzelte. »Wie ich sehe, sind wir auf dem Weg nach Katzelsdorf. Besuchen wir die Witwe?«

Lupo nickte. »Wir fragen sie nach Smekals Kreditkartenabrechnungen.«

»Verstehe. Du meinst, wenn er mit der kleinen Bergmann im Outlet in Parndorf war, hat er wahrscheinlich auch etwas gekauft.«

»Gut kombiniert, Watson.«

Dorli warf ihm einen spöttischen Blick zu. »Verbindlichen Dank, Sherlock. Ihre Anerkennung bedeutet mir viel.« Und dann prustete sie los.

Sie lacht wieder. Für Lupo fühlte sich das an, als wäre eben die Sonne aufgegangen.

Anja Smekal sah immer noch aus wie die ältere Schwester von Gevatter Tod. Das Haus stank nach wie vor undefinierbar muffig, und aufgeräumt hatte vermutlich seit Wochen niemand. Ein zufällig vorbeikommender Besucher würde wohl annehmen, dass die Putzfrau überraschend gestorben war und nicht der Hausherr.

Zu den Rändern von Gläsern auf dem Tisch im Wohnzimmer hatten sich leere Bierdosen und alte Pizzakartons gesellt. Dem Geruch nach zu schließen, züchtete die Restfamilie hier Schimmelpilze. In fast jedem Obdachlosenquartier unter einer Brücke war es vermutlich gemütlicher als hier. Zumindest wäre die Luft dort besser.

Anja Smekal war ganz und gar nicht erfreut, dass Lupo und Dorli schon wieder etwas von ihr wollten.

»Wozu soll das denn wieder gut sein?«, fragte sie unwillig.

Lupo lächelte sie freundlich an. »Wir rekonstruieren die letzten Tage Ihres Mannes. Wir hoffen, dass wir dadurch herausfinden, was mit ihm geschehen ist.«

Anja Smekal nickte müde. »Na ja, vielleicht finden Sie was.«

Sie stand auf und führte Lupo und Dorli in einen finsteren Raum. Sie drehte das Licht auf und zeigte auf einen Schreibtisch, dessen Platte von ungeöffneten Postsendungen überquoll.

»Raussuchen müssen Sie's selber«, bemerkte sie schnippisch, bevor sie die Tür ins Schloss warf.

»Fix Teufel, was für ein Mief überall im Haus!« Dorli stürzte zum Fenster, zog die Rollos nach oben und riss die Flügel auf.

Heller Sonnenschein knallte in den kleinen Raum. Abgesehen vom Postberg auf dem Schreibtisch sah er gemütlich aus. An den Wänden rundum Regale. Einige wenige gefüllt mit Aktenordnern und Zeitschriften, doch die meisten enthielten Bücher. Viele übers Segeln, aber auch Krimis und Thriller, Zeitgeschichte und Bildbände von Yann Arthus-Bertrand. Vor dem Schreibtisch stand ein gemütlicher Drehsessel, vor dem Fenster ein Schaukelstuhl und daneben ein Beistelltischchen, auf dem ein Buch lag, in dessen Mitte ein Lesezeichen steckte.

Dorli nahm es zur Hand. »Ein Erfahrungsbericht eines österreichischen Emigranten, der sich in Neuseeland niedergelassen hat.«

»Vielleicht wollte er auswandern. Wär gesünder gewesen für ihn. Aber jetzt sollten wir uns durch den Berg da wühlen.« Lupo deutete auf den Posthaufen.

Dorli nickte, trat zum Tisch, teilte den Haufen in zwei Hälften und schob einen Lupo zu. Dann begann sie zu sortieren.

»Wieso machst du drei Stapel?« Lupo blickte irritiert auf ihre Schreibtischhälfte.

»Es geht mich zwar nicht wirklich was an, aber ein paar von den Briefen sollte Frau Smekal im ureigensten Interesse öffnen. Drum hab ich drei Stapel. Für die Kontoauszüge, für Anja und für den Rest.«

Typisch Dorli! Selbst jetzt dachte sie auch an die Witwe.

»Sie sollte sich überhaupt ein bisserl am Riemen reißen. Ihr Mann wird nicht wieder lebendig, wenn sie hier alles vor die Hunde gehen lässt.«

»Willst *du* ihr das sagen?« Dorli sah ihn mit schräg gelegtem Kopf von unten an.

»Oh Gott, nein. Aber ich werd sie fragen, ob sie nicht eine Freundin hat, die ihr zur Seite stehen kann.«

Dorli nickte. »Das klingt gut. Bevor alles den Bach runtergeht.«

Kurz darauf war die Post sortiert. Lupo fand einen Brieföffner und schlitzte Kuverts auf. Dorli zog die Belege raus und schlichtete sie nach Datum.

»Das war alles vor dem 18. September, dem Tag, als Smekal starb.« Dorli zeigte auf einen Stapel Bankbelege. »Und das hier kam danach. Diesen Haufen werden wir jetzt mal genauer unter die Lupe nehmen.«

Gemeinsam beugten sie sich über die letzten Kontoauszüge.

»Da!« Lupo zeigte auf einen Beleg.

»Du mit deinen Geieraugen! Das ist so klein geschrieben, dass ich das ohne Brille gar nicht entziffern kann.«

»Du brauchst a Brille?«
»Schaut so aus.«
»Altersweitsichtigkeit. Fangt aber zeitig an bei dir!«
Dorli boxte ihn auf den Arm. »Jetzt sei net frech. Sag lieber, was da steht.«
»Der gute Mann hat in mehreren Boutiquen ein kleines Vermögen ausgegeben. Warum?«
»Auf nach Parndorf. Wir werden es herausfinden.«

Doch bei den Geschäften, in denen Erich Smekal und Natascha Bergmann eingekauft hatten, konnte sich niemand an die beiden erinnern. Was kein Wunder war, wenn man sah, was sich dort an einem ganz normalen Wochentag schon um zehn Uhr früh abspielte.

Lupo fragte sich durch, wo er den Sicherheitsdienst finden konnte. Interessanterweise war auch hier die Firma Secur für die Überwachung zuständig. Der zuständige Securitymann war zwar höflich und machte auf hilfsbereit, behauptete aber, die Bänder würden nur eine Woche aufbewahrt und dann überschrieben. Im selben Raum saß auch noch eine ältere Dame. Elegantes dunkelblaues Businesskostüm, hellblaue Bluse und hochgesteckte Haare. Sie hatte sich bisher nicht geäußert.

Lupo wies sich als Detektiv aus, und Dorli wandte sich an die Frau.

»Wir versuchen die letzten Stunden eines Mordopfers zu rekonstruieren. Wir wissen anhand seiner Kreditkartenabrechnungen, dass er hier eingekauft hat. Es wäre wichtig, zu sehen, ob er alleine war oder in Begleitung.«

Die Frau rollte mit ihrem Stuhl ein wenig zur Seite, sodass sie mit Dorli Blickkontakt aufnehmen konnte.

»Wann war denn das genau?«
»Am 17. September.«
»Ronny, sieh mal nach, ob wir den nicht noch haben.«
Ronny, der sich vorher nicht sonderlich kooperationswillig gezeigt hatte, murrte und ging zu einem Wandschrank. Dort wühlte er in einer Schachtel mit DVDs.

So viel zu den angeblich überschriebenen Bändern.

»Nicht diese Box, die im Regal darunter.« Die Frau klang sauer.

Ronny zog eine Schnute, verdrehte die Augen und wechselte zur anderen Schachtel. Im Zeitlupentempo blätterte er sie durch.

»Nichts!«, erklärte er fröhlich und schüttelte zur Bestätigung den Kopf.

»Lass sehen.« Die Frau stand auf und schickte Ronny mit einer Handbewegung zur Seite. Dann wühlte sie in der Kiste. Gleich darauf zog sie eine silberne Scheibe aus einer Hülle.

»Und was ist das?«, fragte sie ihren Kollegen oder eher den unwilligen Untergebenen, der jetzt dreinsah wie sieben Tage Regenwetter. »Von wegen Band, das überschrieben wird. So was haben wir seit Jahren nicht mehr. Blödmann!«

»Dürfen wir uns das ansehen?«, fragte Lupo.

»Wissen Sie die ungefähre Zeit?« Die Frau legte die DVD in ein Gerät. »Dann müssen Sie sich nicht die ganze Aufzeichnung anschauen.«

»Ungefähr ab elf Uhr dreißig.«

Die Frau spulte zu der Zeit vor und startete die Wiedergabe. Lange Zeit sahen sie nichts von Erich Smekal und Natascha. Doch plötzlich rief Lupo: »Halt! Ein wenig zurück, bitte.«

Und dann sah es auch Dorli. Erich Smekal und Natascha Bergmann kamen aus einer Boutique. Er legt den Arm um ihre Schultern, und sie lächelte und küsste ihn auf die Wange. Ganz unschuldig. Und weiter fanden sie nichts. Die Kameras mussten gerade in eine andere Richtung geschaut haben, als die beiden vorbeigingen.

Sie bedankten sich und ließen die nette Frau mit ihrem Mitarbeiter allein. Im Hinausgehen hörten sie noch, wie sie ihn eine »faule Sau« nannte. Sie würde in der Zentrale dafür sorgen, dass er irgendwohin versetzt werde, wo er keinen Schaden anrichten konnte. Als Nachtwächter auf einem Schrottplatz vielleicht.

Dorli grinste. »Blöd, wenn man sich so anstellt, wenn die Chefin dabei ist.«

»Den Anschiss hat er sich redlich verdient. Aber was fangen wir mit unserer neuen Erkenntnis an?«

»Wir wissen immerhin sicher, dass er mit Natascha hier war. Wir wissen nicht, warum er ihr Kleider gekauft hat. Das Busserl auf die Wange war so harmlos, dass hätte ein Dankeschön sein können, ob sie nun seine Freundin war oder er ihr aus irgendeinem Grund eine neue Garderobe schuldete.«

»Du glaubst, er hat ihr versehentlich Ketchup über den Kopf geleert und sie danach neu eingekleidet?« Lupo schüttelte verwundert den Kopf.

»Nein, nicht wirklich. Aber der Kauf von Kleidern allein beweist gar nichts.«

18

Dorli hockte auf dem Beifahrersitz von Lupos Rostlaube. Ein Wunder, dass der alte Polo nicht von allein auseinanderfiel. Ein Meisterwerk aus diversen abenteuerlichen Materialien, die normalerweise nicht zur Einbalsamierung von Automumien gedacht waren. Christo hätte da sicher wertvolle Anregungen für seine Verpackungskunstwerke gefunden.

»Mich kramperlt, dass wir bei der Transalpin bis jetzt mit niemandem reden konnten, der Erich Smekal kannte.«

Lupo nickte. »Mich auch. Es ist Mittagszeit, und darum fahren wir jetzt dorthin. Da gibt es gleich ums Eck ein Gasthaus, Zum Wickerl. Und ich müsst mich höllisch irren, wenn dort nicht die Fahrer essen gehen oder mal auf ein Bier.«

Das Lokal sah schon von außen nicht gerade einladend aus, die Fassade bröckelte, mehrere Dachziegel schienen absturzgefährdet. Die Eingangstür quietschte Zahnschmerz-auslösend, als Lupo sie öffnete. Drinnen herrschte ein schummriges Licht, die Luft war feucht und heiß, es roch nach Rauch und Bierhansel, aber auch nach Gulasch, dem Tagesmenü. Davor gab es Griesnockerlsuppe und als Nachspeise Topfenstrudel. Und das Ganze um sechs Euro.

Lupo hatte recht. Von den sieben Tischen, an denen jemand saß, waren mindestens fünf mit Transalpin-Leuten besetzt. Auch am Tresen hockten ein paar Männer in grauen Latzhosen, die wahrscheinlich zur Spedition gehörten. Am letzten freien Tisch stand ein Reserviert-Schild. Also fragte Lupo, ob sie sich zu drei Männern dazusetzen durften. Sie bestellten das Menü und hörten ihren Tischgenossen zu. Sie kamen ins Gespräch mit ihnen und fragten sie, ob sie von der Spedition stammten.

»Wir bemühen uns seit ein paar Tagen, jemanden zu finden, der Erich Smekal kannte«, eröffnete Lupo ihnen.

»Ah, den, der im Neusiedler See ertrunken ist!«, bemerkte treffend einer ihrer Tischgenossen.

Lupo nickte.

»War des net a Unfall?«, fragte jetzt der Mann neben ihm.

»Das wird sich erst herausstellen.«

»Wer seid's ihr? Polizei?«

»Nein. Ich bin Privatdetektiv. Ein guter Freund Smekals hat mich beauftragt, herauszufinden, was wirklich passiert ist.«

»Ah so.«

Es war nicht zu übersehen, dass keiner von ihnen mit der Polizei zu tun haben wollte. Aber ein Detektiv, von einem Freund des Opfers beauftragt, war etwas anderes.

»Also wisst ihr jemanden, der uns helfen kann?«

»Der Pavel vielleicht.« Der Rotgesichtige drehte sich zu seinen Kollegen am Nebentisch. »Wo is denn der Pavel heut?«

»In Prag.«

»Hm. Dann bleibt noch der Joe Müller.« Ein Kerl mit Rauschebart.

»Der ist irgendwo unterwegs, und es gibt keine Aufzeichnungen, wo er ist«, antwortete Lupo. Die Männer am Tisch sahen einander an und grinsten verhalten.

Jetzt meldete sich ein hagerer Grufti zu Wort, der bisher geschwiegen hatte. »Ivan.«

»Geh, der Ivan ist doch schon zwei Wochen im Stand. Der hat an Hexenschuss. Unsere Berufskrankheit. Vom vielen Sitzen und Schleppen.« Wieder Rauschebart.

Nach einer Pause: »Und der Karli?«

»Der Kraus Karli is da. Der is z'erscht da drüben g'sessen.« Das war Rotgesicht.

»Und wo finden wir den Karli?«, fragte Dorli, die sich damit zum ersten Mal ins Gespräch mischte.

»Wahrscheinlich in da Werkstatt. Sein Wagen is hin.«

Kurz darauf standen die drei Männer auf und gingen.

»Das is no so ein altes Beisl, wo du anschreiben kannst, und am Letzten kommst zahlen.« Dorli lächelte wehmütig. »Hat es bei uns früher auch gegeben. Heute gibt's alles nur mehr gegen Cash.«

Die aufgebrezelte Empfangsdame blickt Lupo erwartungsvoll entgegen. Dorli war lieber nicht mit aufs Firmengelände gekommen. Sie wollte nicht dem Nachtwächter in die Arme laufen, falls das Wachpersonal Wechseldienst hatte. Der hätte sie bestimmt wiedererkannt.

»Zu Herrn Langbauer?«, fragte sie.

Lupo versuchte, in ihrer Gegenwart die Luft anzuhalten. Ihre Parfümwolke war atemberaubend.

»Nein, zu Karl Kraus.«

Sie verzog den Mund, verkniff sich aber jede Äußerung dazu. Sie griff zum Telefon und sprach sehr leise hinein. Dann wies sie mit dem Arm zu einer Sitzgruppe.

»Der Meister wird ihn reinschicken, sobald er ihn gefunden hat. Nehmen Sie doch bitte Platz.«

Nach zehn Minuten Fahrstuhlmusikberieselung war Lupo leicht porös und fragte sich, wo denn nun der Karli blieb. Er erhob sich steifbeinig und schritt wieder zum Empfangstresen.

Miss Duftwolke krauste die Nase. Sie schien ihn völlig vergessen zu haben.

»Wo bleibt der Herr Kraus?«

Sie griff zum Telefon und flüsterte wieder hinein. Sie zuckte mit den Schultern, legte auf und wandte sich Lupo zu.

»Der Herr Kraus ist nicht im Haus.«

»Aber grad vorhin hab ich ihn doch noch drüben beim Wirten gesehen.«

»Tut mir leid. Mehr weiß ich nicht. Wenn Sie mich jetzt entschuldigen wollen.« Sie wandte sich einem neuen Besucher zu.

Kurz darauf war Lupo wieder beim Wagen. Dorli war weit und breit nicht zu sehen. Wo war sie hingekommen?

Ein paar Minuten später sauste sie um die Ecke und riss die Tür auf der Beifahrerseite auf.

»Ha, das war jetzt sehr aufschlussreich!«

»Wo warst du denn?«

»Der Grufti, der große Schweiger, kam gerade vorbei, hat das Fenster runtergekurbelt und gesagt, ich soll einsteigen.«

»Und dann?«

»Ist er mit mir ums Eck auf den großen Parkplatz vom Supermarkt gefahren. Dort hat er mir erzählt, warum keiner mit uns reden will.«

»Aha. Was ist denn der Grund?«

»Sie müssen alle so eine Art Verschwiegenheitsklausel in ihrem Arbeitsvertrag unterschreiben.«

»Na, bei *der* Arbeit verständlich«, murmelte Lupo.

»Und die Männer haben echt Angst. Wär nicht das erste Mal, dass einer rausgeschmissen wird, weil er ein Wort zu viel mit jemandem gewechselt hat. Und wenn einer gekündigt wird, warten schon zwanzig Fahrer aus dem Ostblock auf den Job. Denen ist egal, wenn die Ruhezeiten nicht eingehalten werden oder der Lastwagen fast auseinanderfällt. Die fahren, ohne viel zu fragen, um den halben Lohn. Sie brauchen das Geld. Damit ihre Familien überleben.«

»Traurig. Dann müssen wir uns nicht wundern, dass der Mann grad noch da war, und kaum frag ich nach ihm, ist er plötzlich verschwunden.«

»Ich sag dir, die tun alles, um die Leute unter Druck zu setzen. Nicht nur, damit wir nur ja mit keinem über den Smekal reden können, sie sind überhaupt nicht daran interessiert, dass von hier etwas nach draußen dringt.«

»Hast du gesehen, was sich die drei Männer für Blicke zugeworfen haben, als wir erwähnt haben, dass Joe Müller unterwegs ist, aber keiner weiß, wo?«

»Mhm. Ich hoffe nur, Lupo, dass die nicht alle über die Klinge springen müssen, nur damit keiner mit uns redet.«

»Geh bitte, mal den Teufel nicht an die Wand.«

19

Lupos Handy klingelte. Er hob ab, und sein Gesicht verzog sich sorgenvoll.

»Gut, ich bin gleich da.« Er beendete das Gespräch und startete den Wagen.

»Wer war das?«

»Die Sekretärin vom Smekal.«

»Und was hat sie gesagt?«

»Der Buchhalter ist aufgetaucht. Wir können mit ihm reden. Kommst du mit?«

»Oh ja. Bin schon sehr neugierig, was der zu erzählen hat. Vor allem, ob wir ihn zu den Verdächtigen zählen müssen.«

Die Geschichte war nicht unspannend, aber sie würde wohl kaum einen Grund für einen Mord bieten. »Der Parizek«, wie Lukas Smekal den Mann genannt hatte, war wirklich ein langweiliger Typ. Beim Beruferaten hätte man auf Lateinlehrer oder Bibliothekar getippt. Parizek war klein, hatte schütteres blondes Haar mit grauen Strähnen, dazu fast weiße Wimpern und Augenbrauen über blassgrauen Augen. Seine Haut war teigig. Dazu steckte er in einem grauen Anzug und trug einen grauen Pullover. Urfad eben. Zudem sah er aus wie einer, der zum Lachen in den Keller ging. Mundwinkel nach unten, eine steile Falte auf der Stirn und scharfe Linien neben der Nase.

Er gab zu, dass er wirklich Geld unterschlagen hatte. Nicht besonders viel, denn das hätte Smekal gleich gemerkt. Aber so nach und nach hatten sich die kleineren Beträge auf fast fünfzigtausend Euro summiert.

»Und was hat Herr Smekal dazu gesagt, als er dahinterkam?«, fragte Lupo.

»Erich hat von seinem Rechtsanwalt einen Vertrag aufsetzen lassen, in dem ich mich verpflichte, den gesamten Betrag in kleinen Monatsraten zurückzuzahlen, inklusive Zinsen. Dazu hat er mir angeboten, dass ich selbst kündigen kann. So würde ich leichter einen anderen Job finden.«

»Das war aber sehr anständig von Ihrem Chef.«

»Ja. Dafür bin ich ihm ewig dankbar. Und dann hat er mich noch freigestellt.«

»Und wann war das?«, fragte Dorli.

»Am 18. September.«

»Können Sie sich erklären, wieso niemand davon wusste?«

»Nicht wirklich. Normalerweise hätte er das mit der Ilse, also Frau Brandtner, seiner Assistentin, besprochen. Warum das nicht geschehen ist, kann ich nicht sagen.«

Als Beweis für seine Aussage legte er Lupo und Dorli seinen Vertrag mit Smekal sowie eine Kopie seines Kündigungsschreibens vor.

»Verraten Sie uns jetzt noch, wo Sie am Mittwoch, dem 18. September, zwischen zwanzig Uhr und Mitternacht waren?«, fragte Lupo.

Parizek dachte kurz nach. »Mittwoch, der achtzehnte ... Aber ja! Da habe ich Babysitter bei den drei Kindern meiner Schwester gespielt.«

»Ihre Schwester könnte das bezeugen?«

»Nein, die war ja nicht zu Hause. Aber die Kinder. Sie hat drei Söhne im Alter von neun, elf und vierzehn Jahren. Die haben ihren Onkel bis Mitternacht mit der Singerei auf der Playstation gequält.«

»Herzliches Beileid!« Dorli lächelte verständnisvoll. »Mein Neffe und meine Nichte rauben mir damit manchmal auch den letzten Nerv.«

»Der scheidet als Täter aus«, meinte Dorli, als sie wieder im Auto saßen.

»Ja, er muss Smekal höchst dankbar sein, dass er ihn so glimpflich davonkommen ließ.«

»Und er hätte auch nichts davon gehabt, wenn er ihn abgekragelt hätt, denn die Rückzahlung geht an die Firma.«

»Wenigstens einer, den wir von der Liste streichen können.«

»Welche Liste, Lupo? Wir wissen doch noch nicht einmal sicher, ob es nicht doch ein Unfall gewesen ist.«

»Also nach den Ergebnissen der Autopsie und meinen Überlegungen von gestern Abend gehe ich davon aus, dass er nicht von allein ins Wasser gefallen ist. Wir müssen es nur noch beweisen und den Mörder finden.«

»Ah eh nur. I hab schon geglaubt, es würde schwierig werden!«

20

»Weißt, was ich jetzt mach, Lupo?«

»Nein. Aber du wirst es mir hoffentlich verraten.«

»Ich ruf die trauernde Witwe an und frag sie, ob ihr der Name Natascha Bergmann was sagt.«

»Und wenn sie dich fragt, wie du auf den Namen kommst?«

»Dann kann ich immer noch behaupten, eine Schulkollegin von ihr hätte sie mit dem Smekal reden sehen. Das ist völlig unverdächtig.«

»Na ja, wennst glaubst.« Lupo, der am Steuer saß, blickte skeptisch drein.

Doch Dorli ließ sich nicht beirren. Sie wählte, und gleich darauf hatte sie Anja Smekal am Telefon. Auf die Frage folgte eine kurze Antwort, die Lupo nicht verstand, dann fragte Dorli sie, ob ihr Sohn zu Hause sei. Kurz darauf beendete sie das Telefonat.

»Na, das ist ja höchst interessant!«

»Jetzt red schon. Was hat sie gesagt?«

»Natascha Bergmann ist die Freundin ihres Sohnes.«

»Was? Das ist ja ein Ding! Das erklärt allerdings nicht, wieso der Vater ihr Kleider gekauft hat.«

»Schon gar nicht vor dem Hintergrund, dass die Bergmanns nicht gerade am Hungertuch nagen dürften.«

»Jetzt versteh ich, wieso du nach dem Sohnemann gefragt hast. Ist er daheim?«

»Nein. Er war bis vierzehn Uhr in der Schule. Nachher geht er mit seinen Freunden immer in ein Café in der Nähe.«

»Wie heißt es?«

»Weiß sie nicht, aber wenn es in der Nähe der Schule ist, werden wir es finden.«

»Wo ist die Schule?«

»Er geht ins WRG Zehnergasse.«

»Was is a WRG?«

»Wirtschaftsrealgymnasium, du Banause.«

»Du sprechen Deutsch, dann dummer Lupo verstehn. Heißt so etwas nicht HAK?«

»Vor hundert Jahren, mein Lieber. Fahr los!«

»Ich kenn mich da nicht aus, sag mir den Weg an.«

In der Zehnergasse gab es nur ein Lokal, Anitas Stüberl. Das zeichnete sich durch schummriges Licht, den Geruch nach kaltem Kaffee, Häuselspray und undefinierbarem Moder sowie gähnende Leere aus. Außer einer gelangweilten Serviererin hinter der Theke, die hingebungsvoll an etwas strickte, das aussah wie eine Socke für den Hulk, saß nur noch eine alte Dame mit Pudel bei Tee und Kuchen. Wobei der Tee für die Frau war und der Kuchen für den Hund. Nicht gerade eine vertrauensbildende Maßnahme für potenzielle Kunden.

So schnell, wie sie das Lokal betreten hatten, verließen sie es wieder. Die Kellnerin hob nicht einmal die Augen von ihrem giftgrünen Strickstrumpf. Eines war klar: Hier verkehrten mit absoluter Sicherheit keine jungen Leute. Nicht freiwillig. Nicht einmal bei Freibier.

»Und was jetzt?«, fragte Lupo.

»Wohin gehen die Jugendlichen heute, wenn es weit und breit kein Lokal gibt?«

Lupo blickte ratlos drein und zuckte mit den Schultern.

»Zu McDonald's. Wir versuchen's mal mit dem beim Fischapark.«

Lupo war alles recht. Er ließ sich weiter den Weg weisen.

Das kleine Lokal war brechend voll. Von Lukas Smekal jedoch keine Spur.

»Na, hast noch so eine super Idee?«, ätzte Lupo.

»Ja. Wir fahren zum Kino.«

»Um die Zeit?«

»Zu deiner Beruhigung: Ich nehme nicht an, dass Lukas dort in einer Vorstellung für die Kleinsten sitzt. Aber da gibt es mehrere Lokale, Bowlingbahnen, Billardtische und so weiter.«

»Könnt passen.«

Bei den Billardtischen wurden sie fündig. Lukas spielte mit einer ganzen Partie, die insgesamt vier Tische belegte.

Dorli und Lupo ließen Lukas den Frame fertig spielen. Dann trat Lupo zu ihm und bat ihn, kurz mit ihm an die Bar zu kommen.

»Bei den Ermittlungen zu den letzten Stunden Ihres Vaters sind wir auf den Namen Natascha Bergmann gestoßen. Wir haben Ihre Mutter gefragt, ob ihr der Name etwas sagt. Sie meinte, das ist Ihre Freundin.«

Lukas lächelte säuerlich.

»Das war einmal. Nascha und ich haben uns getrennt.«

»Oh. Und wann war das?«, fragte Dorli dazwischen.

»Schon eine Zeit her«, nuschelte Lukas. »Sonst noch was?«

»Kannte Ihr Vater Natascha?«

»Na sicher! Er war zwar nicht oft zu Hause, aber gelegentlich sind sie sich schon über den Weg gelaufen.«

»Mochte er sie?«, fragte Dorli.

»Keine Ahnung. Ich glaub, er hat sie gar nicht wirklich bemerkt.«

Das sah Dorli aber anders. »Wieso weiß eigentlich Ihre Mutter nichts von der Trennung?«

»Weil ich nix g'sagt hab. Sie wird's schon irgendwann merken. Außerdem hat sie die Nascha eh nicht leiden können. So was Fixes war's ja auch nicht. Und im Moment hat sie sowieso andere Sorgen.«

Dorli und Lupo entschuldigten sich für die Störung und kehrten zum Wagen zurück.

Lupo grummelte vor sich hin. »Hm. Jetzt wissen wir so viel wie vorher. Die beiden kannten sich. Er kauft ihr aus irgendeinem Grund Kleider. Na und?«

»Der Grund ist das Problem. Denk an die Beträge, die auf den Kreditkartenabrechnungen standen. Würdest du der Exfreundin deines Sohnes so teure Geschenke machen, wenn es nicht einen sehr guten Grund dafür gäbe?«

»Schon richtig. Aber der könnte vielleicht auch gewesen sein, dass sich Sohnemann bei Beendigung des Verhältnisses mit *Nascha* wie ein Schwein benahm.«

»Was ich mir durchaus vorstellen könnte.« Dorli lachte freudlos auf. »Aber ich hab so das Gefühl, dass da mehr war.«

»Doch ein Pantscherl mit dem Mäderl?«

Dorli wiegte den Kopf hin und her.

»Das ist die Preisfrage. Wir müssen mehr erfahren. Wir müssen mit Natascha reden.«

21

Die Familie Bergmann war vom Urlaub zurück, die Jalousien hochgezogen, die Kameras in Betrieb. Im Garten patrouillierten zwei Männer, die weniger wie Gärtner aussahen, eher wie Wächter.

»Jede Wette, dass die eine Waffe im Schulterholster tragen?«, flüsterte Dorli.

»Du siehst zu viele Krimis«, lautete Lupos lakonische Antwort.

Als sie klingelten, fragte eine weibliche Stimme, was sie wollten. Sie fragten nach Natascha.

Ein Summer ertönte, und die Eingangstür neben der pompösen Zufahrt öffnete sich. Sie schritten auf dem gekiesten Fußweg zum Haus und stiegen eine breite Treppe hinauf. Am Fuß der Treppe stand ein postkastlgelber Lamborghini.

Drinnen erwartete sie eine schlanke Mittfünfzigerin. »Was wollen sie denn von Fräulein Natascha?«

Lupo wies sich als Detektiv aus. »Wir ermitteln in einem ungeklärten Todesfall und würden Natascha gerne ein paar Fragen stellen, da sie mit dem Verstorbenen am Tag vor seinem Tod gesehen wurde.«

Die Haushälterin, um die es sich wohl handelte, schüttelte den Kopf.

»Natascha ist in einem Internat in der Schweiz. Soll ich ihren Vater fragen, ob er Sie empfangen kann?«

»Ich bitte darum«, antwortet Lupo mit einer formvollendeten Verbeugung, was ihm einen belustigten Blick von Dorli eintrug.

Die Frau verschwand. Dorli und Lupo sahen sich in der riesigen Eingangshalle um. Geschwungene Treppen führte auf beiden Schmalseiten in das obere Stockwerk und mündeten in einen umlaufenden Gang. Hoch oben durch eine Kuppel und von der Glasfront drang Licht und spielte Verstecken mit den Pflanzen und dem Wasserfall, der mitten in der Halle vom oberen Stockwerk bis ins Erdgeschoss reichte und wie flüssiges Silber glitzerte, dort, wo die Sonne auf das Wasser traf. Zarte Schwaden zerstäubten Wassers zogen über die begrünten Seiten. Man hörte das leise Murmeln und Tröpfeln des Wassers, es roch betörend nach irgendeiner exotischen Pflanze, die sich, über und über mit roten Blüten besetzt, neben dem Wasserfall nach oben rankte.

»Ich komm mir vor wie bei ›Reich und schön‹.« Dorli drehte sich einmal im Kreis. »Womit verdient der nur seine Brötchen?«

»Höre ich da Neid in deiner Stimme?« Lupo warf ihr von der Seite einen argwöhnischen Blick zu.

»Nein, Unverständnis. Selbst wenn ich so viel Geld besitzen würde wie Aga Khan, würde ich nicht in so einer Reitschule leben wollen. Da verirrst di ja beim Putzen!«

Die Haushälterin kehrte zurück.

»Herr Bergmann lässt bitten. Wenn Sie mir folgen wollen?«

Sie stieg vor ihnen eine der Treppen hinauf. Sie mündete in einen Gang, der aussah, als gehörte er zu einem Luxushotel, so viele Türen zweigten davon ab. Bei der dritten hielt sie und klopfte.

Der Hausherr empfing Dorli und Lupo in der Bibliothek. Ein Raum, so groß wie Dorlis ganzes Haus, die Wände bedeckt mit Büchern in teuren Regalen, sicher von einem erstklassigen Tischler maßgerecht eingepasst. Mit einem Druck auf eine Fernbedienung stoppte er die wunderbare Musik. Mozarts ›Requiem‹. ›Lacrimosa‹, wenn sich Dorli nicht irrte. Der Mann hatte immerhin Geschmack, was die Musik betraf. Wenngleich ein bisserl morbid.

Auf einem Tischchen vor einem französischen Fenster mit Ausblick auf den Park stand ein Samovar. Daneben Teegeschirr, hauchzart, mit einem chinesischen Muster. Außerdem mehrere Schalen mit verschiedenen Zuckersorten, normaler, Rohrzucker, Kandiszucker. Selbst hier roch man den süßen Blütenduft aus der Eingangshalle noch schwach. Markus Bergmann erhob sich aus einem ausladenden Polstersessel und fragte, was er für sie tun könne. Sie erklärten, dass Erich Smekal ermordet worden war und seine Tochter vermutlich die letzte Person gewesen war, die ihn lebend gesehen hatte.

»Das halte ich für unmöglich. Wann ist denn der Mann gestorben?«

Las der Kerl keine Zeitung? Dorli fühlte Ärger aufsteigen. Der verarschte sie doch!

Lupo jedoch war die Höflichkeit in Person und gab bereitwillig Auskunft.

Auf ihre Fragen erklärte Herr *Dr.* Bergmann, wie er sich selbst vorgestellt hatte, dass seine Tochter nicht mit im Urlaub gewesen sei, da die Schule schon begonnen habe und sie im Internat sei.

»Wann hat denn die Schule angefangen?«, fragte Lupo ganz unschuldig.

»Mitte September.«

Aha, soll das heißen, sie konnte gar nicht mit Smekal gesehen worden sein?, fragte sich Dorli. *Und wieso war das Fräulein Tochter dann am 17. September noch mit Smekal beisammen? Sehr verdächtig.*

Sie fragten nach Lukas. Ja, die beiden seien befreundet gewesen, bis Natascha vor Kurzem die Beziehung beendet hatte.

»Ich war darüber erleichtert. Die Smekals waren nicht der richtige Umgang für meine Tochter.«

»Darf ich fragen, welche Art Doktor Sie sind?«, fragte Dorli.

»Der Medizin. Ich bin Chirurg. Ich habe in Winden am Neusiedler See eine Klinik.« Stolz klang aus seinen Worten.

Von einer Klinik in diesem kleinen Ort am Rande des Leithagebirges hatte Dorli noch nie gehört.

»In Winden? Echt?«, fragte sie nach.

Bergmann lächelte, eine Spur überheblich. »Kein Krankenhaus im üblichen Sinn. Es ist ein Rehabilitationszentrum und eine Schönheitsfarm.«

Kaum hatte sich das Eingangstor hinter ihnen geschlossen, platzte Dorli heraus.

»Oh Mann, der verdient sich krumm und dämlich, indem er Weibern mit zu viel Geld neue Nasen, dicke Busen, Waschbrettbäuche und dürre Hintern verpasst!« Sie rümpfte die Nase. »Und die Smekals wären nicht der richtige Umgang für seine Tochter. *Igitt, der Pöbel!*«

»Na, krieg dich wieder ein. Er meint halt, sie wären was Besseres.«

»Darum geht's ja! Nur weil er den armen Frauen und Mädchen mit Minderwertigkeitskomplexen das Geld aus der Tasche zieht, ist er noch lang nichts Besseres.«

»Was regst dich denn so auf? Mir ist völlig egal, was er glaubt. Und außerdem lassen sich heute schon fast genau so viel Männer wie Frauen künstlich aufmotzen.«

»Hast eh recht. Es nutzt ja nix. Aber dass wir nicht mit Natascha reden können, ist jetzt echt blöd.«

»Weißt du, was mir komisch vorkommt?«

»Na?«

»Auch wenn der Herr Doktor Geld wie Heu scheffelt – schau dich hier um. Und er hat eine eigene Klinik. Das kann man nicht mit einem Arztgehalt vom Spital aufbauen. Er muss ja auch mal woanders angefangen haben. Und wie alt wird er sein, fünfundvierzig, fünfzig? Das geht sich nie aus.«

»Müssen wir halt ein bisserl graben, womit die Familie früher ihr Gerschtl verdient hat. Würd mich eh brennend interessieren, ob man in Österreich mit ehrlicher Arbeit so reich werden kann.«

Lupo schüttelte den Kopf. »Wach auf, Mädchen. Entweder die Altvorderen waren schon reich wie Rothschild, oder er dreht krumme Dinger.«

»Amen!«

22

»Was machst du heute Abend?«, fragte Lupo, als er sich von Dorli im Flur ihres Häuschens verabschiedete.

»Ich treff Oberleutnant Leo Bergler vom LKA und übergebe ihm den Akt über die Transalpin.«

»Ach, ein Rendezvous!« Lupos Lippen verzogen sich zu einem schmalen Strich, als hätte er Schmerzen.

»Quatsch!« Dorli lachte.

»Klar, dass ich da abgemeldet bin.« Lupo blickte jetzt eher finster drein.

»Was soll denn das heißen?«

»Nix!«

»Jetzt sei net so komisch. Was ist los?«

»I frag mi halt, was du von dem Lackaffen willst.«

»Das werd i dem Lackaffen schon selber erzählen.«

»Das heißt, mir nicht.«

»Hab i des g'sagt?«

Lupo hob mit einer resignierenden Geste die Schultern und ließ sie wieder fallen.

»Lupo, was is dir jetzt über die Leber g'rennt?«

»Nix.«

»Na guat, dann hab mi gern.«

Lupo verschwand wortlos und schmiss die Tür zu.

Dorli war nun auch grantig. Was fiel Lupo ein? Nur weil sie in den vergangenen Tagen eine Menge miteinander unternommen hatten, bestand doch für ihn kein Rechtsanspruch auf ihre Zeit! *Blöder Macho!*

Sie sprang unter die Dusche, föhnte ihr Haar und zog eine schwarze Jeans, eine weiße Bluse und einen roten Blazer an. War vielleicht ein bisserl wenig, wenn man nach den Temperaturen draußen ging, die sich schön langsam Richtung Spätherbst und ersten Nachtfrösten bewegten. Aber sie würde ohnehin die meiste Zeit im Auto oder in einem Lokal sitzen.

Sie hatte einen Mostheurigen auf dem Weg Richtung Westautobahn gewählt, damit sie Leo Bergler wenigstens ein Stück weit entgegenkam. Als sie das Lokal betrat, glaubte sie, in einem schlechten Film gelandet zu sein. Gleich am ersten Tisch saß ihr Bruder mit einer reichlich aufgeputzten blutjungen Frau, die glatt als Schwester der Schöne durchgehen würde. Und daneben der ganze Haufen rechter Recken, die man überall fand, wo fest gebechert wurde und man gefahrlos über das Ausländergesindel, Asyl- und Sozialhilfemissbrauch und andere Stammtischthemen in der Art herziehen konnte. Seit wann war ihr Bruder mit dem braunen Bodensatz der Gemeinde so dick?

Als Georg sie sah, bekam er rote Backen. Er sprang auf und lief ihr entgegen.

»Hallo Dorli, was machst denn du da?«

»Dasselbe könnte ich dich fragen. Ist mir aber wurscht. Und, wer is sie? Deine Psychotherapeutin?«

Georg wand sich wie ein Wurm. Das Mädchen war näher gekommen und stellte sich selbst vor.

»I bin die Martina. I arbeit in Langebichl im Greißlerladen. Da hab i den Georg auch kenneng'lernt. Wie er ganz unbeholfen vor an Regal g'standen is. Weil ihn sei Frau wegen an andern –«

»Geh, hör auf, des interessiert ja kan!«, versuchte Georg seine neue Flamme zu unterbrechen.

»Ich find das wahnsinnig spannend«, sagte Dorli.

Georg fauchte sie an. »Lass mi in Ruah, es geht di an Dreck an.« Und zu dem Mädchen: »Hock di wieder hin, i kumm glei.«

»Hast recht, geht mi nix an«, entgegnete Dorli. »Aber wenn i du wär, dann würd i schauen, wie ich ganz schnell wieder Arbeit kriegen könnt, versuchen, das verzockte Geld irgendwie abzustottern und deine Ehe zu retten. Wenn du es allein net schaffst, dann mach a Therapie. Aber immer den andern die Schuld geben und selber gleich wieder auf Aufriss, das is ja wohl das Letzte.«

»Wieso sitzt du auf so an hohen Ross? Hast du noch nie was verbockt?«

»Doch, aber ich hab immer versucht, es wiedergutzumachen. Du machst es nur schlimmer.«

»Du mit deiner Altweiber-Psychologie. Lass mi do in Kraut!«

»Du bist und bleibst a faule Sau, die sich im Selbstmitleid suhlt. Und deine neuen Freunde helfen dir dabei? Na viel Vergnügen.«

Dorli wandte sich an das Mädchen, das mit eingezogenem Kopf an den Tisch zurückgekehrt war.

»Viel Spaß mit meinem Bruder. Passen S' auf, dass S' ihn nicht zornig machen. Er haut gern hin.«

Georg ballte die Fäuste, beherrschte sich aber. Im selben Moment trat Leo Bergler von hinten an Dorli heran.

»Ah, Dorli, da sind Sie ja!«

»Hallo Herr Oberleutnant. Schön, Sie wieder einmal zu sehen.«

Sie zog ihn weiter in den nächsten Raum. Sie wollte nicht die ganze Zeit ihren verdammten Bruder im Blickfeld haben.

Leo Bergler sah aus, als wäre er eben einem Werbefolder für exquisite Kleidung junger Überflieger entstiegen. Anthrazitfarbener Anzug, hellgraues, silber changierendes Hemd, ebensolche Krawatte dazu, Ton in Ton. Sogar ein passendes Stecktuch lugte aus seiner Sakkotasche. Sein blondes Haar war wie immer ordentlich gestutzt, frisch gewaschen und fiel locker in seine Stirn. Dazu hüllte ihn der Duft eines dezenten, aber sehr frischen Aftershaves ein. Ob er wohl selbst für seine Kleidung sorgte? Oder war er verheiratet, und seine Frau legte jeden Morgen seine Klamotten für den nächsten Tag heraus, weil er sonst wieder das Zeug vom Vortag anzog? *Und was geht dich das an, Dorli?*

»Sie haben übrigens eben die Crème de la Crème der Altnazis und ihrer Anhänger aus der Gegend gesehen. Leider gehört mein Bruder jetzt anscheinend auch zu dem elitären Verein.«

»Die Verwandtschaft kann man sich nicht aussuchen.« Leo Bergler lächelte sein Sonnyboy-Zähnefletsch-Grinsen.

»Wie wahr!« Dorli seufzte. Warum konnte ihr Bruder nicht so sein wie der smarte Kommissar?

Als sie Leo Bergler das Kuvert überreichte, zog er die Blätter heraus. »Was ist das?«

»Eine ziemlich lückenlose Dokumentation über jahrelangen Menschenschmuggel bei der Spedition Transalpin.«

Leo Bergler schüttelte den Kopf. »Meine Herren! Die haben ja wirklich alles aufgezeichnet. Wie kommen Sie denn an das Zeug?«

»Das wollen Sie gar nicht wissen.«

»Sie haben gar keine Ahnung, was ich alles wissen möchte.« Er grinste sie spitzbübisch an. »Ich hoffe, Sie haben dafür keine kriminelle Handlung begangen.«

Dorli fühlte, wie sich ihre Wangen röteten. Aber eigentlich hatte *sie* die Papiere ja nicht gefunden. Damit hatte sie in der engeren Auslegung nichts angestellt. Na ja, Bergler würde das wohl anders sehen.

»Ich doch nicht!« Sie versuchte, ihre Stimme bestimmt klingen zu lassen.

Bergler lachte. »Sie sollten vor dem Spiegel trainieren, wenn Sie schwindeln wollen.«

Er stopfte die Papiere wieder in das Kuvert, faltete es und steckte es in seine Rocktasche. »Warum haben Sie das nicht dem Zoll übergeben?«

»Habe ich. Aber wir wissen doch beide, wie oft in solchen Fällen die Behörde mitspielt und wegschaut. Ich wollte nicht, dass das irgendwo unterwegs in einer Lade verschwindet.«

»Okay, verstehe. Woran sind Sie denn grad dran?«

Dorli versuchte möglichst unschuldig dreinzuschauen.

»Keine Chance!« Er schüttelte den Kopf. »Sie sehen aus wie das personifizierte schlechte Gewissen.«

»Na gut, Leo. Sie haben gewonnen.« Dorli legte die Karten auf den Tisch und erzählte Bergler alles, was sie über den Fall Smekal erfahren hatte. Nur ihren Einbruch bei der Transalpin ließ sie unter den Tisch fallen. Das brauchte er nun wirklich nicht zu wissen. Und von den Erkenntnissen der Pathologin in Baden erzählte sie natürlich auch nichts.

»Interessant«, kommentierte er ihre Schilderung. »Ich hab davon in der Zeitung gelesen. Und was ist mit der Freundin vom Opfer, Beate B.?«

»Da gibt's keine Frau mit Namen Beate.«

»Stand im Tagblatt. Eine Segelfreundin, glaub ich.«

»Oh Mann, die meinten wohl den Beat Eberli. Der ist so was von männlich. Ein Schweizer, der beste Freund Smekals. Er hat Lupo den Auftrag erteilt, den Tod Smekals aufzuklären. Weil er eben nicht an einen Unfall beim Segeln glaubte.«

»Na super. Typische Zeitungsente! Aber der andere, Bergmann. Da klingelt was bei mir.«

»Ich wollte Sie ohnehin fragen, ob Sie wissen, wie die zu ihrem vielen Geld gekommen sind. Die wohnen in einem Riesenkasten von Schloss, rundherum ein weitläufiger Park. Alles mit Dutzenden Kameras und Wächtern gesichert. Aber der Herr Dr. Bergmann ist Chirurg. Und auch wenn er in Winden einen Wellnessschuppen betreibt, wo die feine Welt auf schön operiert und von Alkohol oder Suchtgift entwöhnt wird, das kann er nicht in der kurzen Zeit verdient haben.«

»Sie haben wieder mal einen guten Riecher. Ich darf natürlich nichts dazu sagen. Aber es gibt da eine Familie aus Eichbüchl, die hat eine lange Tradition als mafiaartig strukturierte Gruppe von Gangstern. Die haben seit drei Generationen alles gemacht, was verboten war und viel Geld brachte. Vom Rauschgiftschmuggel bis zum Mädchenhandel. Aber sie sind nie angeklagt worden. Sie waren einfach zu clever. Das belastende Material hat nie gereicht, oder die Zeugen sind umgefallen. Der Alte hat sich offiziell vor ein paar Jahren zur Ruhe gesetzt. Seit der Sohn die Schönheitsklinik betreibt, gibt es ja saubere Einkünfte. Aber alle seine Schläger sind nach wie vor bei ihm beschäftigt.«

»Denken Sie, er könnte Smekal umgebracht haben?«

»Dafür würde mir kein Grund einfallen. Aber selbst wenn, dann hat er das unter Garantie nicht selbst gemacht. Dafür hat er seine *Fachkräfte*.«

Sie unterhielten sich noch eine Weile angeregt. Leo Bergler war ein interessanter Gesprächspartner. Sein Wissen war ziemlich beeindruckend, nicht nur, was Kriminelles anging. Er wusste über neue Filme ebenso zu plaudern wie über die angesagten Romane oder Bands. Und doch kam bei Dorli nie der Eindruck auf, dies sei Small Talk, sondern man unterhielt sich einfach auf allen Ebenen gut mit dem Burschen. Trotzdem war sie sich bewusst, dass sie die Stunden mit Leo Bergler zwar genoss, aber auch irgendwie dadurch verunsichert wurde, dass sie nicht wusste, was er sich davon versprach. Als Dorli sich verabschiedete, verspürte sie leises Bedauern.

»Passen Sie auf sich auf, Dorli. Die Leute, mit denen Sie sich hier einlassen, sind alles andere als Sonntagsschüler.«

»Ich weiß. Danke.« Damit eilte sie zu ihrem Wagen und machte sich auf den Weg nach Hause. Unzufrieden mit sich. Was machte sie sich Gedanken über Leo Bergler? Was ging er sie überhaupt an? Sie sollte sich lieber den Kopf über Lupo und den Fall zerbrechen!

Eine Stunde später fuhr Dorli beim Haus ihres Bruders vor. Hoffentlich war er noch mit der unbedarften Pippimaus zusammen und nicht zu Hause.

Leise sperrte sie die Eingangstür auf. Das Haus war kalt und verlassen. Es stank intensiv nach Katzenurin. Von den Tieren keine Spur. Dorli schlich in die Küche. Die Futterschüsseln waren gähnend leer. Dorli öffnete den Schrank, wo normalerweise das Futter für Glenfiddich und Ballantines lag. Nichts. Im Flur, wo das Kisterl stand, musste Dorli sich am Riemen reißen, dass sie sich nicht übergab. Himmel, dieser Idiot! Dachte wohl immer nur an sich. Dorli kippte den Inhalt des Kisterls in den Müll. Dann rief sie die Katzen. Sie hatte sicherheitshalber eine Schachtel mit Trockenfutter mitgebracht. Als sie damit schepperte, schossen die beiden Tiere herbei. Dorli warf jeweils eine Handvoll Futter in die Tragekörbe und schloss sie, sobald die Katzen drin waren. Dann schnappte sie die Körbe und trug sie ins Auto. Im zweiten Anlauf holte sie das Trockenfutter, die stinkende Katzentoilette und einen Sack Streu, sperrte die Tür zum Haus ab und fuhr mit ihrer Fracht zur Grete. Weder Lore noch Grete waren zu Hause, aber Lilly und Peter.

»He, ihr Rabauken! Wieso seid ihr noch nicht im Bett? Es ist acht Uhr am Abend. Und wieso sind weder eure Mama noch die Grete da?«

»Glenfiddich! Ballantines!« Die Kinder waren ganz aus dem Häuschen, als sie ihre geliebten Katzentiere wieder in die Arme schließen konnten.

»Mama und die Grete sind bei der Wirbelsäulengymnastik in Buchau. Sie müssen aber bald kommen. Und wir dürfen solange aufbleiben!«, antwortete Peter.

Dorli wusch das Kisterl aus, schüttete frische Katzenstreu rein und strich den beiden Kindern übers Haar.

»Geht's euch eh gut?«

»Geht so«, meinte Peter.

»Nein, es ist toll hier!« Lilly hüpfte wie ein Gummiball auf und ab. »Die Tante Grete is so lieb. Und keiner haut mir eine rein, wenn ich mal ein bisserl lauter bin.«

Also doch. Hatte ihr Schwein von Bruder die Kinder auch geschlagen. Was ging in solchen Männern vor? Brauchten sie das, um ihr eigenes Ego zu stärken? Und woher kam das? Dorli konnte sich nicht erinnern, dass die Eltern jemals einen von ihnen gezüchtigt hätten. Obwohl Georg es hin und wieder durchaus herausgefordert hatte.

»Fragt die Gretel, ob ihr die Katzen hierbehalten dürft. Wenn nicht, dann hol ich sie zu mir.«

23

Dorli kam endlich dazu, ihr Häuschen zu putzen, Wäsche zu waschen und sich ein bisschen mehr um ihren Hund zu kümmern. Mittendrin im größten Chaos läutete das Telefon.

Lore war dran und warnte Dorli, dass die Bank Georg aus dem Haus werfen würde. Sie hatte sich mit dem Direktor geeinigt. Ihre Eltern würden ihr mit den Schulden helfen, sodass sie nach Erledigung des ganzen Papierkrieges wieder ins Haus ziehen konnte. Aber Georg musste raus. Das war die Bedingung ihrer Eltern gewesen, aber auch der Bank. Und Lore konnte sich sehr gut vorstellen, dass er dann bei Dorli vor der Tür stehen würde und meinte, es wäre jetzt ihre verdammte Pflicht und Schuldigkeit, ihren Bruder bei sich aufzunehmen.

Dorli erinnerte sich an ihr letztes Zusammentreffen. Daran, wie er sie geschlagen hatte. *Mit mir nicht!*

Pünktlich um fünf, zu der Zeit, zu der sie normalerweise von der Arbeit kam, läutete jemand Sturm. Georg.

Dorli öffnete die Tür einen Spalt. »Was ist?«

»Servus. Willst mi net reinlassen?«

»Nein.«

»Du muasst aber.«

»Müssen tu i gar nix außer sterben.«

»Jetzt lass mi endlich eine. Es is kalt!«

»Dann geh halt heim.«

»Kann i net. Die Gfraster von der Scheißbank haben mi ausseg'haut. I werd bis auf Weiteres bei dir wohnen.«

»Na sicher nicht!« Dorli öffnete die Tür ein Stück weiter, sodass Idefix neben ihr stehen konnte.

»Bist deppat? I bin dein Bruder. Du wohnst im Haus unserer Eltern. Du bist ma des schuldig! Also lasst mi jetzt endlich eine?«

»Nein. Du bist lang vor dem Tod unserer Eltern großzügig ausgezahlt worden. Ich hab nichts geerbt als das alte, abgewohnte Haus und sogar noch Schulden drauf. I bin dir gar nix schuldig.«

Georg hob die Hand. Bereit, wieder einmal rohe Kraft walten zu lassen?

»Geh jetzt auf die Seiten, sonst klescht's.«

Dorli trat einen Schritt beiseite, und Georg wollte an ihr vorbeistürmen. Plötzlich legte er den Retourgang ein. Vor ihm ragte Bär auf, der Anführer der Bikergruppe Devils. Ein Schrank von einem Mann.

»Was is, Dorli, kommst wieder mal rein?«

Georg nahm die Fäuste runter und wankte auf Bär zu. Doch der wich keinen Zentimeter zurück und füllte die Eingangstür gut aus.

»Was macht denn der da?«, fragte Georg.

»Wir tan Bauernschnapsen«, erklärte Bär. »Der Wickerl und der Hansi san a do.«

Die waren ähnlich gebaut wie Bär. Dorli sah, dass Georg der Unterkiefer auf die Brust klappte.

»I komm glei«, beruhigte Dorli Bär und wandte sich an ihren Bruder. »Was du deiner ganzen Familie angetan hast, ist unbeschreiblich. Und du brauchst net glauben, dass irgendwer mit dir Mitleid haben wird. Also schau, wo du bleibst. Vielleicht bei dem Mäderl von neulich. Bei mir jedenfalls net. Pfiat di.«

Sie schlug die Tür zu und beobachtete durch das kleine Fenster daneben, wie Georg frustriert gegen die Mauer trat. Dann hieb er mit den Fäusten auf die Gartentür ein.

»Scheißweiber!«, schrie er und trat den Rückzug an.

»Danke, Bär. Ich hab keine Ahnung, was mit dem Schurl los ist in letzter Zeit. Aber er hat seinen Job leichtsinnig aufs Spiel gesetzt und verloren, Geld auf das fast schuldenfreie Haus aufgenommen und verzockt. Und dann treibt er si jetzt mit den Glatzen rum. Ka Ahnung, was die an ihm finden. Er hat kan Schmiss und is a richtiges Lulu. Wie immer sind alle andern schuld, wenn was danebengeht, nur er net. Eins passt allerdings, er ist gewalttätig. Er hat sogar schon die kleine Lilly verprügelt.«

»Dorli, wann immer du Hilfe brauchst, ruaf mi einfach an. Mit dem Moped bin i in fünf Minuten bei dir.«

24

Am Morgen des nächsten Tages stand Lupo vor Dorlis Tür und wirkte zerknautscht.

»Willst mi überhaupt noch sehen?«, fragte er statt eines Grußwortes.

»Sag einmal, Lupo, was ist los mit dir? Du warst vorgestern schon so komisch.«

Lupo wand sich wie ein Aal, seine betretene Miene war mitleiderregend.

»Raus mit der Sprache. Was ist los?«

»Na, ich hab gedacht … Also wenn du lieber …«

»Könntest du es mit einem ganzen Satz versuchen? Ich bin nicht gut im Rätsellösen.«

Dorli beschlich ein leiser Verdacht. Er hatte sich schon am Abend, als sie sich mit Leo Bergler traf, seltsam benommen. Konnte es sein, dass der Bursche eifersüchtig war? Lupo schwieg und konnte sich anscheinend nicht dazu durchringen, ihr mitzuteilen, was er auf dem Herzen hatte.

»Geh, komm erst einmal rein. Irgendwie stehen wir im Moment ja an mit unseren Ermittlungen, oder?«

Plötzlich fand Lupo seine Stimme wieder. »Ja, schaut so aus. Wir kommen nirgends weiter.«

»Ich finde es auf jeden Fall sehr seltsam, dass Natascha bis zum Ferienbeginn das Gymnasium in Wiener Neustadt besucht hat. Dann das Beziehungsaus mit Lukas Smekal, gefolgt vom Einkaufsbummel mit seinem Vater, der kurz darauf unter höchst merkwürdigen Umständen zu Tode kommt. Und dann verschwindet das Mädchen in einem Internat in der Schweiz.«

»Ja, arg viele Zufälle in der Geschichte. Unser Ausbildner beim Detektivlehrgang hat immer gesagt, mehr als ein Zufall ist ein starkes Indiz dafür, dass was nicht stimmt. Und hier haben wir einen ganzen Schippel Zufälle. Da passt überhaupt nix. Aber wo sollen wir ansetzen?« Lupo strich sich ratlos übers Kinn.

»Transalpin fällt im Moment aus. Das Mädchen haben wir nicht im Zugriff, der Buchhalter ist es nicht gewesen.«

»Also fühlen wir nochmals Lukas Smekal auf den Zahn. Irgendwas verheimlicht er uns, das spür ich. Aber was?«

Sie passten den Jungen nach der Schule ab und fuhren mit ihm ins McCafé. Nachdem sie ihn mit Kaffee und Schokokuchen abgefüllt hatten, fragten sie ihn, warum seine Beziehung zu Natascha so plötzlich geendet hatte.

»Weil sie Schluss gemacht hat«, lautete seine ebenso einfache wie unbefriedigende Antwort.

»Üblicherweise nennt man dafür auch einen Grund.« Dorli blickte Lukas fragend an.

Er zuckte mit den Schultern und widmete sich hingebungsvoll der Mehlspeise.

»Lukas, irgendwas muss doch gewesen sein. Lag es an Ihnen, lag es an Natascha?«

Lukas schwieg und starrte stur auf den Teller. Als könnte er aus den Krümeln des Kuchens die Vergangenheit lesen. Plötzlich richtete er sich auf, und seine Augen wurden hart.

»Sie war schwanger.«

Dorli hob überrascht den Kopf. »Natascha erwartete ein Kind von Ihnen?«

Lupo überließ die Befragung weiterhin Dorli. Bei dem sensiblen Thema stellte sie wahrscheinlich die gescheiteren Fragen.

Lukas schüttelte den Kopf. »Nein, nicht von mir.« Seine Miene wurde noch finsterer. »Sie hat ja immer so auf Jungfrau getan und behauptete, sie wollte erst mit mir schlafen, wenn sie sich sicher war, dass sie mich heiraten würde.«

»Das heißt, sie muss einen anderen gehabt haben«, stellte Dorli fest. »Hat sie gesagt, wer der Vater war?«

»Nein. Und ehrlich gesagt wollte ich es gar nicht wissen. Ich fand es einfach nur urfies, sich darauf zu berufen, dass ich erst mal die Schule fertig machen sollte, weil ich ein Repetent war. Und sie legt sich in der Zwischenzeit mit einem anderen ins Bett. Diese kleine Hure.«

Er klang verbittert, und ausnahmsweise war Dorli auf seiner Seite.

»Haben Sie Natascha nach dieser Eröffnung noch einmal gesehen?«, fragte jetzt Lupo.

»Nein. Nur ihren Vater, der mich fuchsteufelswild in meinem Stammbeisl in Katzelsdorf gestellt und einem Verhör unterzogen hat, weil er dachte, ich sei der Saukerl, der sein Zuckerpüppchen geschwängert hat.«

»Und was ist dann passiert?«

»Keine Ahnung. Plötzlich war Nascha weg, und in der Schule hat es geheißen, dass sie jetzt in einem Internat in Bern sein soll.«

»Wissen Sie, wie es heißt?«

»Irgendwas mit Lycée. Lycée Rosenburg oder so.«

Lupo dankte für die Auskünfte und hielt sich am Tisch fest, als Dorli mit einer unerwarteten Frage vorpreschte.

»Könnten Sie sich vorstellen, dass Ihr Vater etwas mit Natascha hatte?«

Lukas blickte geschockt von einem zu andern. Dann lachte er laut auf. »Mein Vater? Niemals! Viel zu konservativ, viel zu sehr auf seinen guten Ruf bedacht. Der reinste Engel auf Erden!« Er schüttelte noch immer grinsend den Kopf.

Auch wenn Lukas das ziemlich zynisch vorgebracht hatte, widerspiegelte es doch alles, was sie bisher über Erich Smekal erfahren hatten.

Als Lukas gegangen war, sprach Lupo aus, was auch Dorli dachte.

»Vielleicht hat Smekal senior doch etwas mit dem Mädchen gehabt, auch wenn sich sein Sohn das nicht vorstellen kann. Warum hätte er ihr sonst die Klamotten kaufen sollen?«

»Und du denkst, Bergmann hat Erich Smekal beseitigt?«

»Nein. Ich habe das schon überprüft. Der hat ein lupenreines Alibi. Er war zur Zeit des Mordes mit seiner Frau auf einer Benefizveranstaltung in der Hofburg in Wien. Dafür gibt es ungefähr eintausend Zeugen und sogar ein Foto im Tagblatt.«

»Hm. Nach dem, was Leo Bergler mir erzählt hat, würde der so etwas eh nicht selber machen. Der würde seine Schläger schicken.«

»Na wie schön, dass der gelackte Affe das weiß. Aber wie sollen wir so etwas beweisen?«

Dorli ging darauf nicht ein, weder auf den gelackten Affen noch auf die Beweisnot.

»Natürlich könnte auch Lukas seinen Alten abgestochen haben, falls er dahintergekommen wäre, dass der sein Mädchen geschwängert hat. Falls da überhaupt was lief. Wir wissen es ja nicht. Fixnochamoi!«

Sie war ebenso ratlos wie Lupo.

»Andererseits hat der auch ein gutes Alibi. Auf der Party waren ja mehrere Schulkollegen von ihm, insgesamt an die dreißig Leute. Dass vielleicht einer lügt, weil er ihm helfen will, kann schon sein. Aber alle? Glaub ich auch nicht.« Lupo wirkte entmutigt.

»Schmarrn!« Dorli musste sich eingestehen, dass sie eine wesentlich blauäugigere Vorstellung vom Broterwerb eines Detektivs gehabt hatte. In den Krimis im Fernsehen war das immer alles so leicht. Die Spuren deuteten auf eine Person, und die spielte vielleicht noch ein wenig Katz und Maus mit dem Detektiv, aber dann hatte der die zündende Idee, und schon war der Verdächtige überführt. Nur gab es hier nicht einmal richtige Verdächtige. Zusätzlich fehlte jede Idee, wie man die Zahl der etwa möglichen Verdächtigen wenigstens eingrenzen könnte. Von zündender Idee weit und breit keine Spur.

Lupo hob den Kopf. »Ich geb den Fall auf. Es kommt ja eh nix raus dabei!«

»Nein, Lupo, das solltest du nicht tun. Wir glauben doch beide nicht daran, dass Erich Smekal über Bord gefallen ist. Willst du einen Mörder einfach davonkommen lassen?«

»Nein. Aber hast du eine Idee, wie wir weitermachen können?«

»Du solltest die Hauptbeteiligte fragen, Natascha Bergmann.«

»Die sitzt in der Schweiz. Hast es nicht g'hört?«

»Na und? Soweit ich weiß, trennt uns nicht gerade ein eiserner Vorhang von der Schweiz.«

»Aber stundenlang mit der Bahn durch die Gegend gondeln,

nur um mit dem Mäderl ein paar Worte zu wechseln, erscheint mir ein irrer Aufwand.«

»Zahlt doch eh der Eberli. Wo liegt das Problem?«

»Und wenn da wieder nix dabei rauskommt?«

»Ist das nicht Berufsrisiko?«

»Du hast leicht reden. Wenn der Fall in die Hosen geht, dann ist dir des wurscht, und du setzt di wieder in dein Gemeindeamt. Aber i hab a an Ruf zu verlieren!«

Dorli verzog das Gesicht. Immerhin ging ihr Urlaub mit den Ermittlungen drauf. Aber das zählte vermutlich nicht.

»Na dann gibst halt auf. Und irgendwo lacht si a Mörder ins Fäustchen. Und dass das besser für deinen Ruf ist, kann i ma a net vorstellen. Aber das ist deine Entscheidung.«

Insgeheim musste Lupo Dorli recht geben. Sie kamen nicht von der Stelle, wenn er nicht mit Natascha sprach. Er würde also nach Hause fahren, Zahnbürste, eine Unterhose und ein Hemd zum Wechseln einpacken und sich ein Zugticket nach Bern kaufen. Und vermutlich zwei Tage Ratespiele spielen, was jemand meinte, wenn er mit ihm sprach. Der Schweizer Dialekt war ja noch unverständlicher als der Vorarlberger. Und der war schon ein Horror!

Dorli tippte auf ihrem Telefon herum.

»Was machst denn da?«, erkundigte er sich.

»Ich hab das Internat gegoogelt. Es heißt nicht Rosenburg. Es ist das Lycée Rosenberg.«

»Na fein. Und weißt auch schon, wann i fahren muss?«

»Klar. Der Zug geht um zweiundzwanzig Uhr vierzig vom Westbahnhof ab, du steigst um halb acht in Zürich um und wirst gegen halb neun in Bern ankommen.«

Gott, die Frau und ihr Tempo machten ihn fertig. Aber sei's drum. Würde er halt eine Nacht in der Eisenbahn verbringen. Er würde mit Natascha sprechen und dann weitersehen. Aufgeben konnte er nachher immer noch.

25

Als Dorli nach Hause kam, tigerte Bürgermeister Willi Kofler vor ihrem kleinen Häuschen auf und ab.

»Na endlich!«, stieß er hervor, als er sie erspähte.

»Ich bin auf Urlaub. Schon vergessen?«

»Nein. Aber ich brauch Sie, Frau Wiltzing. Ganz dringend. Können S' wenigstens einen Tag ins Amtshaus kommen?«

So hatte sich Dorli ihren Urlaub nicht gerade vorgestellt. Andererseits hatte der Kofler sie noch nie um etwas Derartiges gebeten. Er musste in allergrößter Verzweiflung sein, wenn er das tat und sogar ihren Namen im ersten Anlauf richtig herausbrachte.

»Na gut, ich komme. Aber ich will den Urlaubstag gutgeschrieben haben.«

Im Amtshaus sah es aus, als hätte Petzenköffer einen zweiten Überfall verübt und dabei selbst nach der Beute gesucht. Dorli fand es einfach unpackbar, dass sie nur ein paar Tage weg war und die Schöne und der Kofler in dieser Zeit ein derart ausgewachsenes Chaos hatten anrichten können.

Überall lagen Aktenordner, manche geschlossen, manche offen, und drauf Mappen und andere Schriftstücke. Als das Telefon läutete, dauerte es ewig, bis die Schöne es unter einem Stapel zerknautschter Zettel herauszog, die Dorli nicht einordnen konnte. Was war das für Papier? Es sah unappetitlich aus. Gleich darauf wusste sie es.

Kofler fuhr die Schöne an: »Babs, kannst du net wenigstens deine Wurschtsemmelpapierln vom Tisch in den Mistkübel werfen? Da schaut's aus wie in an Saustall. Und riachen tuat's a net viel besser.«

Ein wahres Wort. Dorli riss als erste Amtshandlung die Fenster auf. Dann räumte sie die Tische ab, stellte die Ordner wieder in die Kästen und stapelte die nicht abgelegten Akten in den dafür vorgesehenen Kisterln. Die Hintergrundmusik für diese Tätigkeit bildete ein lautstarker Streit zwischen der Schöne und dem Bürgermeister. Anscheinend war die erste Verliebtheit verschwunden, und er begann wieder rational zu denken. Soweit das in seinen Möglichkeiten lag, schränkte Dorli ein. Der Hellste war er ja auch in den Vor-Schöne-Zeiten nicht gewesen.

»Und was soll ich jetzt tun?«, unterbrach Dorli den Familienzwist.

Willi Kofler drückte ihr einen Schmierzettel mit einer langen Liste unleserlicher Hieroglyphen in die Hand.

»Alle diese Akten brauch ich in den nächsten Tagen. Aber die Babsi find't s' net.«

Kein Wunder! Denn da stand weder eine Aktenzahl noch ein Name, sondern die umgangssprachliche Bezeichnung der Akten, wie »Die Bleichen«. So hießen die in Langebichl umgewidmeten Gründe. Aber dazu musste man erst einmal wissen, wo »Die Bleichen« lagen, und dann auch noch den Ortsteil und die richtige Aktenzahl damit in Verbindung bringen. Wer allerdings wusste, woher sich der Name »Die Bleichen« ableitete, hätte wenigstens einen Hauch von Ahnung haben können. Denn früher war das heute dünne Rinnsal Wasser offenbar ein richtiger Bach gewesen, wo die Frauen die Wäsche gewaschen hatten. Und daneben auf der Wiese wurden große Wäschestücke, wie Bettlaken und Tuchentbezüge, in der Sonne zum Trocknen und Bleichen aufgelegt.

Dorli grinste still in sich hinein. Wenn der gute Bürgermeister irgendwann einmal ihr Ablagesystem durchschaut hätte, das sie ihm mindestens fünf Mal erklärt hatte, dann hätte er im Computer die entsprechende Aktenzahl für »Die Bleichen« gefunden und der Schöne eine Chance gegeben, unter Langebichl und der Nummer den Akt zu finden. Der *lieben Kollegin* hatte sie das natürlich auch zigmal erklärt. Aber die würde das vermutlich nie kapieren. Beim Kofler gab es noch eine klitzekleine Restchance.

Dorli schnappte den Zettel und verbrachte zwei Stunden

damit, die entsprechenden Papiere zu suchen. Was gar nicht so einfach war, denn ein paar Ordner hatte die Schöne doch weggeräumt, allerdings irgendwohin, wo gerade Platz war. Schließlich häufte sich auf dem kleinen Transportwagen, den Dorli zur Aktensuche mitgenommen hatte, ein hübscher Ordnerberg. Sie klopfte an Koflers Bürotür, und erstaunlicherweise ertönte sofort ein forsches »Herein!«.

»Benötigen Sie das kleine Besprechungszimmer? Wenn nicht, dann stelle ich die Akten so zusammen, wie Sie sie brauchen werden.«

»Ma, bitte!«

Dorli stapelte die Ordner nach den Codewörtern des Bürgermeisters zu Häufchen und legte zu jedem einen Zettel mit der Bezeichnung, sowohl der des Bürgermeisters als auch der mit der richtigen Aktenzahl.

»Ich habe die Aktenzahl und den Schrank, in den die Ordner gehören, dazugeschrieben. Wenn Sie das Zeug nicht mehr brauchen, kann es Frau Schöne dort ablegen.«

Kofler nickte geistesabwesend. Dann riss er sich sichtlich zusammen. »Sagen Sie, könnten S' nicht Ihren Urlaub verschieben? Ich bin einfach aufgeschmissen ohne Sie.«

»Das ist sehr schmeichelhaft, aber nein. Ich habe den Urlaub von drei Jahren stehen. Irgendwann muss ich mich auch erholen. Sonst krieg ich ein Burn-out und muss lang in Krankenstand gehen.«

Der Kofler hob entsetzt die Hände in Kopfhöhe. »Mein Gott, nur das nicht! Können wir dann wenigstens noch die Nominierungslisten für die Wahl aufstellen? Die Babs soll die dann zur Wahlbehörde bringen.«

Dorli hätte zwar lieber früher als später die Tür von außen zugemacht, doch der hilflose Ausdruck in des Bürgermeisters Gesicht war so echt und überzeugend, dass sie ihrem Herzen einen Stoß gab und mit ihm die Unterlagen zusammenstellte, sodass die Schöne sie nur mehr abgeben musste.

»Dafür will ich etwas wissen.«

»Was denn?«, fragte Willi Kofler neugierig.

»Was ist aus den Friedhofsplänen vom Siegfried Huber g'worden?«

»Oh Gott, erinnern S' mi net dran!«

»Warum, was ist passiert?«

»Der Herr Pfarrer hat an Unfall g'habt. Und selbst die Freund vom Huber haben ganz laut beim Kirchenwirt drüber nachdenkt, ob der Huber da net sei Hand im Spiel g'habt hätt.«

Der Gedanke war Dorli auch nicht fremd. Wäre traumhaft, wenn man das auch beweisen könnte.

»Und was meint der Herr Pfarrer?«

»Nix. Der liegt seitdem im künstlichen Tiefschlaf.«

»Ach du Schande! Wie schaut's aus? Wird er den Unfall überleben?«

»Ja, aber möglicherweise wird er nie wieder richtig gehen können.«

»Schmarrn. Und was sagt die Polizei?«

»Die ermittelt in alle Richtungen. Aber es schaut fast so aus, als hätt sich der Herr Pfarrer allein von der eisigen Straßen katapultiert.« Der Kofler schüttelte den Kopf. »Weil er's a immer so gnädig hat. Da war bei uns 's Begräbnis vom Wegscheider Anderl, und glei drauf hätt er ans in Langebichl g'habt. Wir bräuchten dringend an zweiten Pfarrer. Ana für fünf Gemeinden is einfach zu wenig.«

»Und jetzt hamma gar kan. Was is nun mit dem Bauprojekt vom treudeutschen Huber?«

»Na nix! I hab's g'stoppt. Die Leut hätten mi ja massakriert. Über unsern Pfarrer lassen s' nix kommen.«

»Ha! Die erste gute Nachricht heute!«

Dorli klappte die Mappe mit den Unterlagen für die Kreiswahlbehörde zu.

»Fertig! I geh jetzt. Passen S' nur auf, dass die Schöne den Termin net verschlampt, bis wann das bei der Bezirkshauptmannschaft sein muss.«

»Sagen S', Frau Wiltzing, wollen S' sich nicht doch noch überlegen und kandidieren?«

»Warum sollt i?«

»Na ja, wenigstens a Gegenkandidat tät mehr nach demokratische Verhältnisse ausschauen.«

Aha, er traute ihr also eh nicht zu, dass sie gewinnen könnte, der falsche Fuffzger.

»I? Na wirklich net! Auf jedem Kirtag und bei jedem Festl mit den Leuten saufen, beim Kirchenwirt fleißig bechern und mir die bleden Witz von die Bauern anhören, des is net meins.«

I bin ka Schnittlauch auf jeder Suppen, und so soll's a bleiben, dachte Dorli. Kein Privatleben mehr zu haben und dauernd von allen Kriechtieren der Gemeinde umgeben zu sein, wo jeder nur auf den eigenen Vorteil aus war, das war die paar hundert Euro mehr nicht wert.

»Sagen S', haben S' was gegen die Bauern?«

»Net prinzipiell. Nur gegen die, die mit Müh und Not einen Hauptschulabschluss g'schafft haben, dauernd jammern, dass sie nur vom Draufzahlen leben, und alle drei Jahr mit an neuen Mercedes und an neuen Traktor durch die Gegend kutschieren. Wenn die einen anderen Beruf hätten, würden sie genauso schwer arbeiten und einen Bruchteil verdienen. Wenn s' überhaupt wer g'nommen hätt!«

»Sie denken da an jemand Bestimmten?«

Seit wann hatte der Kofler so viele lichte Momente an einem Tag? Schön langsam wurde er Dorli unheimlich.

»Ja. Beispielsweise an den Gierkrampen von Kogelbauer. Wennst ihn reden hörst, willst ihm was schenken, so arm tuat er. Dabei bescheißt er jeden seit eh und je und is wahrscheinlich der reichste Mensch in der Gegend.«

»Na ja, san ja net alle so.«

»Eh net. Die meisten Jungen sind in Ordnung. Aber die alten Sturschädeln, die glauben, dass sie die Weisheit mit'm Löffel g'fressen haben, die rauben mir den letzten Nerv.«

»So wie der Kogelbauer?«

Dorli erhob sich und griff nach ihrer Handtasche. »Und noch a paar andere von der Sorten, ja.«

»Die san oft wirklich anstrengend.«

Was war nur in den Kofler gefahren? Der wollte doch immer

schon Bürgermeister sein und auch bleiben. Und jetzt fragte er sie, ob sie nicht kandidieren wollte? War er krank? Oder klang da was an? Hatte er die Nase voll von genau den Dingen, die sie am Job eines Bürgermeisters hasste? *Dann steht die Welt nimmer lang!*

26

Lupo war pünktlich in Bern eingetroffen. Jetzt, am frühen Morgen, lag dichter Nebel über dem Ort. Alles war hell- in dunkelgrau, die Straßen recht mäßig belebt. *Fifty shades of grey* sozusagen, allerdings ganz ohne Sex. Es wirkte richtig unheimlich. Dazu roch es nach Hausbrand. So stellte sich Lupo London zur Zeit von Jack the Ripper vor.

Er ließ sein Gepäck in einem Schließfach am Bahnhof und beschloss, sich erst mal ein ordentliches Frühstück zu gönnen. Er fand ein Café, das gemütlich und einladend wirkte. Schon beim Eintreten empfing ihn der Geruch von frischem Gebäck, der ihm das Wasser im Mund zusammenlaufen ließ. Die freundliche Kellnerin brachte ihm die Karte, und er stellte fest, dass man hier unter mindestens fünf verschiedenen Frühstücksarten wählen konnte. Die Preise allerdings waren geschmalzen. Selbst wenn man bedachte, dass die Schweizer Franken etwas weniger wert waren als der Euro. Für den Preis eines Frühstücks konnte man in Wien ein Abendessen für zwei in einem guten Restaurant bekommen. Egal, er würde das Mittagessen ausfallen lassen.

Genüsslich verzehrte er gebratenen Speck mit Spiegelei und Weißbrot, hinterher ein süßes Teil mit unaussprechlichem Namen und »li« hintendran. Dazu zwei Tassen köstlichen Kaffee. Dann fand er, dass er für den Kampf mit den Drachen der Schule gerüstet war.

Laut Stadtplan, den ihm die nette Kellnerin spendiert hatte, lag das Internat auf einem Hügel etwas außerhalb. Erst wollte Lupo zu Fuß gehen, merkte aber schnell, dass er die Entfernung unterschätzt hatte. Er steuerte daher die nächste Straßenbahnhaltestelle an und verfiel in gelinde Verzweiflung. Der Fahrkartenautomat nahm nur Franken. Und der Preis für eine Fahrkarte war eine Verhöhnung der Touristen. Er betrug ziemlich genau das Doppelte von dem in Wien. War aber ohnehin egal, er hatte keine Schweizer Franken dabei. Er fragte eine Frau, wo es den nächsten Bankomat gab. Sie schickte ihn ein paar Gassen weiter zu einem Coop-Laden. Dort wurde seine Bankomatkarte jedoch wieder ausgespuckt, weil Lupo sich, wie immer, seinen Code nicht gemerkt hatte. Und sein Notizbuch, in dem er ihn vermerkt hatte, lag in Wien auf dem Nachtkästchen. *Sakrahaxen noamoi!*

Lupo war grantig. Dorli und ihre Schnapsideen! Und er war so blöd, darauf einzusteigen. Die Füße taten ihm weh, die Sonne brannte mittlerweile vom Himmel. Er war durstig, wollte endlich zu dem blöden Internat und dann nichts wie ab nach Hause.

Er sah ein Taxi vorbeifahren und winkte. Zu seiner größten Verblüffung hielt es an, und nun konnte sich Lupo gemütlich zurücklehnen. Bei dem Internat bekam er fast einen Schlaganfall, als ihm der Taxifahrer mitteilte, wie viel er von ihm wollte. Er fragte, wie hoch die Unternehmensbeteiligung sei, die im Fahrpreis enthalten war, und erntete einen verständnislosen Blick. Wenigstens konnte er in Euro zahlen.

Die Schule lag auf einer Kuppe und sah aus, als wäre es eine mittelalterliche Festung. Einzig die hochgeklappte Zugbrücke fehlte. Und die Fenster waren nicht vergittert. Sonst hätte man das Internat für ein Gefängnis halten können.

An der Pforte verlangte Lupo, mit der Direktorin zu sprechen. Nach zähen Verhandlungen ließ ihn der Tür-Zerberus ein, obwohl er keinen Termin hatte. Er schritt durch einen langen grün gestrichenen Flur. Es roch nach frisch gebohnertem Fußboden, nach heißem Fett und Desinfektionsmittel. Und irgendwie typisch nach Schule, obwohl er den Geruch nicht näher hätte definieren können.

Die Direktorin hatte ihr Büro im ersten Stock. Er trat ein, stellte sich vor, zeigte seine Lizenz und bat, mit Natascha Bergmann sprechen zu dürfen. Daraufhin wurde er höflich, aber bestimmt hinauskomplimentiert. Wenn er das wollte, bräuchte er die Erlaubnis ihres Vaters. Natascha war minderjährig.

Lupo verließ die Trutzburg und bezog Beobachtungsposten

in der Nähe des Eingangs. Zum Glück fand er ein Plätzchen im Schatten.

Gegen Mittag öffneten sich die Tore, und mehrere größere und kleinere Trupps von Mädchen quollen heraus.

Lupo konzentrierte sich auf die älteren Schülerinnen. Eine Clique mit vier jungen Damen steuerte geradewegs auf ihn zu.

»Kennt eine von Ihnen Natascha Bergmann?«

»Wer will das wissen?«, fragte eine selbstbewusst zurück.

Lupo gab sich als Detektiv zu erkennen und erzählte, dass er eine Aussage von Natascha als Zeugin bräuchte. Eines der Mädchen, eine kleine Rothaarige mit Sommersprossen und Stupsnase, erklärte sich bereit, Natascha zu holen. Sie lief noch einmal in die Schule. Kurz darauf kam sie wieder, allein.

»Natascha will mit niemandem reden«, erklärte sie Lupo.

»Gut. Würden Sie ihr dann bitte ausrichten, dass ich in einem Mordfall ermittle. Und wenn sie nicht aussagen will, dann muss ich ihr wohl die Polizei schicken. Das wäre vielleicht noch unangenehmer.« Das war zwar eine glatte Lüge, aber vielleicht wirkte sie.

Die kleine Rothaarige zog eine Schnute. »Jetzt soll ich noch mal da rein? Dann ist ja fast die ganze Mittagspause um!«

Lupo zog eine Zwanzig-Euro-Banknote aus der Jackentasche.

»Dafür dürfen Sie sich dann auf meine Kosten ein nettes Mittagessen gönnen. Leider habe ich keine Schweizer Franken dabei.«

Mit flinken Fingern zupfte die Kleine den Geldschein aus Lupos Hand. »Macht nix. Weil Sie es sind.« Sie lächelte ihn kokett an und verschwand wieder im Internat.

Kurze Zeit später trat sie mit einer auffallend hübschen jungen Frau vor das Tor. Sie zeigte zu Lupo und verschwand dann mit ihren Freundinnen Richtung Ortschaft.

»Sie wollten mich sprechen?«

»Danke, Frau Bergmann, dass Sie gekommen sind.«

Sie nickte. »Natascha reicht.«

Sie war fast so groß wie Lupo, ziemlich blass, und aus der Nähe sah er, dass sie Ringe unter den Augen hatte.

»Mein Vater hat mir verboten, mit irgendjemandem Kontakt aufzunehmen. Wenn er das erfährt, komme ich wahrscheinlich in Einzelhaft.«

»So schlimm ist es da?«

Sie nickte. »Schlimmer! Es schaut nicht nur aus wie ein Gefängnis, es ist auch so etwas in der Art. Was wollen Sie denn von mir?«

»Gehen wir ein Stück? Ist vielleicht besser, wenn uns niemand gemeinsam hier stehen sieht.«

Lupo brachte Natascha zu einem Café. Natascha bestellte nur eine Cola light, Lupo einen Cappuccino. Sie zog die Mütze vom Kopf und schüttelte ihr dichtes blondes Haar aus. Es reichte über den halben Rücken.

»Und jetzt sagen Sie endlich, was Sie auf dem Herzen haben.«

Nataschas Stimme war leise, doch sie blickte ihn an, als würde sie ihn zum Teufel wünschen.

»Ich nehme an, Sie wissen, dass Erich Smekal tot ist?«

»Wie bitte? Nein!« Nataschas Stimme kippte, und sie schwankte. Lupo befürchtete kurz, dass sie vom Stuhl fallen würde. Aus ihrem Gesicht war jede Farbe gewichen.

»Wie kann das sein, dass Sie nichts von seinem Tod erfahren haben?«

»Erich habe ich nicht erreicht. Und wen sonst hätte ich anrufen sollen?«

»Und bei Lukas haben Sie es nicht probiert?«

»Nein. Wir sind nicht gerade als die besten Freunde geschieden.«

»Nun ja. Erich Smekal ist tot, und es besteht der Verdacht, dass er ermordet wurde.«

»Und was hat das mit mir zu tun?« Natascha hatte sich schnell gefasst. Sie war nur noch blasser geworden.

Lupo begab sich auf dünnes Eis. »Da wir wissen, dass Sie ein Kind von ihm erwarteten und ihn in seinen letzten Lebenstagen öfter gesehen haben als alle anderen Personen, die ihn kannten, möchte ich alles von Ihnen hören, was Sie wissen.«

Das war ein Schuss ins Blaue, denn eigentlich wussten sie ja nur, dass Natascha schwanger gewesen war. Und nicht einmal sicher, von wem.

»Oh Gott«, murmelte Natascha und verbarg ihr Gesicht in ihren Händen. »Ich habe Erich geliebt. Und jetzt ist er tot.«

Also doch! Lupo war mit sich sehr zufrieden. »Lassen Sie sich Zeit. Aber erzählen Sie mir alles, was Sie mir sagen können.«

27

»Wir haben uns geliebt«, flüsterte Natascha unter Tränen, »und wir wollten heiraten.«

Sie holte ein Taschentuch aus ihrer Jacke und putzte sich geräuschvoll die Nase. Dann wischte sie sich die Tränen von den Wangen. Lupo verzichtete auf den Hinweis, dass Erich Smekal sich wohl erst hätte scheiden lassen müssen, bevor er wieder ans Heiraten hätte denken können.

»Am Sonntag, dem 15. September, waren wir auf dem Boot. Da habe ich Erich gesagt, dass ich schwanger bin. Er hat sich riesig gefreut und versprochen, mit seiner Frau zu reden, dass er die Scheidung will. Die Ehe bestand ja schon lange nur mehr auf dem Papier. Am Montag haben wir uns nicht gesehen, da habe ich meine Eltern darauf vorbereitet, dass sie Großeltern werden.«

Lupo konnte sich vorstellen, dass ihr Vater nicht sonderlich begeistert von dieser Aussicht gewesen war. Aber er beschloss, Natascha erst erzählen zu lassen und seine Fragen hinterher zu stellen.

»Am Dienstag haben wir uns gegen Mittag getroffen. Erich hat mir ein paar Kleider gekauft und einen Ring. Wir waren so glücklich, so unbeschwert.«

Nun flossen die Tränen wieder reichlich.

Von einem Ring hatten sie bisher nichts gewusst. Entweder hatte Smekal den nicht im Outletcenter gekauft oder bar bezahlt, oder die Kreditkartenabrechnung war noch nicht angekommen, als er mit Dorli bei der Witwe die Belege gesichtet hatte.

»Und wie ging es weiter?«

»Die Nacht haben wir in der Hütte am See verbracht. Wir haben von der gemeinsamen Zukunft geträumt. Und ich habe Erich gesagt, dass ihn mein Vater am nächsten Tag gegen vierzehn Uhr zu einer Aussprache erwartet.«

Mit einer ungeduldigen Handbewegung wischte Natascha die Tränen aus ihren Augen. Wütend setzte sie nach: »Aber ich durfte natürlich nicht dabei sein.«

»Wusste Ihr Vater, wer kommen würde?«

»Wie meinen Sie das?« Natascha blickte ihn verwirrt an.

»Na ja, könnte sein, dass er dachte, dass Lukas der Vater ist?«

Natascha schüttelte den Kopf. »Mein Gott, nein. Aber … Ich bin nicht sicher. Ich glaube, ich hab gesagt, ich bin schwanger und mein Freund kommt.«

»Egal. Und dann?«, fragte Lupo.

»Am Abend hat mich mein Vater von seinen Gorillas ins Auto packen und nach Wien in eine Abtreibungsklinik fahren lassen. Der leitende Arzt dort ist ein Studienkollege von ihm. Was ich will, hat überhaupt nicht gezählt. Am nächsten Tag war das Baby Geschichte, und ich wurde direkt hierher in diese Strafanstalt verfrachtet.«

»Haben Sie Erich nach der Nacht auf Mittwoch noch einmal gesehen oder von ihm gehört?«

»Nein. Mein Vater hat mein Handy konfisziert, alle Kleider, die Erich mir gekauft hat, weggeworfen und mir für hier nur ein ganz mickriges Taschengeld zugebilligt.«

»Und hier haben Sie keine Gelegenheit gefunden, Erich anzurufen?« Lupo blickte Natascha zweifelnd an.

»Doch. Vom Handy einer Mitschülerin. Aber ich habe ihn einfach nicht erreicht.«

Kein Wunder. Tote telefonierten nicht.

»Glauben Sie, dass Ihr Vater Erich ermordet hat?«

Das Mädchen schüttelte den Kopf, während wieder Tränen in seinen Augen blitzten.

»Kaum. Und wenn, dann hätte er das nicht selbst gemacht.«

Sondern seine Schläger, ergänzte Lupo in Gedanken. Denen man vermutlich nichts nachweisen konnte.

»Was hat eigentlich Lukas dazu gesagt, dass Sie von seinem Vater ein Kind erwarten?«

»Lukas wusste nur, dass ich schwanger bin. Nicht, von wem. Er war eingeschnappt, dass ich nicht schon früher etwas gesagt habe. Ich glaub, er wollte mir eigentlich deswegen eine runterhauen, so wütend war er. Doch seine Mutter kam dazu. Da hat er sich's anders überlegt, und ich habe die Gelegenheit benutzt, um zu verschwinden.«

»Waren Sie denn jemals in ihn verliebt?«

»Nein. Aber ich wollte auch keine andere Beziehung eingehen. Die Jungs aus meiner Schule waren mir einfach zu blöd. Und wenn ich offiziell mit Lukas ging, dann war Ruhe. Lukas hat wenigstens respektiert, dass wir nur Freunde waren.«

»Und bei der Gelegenheit haben Sie seinen Vater kennengelernt.«

»Nein, auch wenn das komisch klingt. Wir haben uns schon gesehen. Aber da wirkte er meist geistig abwesend. Wir sind uns bei einer Wohltätigkeitsveranstaltung in Eichbüchl nähergekommen. Da hat es dafür sofort auf beiden Seiten gefunkt.«

Für Erich Smekal eine tödliche Liebe. Lupo war mittlerweile ziemlich sicher, dass die Familie Bergmann in den Mord verwickelt war. Aber wie sollte man das jemals beweisen? Irgendwie hatte er das Gefühl, er hätte sich diese Reise ersparen können. Er hatte nichts erfahren, was er nicht ohnehin schon gewusst oder vermutet hatte.

»Können Sie mir noch den Namen der Klinik nennen, wo die Abtreibung durchgeführt wurde?«

Natascha nickte und fischte einen Zettel aus der Tasche. Darauf schrieb sie Namen und Anschrift.

»Werden Sie mich auf dem Laufenden halten, wer Erich umgebracht hat?«, fragte sie ihn.

»Wie, wenn Sie nicht einmal telefonieren dürfen?«

»Ich gebe Ihnen die Telefonnummer meiner Freundin Anne Gebert.«

Sie schrieb eine Zahlenkolonne unter die Anschrift der Klinik. Mit einem Blick auf ihre Armbanduhr sprang sie erschrocken auf.

»Ich muss zurück. Wir haben wieder Unterricht. Wenn ich da nicht auftauche, melden die das sofort meinem Vater. Und wer weiß, was dann passiert.«

Natascha drückte Lupo den Zettel in die Hand und schlüpfte in ihre Jacke. Sie stellte den Kragen hoch und zog die Mütze tief in die Stirn, sodass ihr langes blondes Haar nicht zu sehen war. Man hätte sie so leicht für einen Jungen halten können. Dann lief sie eilig davon.

Natascha Bergmann konnte einem leidtun. Möglicherweise musste sie damit leben, dass ihr Vater den Auftrag zum Mord an ihrem Freund gegeben hatte, und ihr Baby hatte sie auch nicht behalten dürfen. Was für eine gequirlte Scheiße!

Lupo bezahlte und trat auf die Straße. Gar nicht weit weg setzte eben ein gelbes Flugzeug zur Landung an. Hier befand sich ein Flugplatz! Ob es auch Direktflüge nach Wien gab? Und was die wohl kosteten?

Er lief die paar hundert Meter und erkundigte sich. Er hatte wenig Lust, wieder zwölf Stunden oder mehr in einem unbequemen Zugabteil als Nachtquartier zu verbringen.

Die Fluglinie hatte tatsächlich einen Direktflug nach Wien im Programm. Der ging am späten Abend und war nicht viel teurer als die Bahnfahrt! Lupo kaufte ein Ticket. Dann hatte er noch Zeit, sich ein bisschen in Bern umzusehen. Die Nacht würde er in seinem eigenen Bett verbringen!

Die Altstadt mit der Zytglogge wollte er gern sehen. Und die Bären im Bärengraben würde er sich keinesfalls entgehen lassen.

Er machte sich auf den Weg zum Bahnhof, um seine Tasche aus dem Schließfach zu holen. Diesmal nahm er die Trambahn. Und entschloss sich, schwarzzufahren. Wer zahlte denn freiwillig vier Franken für eine Straßenbahnkarte?

Zum Gaudium der Zuseher, die teils am Ufer der Aare, teils auf der Brücke zur Altstadt standen, plantschten zwei Jungbären im Wasser des Grabens, als er dort ankam. Lupo bedauerte, dass er weder einen Fotoapparat dabeihatte noch ein neueres Handy mit Fotofunktion besaß. Sein Mobiltelefon war so ein Saurier wie sein Auto. Wie gern hätte er Dorli ein Bild von den zwei goldigen Bären mitgebracht!

28

Als Lupo am Morgen Dorli anrief, wusste sie sofort, dass er schon zu Hause war. Sie verabredeten sich für zehn Uhr am Bahnhof Leobersdorf.

»Wieso hast du gewusst, dass ich schon da bin?«, fragte Lupo.

»Meine Herrn, das war nicht schwer zu erraten. Du hast vom Festnetz angerufen. Wieso bist du schon zurück?«

Lupo lachte und legte ihr kurz den Arm um die Schultern. »Dorli, du bist der bessere Detektiv von uns beiden. Ich bin geflogen. Direktflug Bern – Wien.«

Auf dem Weg zu Dorlis Auto fasste er zusammen, was er von Natascha Bergmann erfahren hatte.

»Eigentlich hilft uns das, was du gehört hast, auch nicht wirklich weiter. Wenn wir wenigstens herausfinden könnten, ob einer von den Bergmann-Gorillas Segelkenntnisse hat. Hast du Natascha danach gefragt?«

Natürlich nicht. Auf die Idee wäre er gar nicht gekommen. Aber das jetzt einzugestehen, wäre eine schöne Blamage. Lupo schüttelte den Kopf.

»Natascha wusste es nicht«, log er ohne Reue. Immerhin hatte er noch eine andere Neuigkeit. »Rat mal, wer mich vor einer Stunde angerufen hat.«

»Sind wir jetzt beim Millionenquiz?« Dorli klang frustriert.

»Dir wird es gleich besser gehen.« Lupo grinste. »Joe Müller ist aufgetaucht.«

»He, das ist ja wirklich eine gute Neuigkeit! Was hast du mit ihm vereinbart?«

»Dass wir uns heute treffen, weil er morgen schon wieder auf Achse ist.«

»Dann ruf ihn an und mach einen Treffpunkt aus.«

Joe Müller hatte für Transalpin eine Fuhre nach Weißrussland erledigt. Da er schon einen Tag vor Erich Smekals Tod nachweislich aus Österreich ausgereist war, konnte er nicht der Mörder gewesen sein.

Doch er wollte mit ihnen nicht über Smekal reden.

Lupo schlug ihm etwas vor. »Hören Sie, machen wir einen Deal. Sie sagen uns, was wir wissen wollen, und bekommen dafür eine wertvolle Information von uns.«

»Was könnten Sie mir schon anbieten?«

»Sie werden sich wundern!«

»Na von mir aus. Aber erst Sie.«

»Oh nein. Sie geben uns Infos, dann erfahren Sie etwas.«

»Nicht mit mir, Freundchen.«

»Himmelherrgottnochamal! Hört's auf mit den blöden Spielchen.« Dorli gingen die zwei Mannsbilder schwer auf den Nerv. »Sie können ruhig frei von der Leber weg reden. Wenn er«, sie wies auf Lupo, »Ihnen nachher nicht die Information gibt, dann kriegen Sie sie eben von mir.«

»Okay. Die Hand drauf!«

Dorli schlug ein. Und dann zeichnete ihnen Joe Müller ein realistisches Bild der Zustände in der Familie und der Firma Smekals. Und das sah ganz anders aus als alles, was sie bisher zu hören bekommen hatten.

Praktisch jeder außer Smekal schien gewusst zu haben, dass ihn der Buchhalter betrog. Auch an der holden Weiblichkeit hatte er durchaus Gefallen gefunden, und die Belegschaft klatschte immer wieder über das eine oder andere Verhältnis, das er hatte. Ob es wirklich so war, konnte Müller allerdings nicht sagen. Frau Smekal, die selbst einmal als Sekretärin in der Firma ihres Mannes angefangen hatte, kam nie ins Büro. Die Angestellten vermuteten, dass sie über die gelegentlichen außerehelichen Umtriebe ihres Gatten Bescheid wusste, sie aber nicht zur Kenntnis nehmen wollte. Sonst hätte sie vielleicht etwas dagegen tun müssen. Und sie war keine Frau, die von sich aus die Initiative ergriff.

Lupo nickte. »Die ganze Geschichte über den so tollen Chef hat ohnehin nicht sehr glaubwürdig gewirkt. Aber wieso hat man uns dann dort solche Märchen erzählt?«

»Tja, das lief wie in den meisten Firmen. Wer kuschte, hatte ein gutes Leben. Wer redete, flog raus.«

»Das auch noch«, maulte Dorli. »Vom tollen Chef und super Vater bleibt nicht viel übrig.«

»Vielleicht war er wenigstens ein guter Freund. Beat Eberli schätze ich nicht so ein, dass er sich mit einem Scheißkerl eingelassen hätte.«

»Na, vielleicht.« Und zu Joe gewandt fragte Dorli: »Was ist mit Lukas?«

»Lukas ist ein kleiner Tunichtgut, der immer mal wieder Probleme mit der Polizei wegen Alkoholexzessen oder Rauschgift bekam. Noch dazu hat er den Hanf zu Haus im Garten angebaut. Wie der Vater drauf kommen ist, hat er alle Stauden rausg'rissen und nur mehr Gras und Bäume im Garten geduldet.«

Dorli nickte. *Passt! Drum ist der Garten so übersichtlich und aufgeräumt.*

»Außerdem hat er nicht nur ein Mal repetiert, sondern praktisch jedes Jahr der Wirtschaftlichen Mittelschule seit drei Jahren wiederholt. Er ist schon einundzwanzig Jahre alt und hat eben mit der vorletzten Klasse begonnen. Kein Wunder, dass die kleine Bergmann ihn nicht an sich ranlassen hat. Das hätt kein Mädchen mit etwas Grips getan. Jeder im Haus war sicher, dass Lukas die Firma nie übernehmen könnt oder in kürzester Zeit an die Wand fahren würd.«

»So tickte also der echte Erich Smekal«, brachte es Lupo auf den Punkt. »Bisher schien er der Ritter ohne Fehl und Tadel zu sein.«

»Das glaub ich gern. Die Familie tat nach außen hin immer so etepetete. Und die treuen Angestellten wussten, dass sie besser den Mund hielten. Aber in der Familie war der Wurm drin. Und zwar schon seit langer Zeit.«

Lupo bedankte sich.

»Okay, Freund. Jetzt sind Sie dran. Was haben Sie für mich?«

»Einen guten Rat mit auf den Weg. Wenn Sie in nächster Zeit aufgefordert werden, einen Schleppertransport zu übernehmen, lassen Sie sich was einfallen. Am besten, Sie werden krank.«

»Oh!« Joe Müller schien sofort zu begreifen, was Lupo ihm vermitteln wollte. »Ich werd daran denken.«

Wieder einmal war Lupo ziemlich stolz auf sich. Das war seine gute Tat zum Tag.

»Aber behalten Sie es für sich«, ergänzte Dorli.

»Und was hilft uns die Aussage vom Müller jetzt?«, fragte Dorli, als sie nach dem Gespräch wieder im Auto saßen.

»Keine Ahnung. Aber unter diesen Voraussetzungen hat natürlich die Aussage von Lukas, sein Vater hätte unmöglich ein Verhältnis mit Natascha haben können, nicht viel Wert.«

»Verdammt, schon ist wieder alles offen und Lukas in den Kreis der Verdächtigen zurückgekehrt. Dabei war es gerade so schön, den Bergmann dafür verantwortlich zu machen.«

»Ich sag ja, ich häng den Fall an den Nagel. Wir kommen einfach nicht weiter.«

»Aber das ist extrem unbefriedigend.« Dorli knabberte auf ihrem Daumen. »Ergänzen wir einmal unsere Liste und gehen wir dann noch einmal die Verdächtigen durch. Vielleicht fällt uns dabei irgendetwas auf.«

Sonntag
Boot? Vermutung Ehefrau
Boot ja, mit Natascha Bergmann. Sie erzählt ihm von der Schwangerschaft. Sie schmieden Pläne für die Zukunft. Er will sich scheiden lassen und Natascha heiraten.
Nacht?
Mit Natascha auf dem Wasser
Zeugen?
Keine

Montag
9.00 – 19.00 Firma
19.00 – 24.00 ? bleibt vorerst ungeklärt
24.00 – daheim

Dienstag
8.00 – 10.00 Firma
10.00 – Smekal trifft Natascha Bergmann. Sie fahren ins Outletcenter Parndorf und kaufen für Natascha Kleider und Schuhe. Plus einen Ring – ev. woanders.
Nacht – Die Nacht verbringen Natascha und Smekal in der Hütte und träumen von einer gemeinsamen Zukunft. Natascha eröffnet ihm, dass er am Mittwoch um 14 Uhr mit ihrem Vater sprechen muss.

Mittwoch
9.00 – 13.00 Firma
13.00 – 18.00 ?
14.00 – Smekal bei Bergmann?
~ 18.00 – Smekal auf dem Boot?
~ 23 Uhr – Smekals Tod
Und dann?

»Ein paar Punkte sind auf jeden Fall noch aufklärungswürdig«, meinte Dorli und schob die Liste vor Lupos Nase.

Der nickte. »Ja. Zum Beispiel: Wo war Smekal am Montagabend? Und wo am Mittwoch, bevor er aufs Boot kam?«

»Oder: War er überhaupt bei Bergmann? Denn wenn stimmt, dass der Lukas zur Rede gestellt hat, dann hat er vielleicht gar nicht gewusst, dass Erich Smekal der Vater war.«

»Oh Mann, Dorli, wie sollen wir da jemals durchblicken? Da lügt doch jeder, sobald er den Mund aufmacht!«

»Und unsere Aufgabe wird jetzt sein, die Spreu vom Weizen zu trennen. Auf gut Deutsch, wir müssen feststellen, wer lügt und warum.«

»Na, wenn's sonst nix ist!«

29

»Wenn wir jetzt alles nehmen, was wir bisher wissen oder auch nur vermuten, dann haben wir vier Verdächtige«, fasste Dorli zusammen.

»Lass hören. Sie brauchten ein Motiv und die Gelegenheit.« Lupo wirkte leicht deprimiert.

»Erstens jemand von Transalpin. Vielleicht hat Smekal da doch irgendwie Druck gemacht wegen der Schlepper-Geschichte. Vielleicht hat er Geld gebraucht für seine Hobbys. Dann Naschas Vater beziehungsweise einer seiner Gorillas in seinem Auftrag.«

»Gut. So weit bin ich mit dir einig. Und die anderen zwei?«

»Lukas Smekal, der vielleicht irgendwie dahintergekommen ist, dass sein Vater ihm die Freundin ausgespannt hat. Da müssen wir uns noch genauer mit seinem Alibi befassen. Und zuletzt Anja, die möglicherweise betrogene Ehefrau. Aber hätte die dann einer Autopsie und deinem Engagement zugestimmt, nachdem die Polizei das als Unfall deklariert hat? Das erscheint mir extrem unwahrscheinlich.«

»Außerdem kann sie ganz bestimmt nicht segeln. Ihr wird ja schon schlecht, wenn sie ein Boot nur ansieht. Das hat mir Beat Eberli erzählt. Hm. Klappern wir die alle noch einmal ab und versuchen herauszufinden, wann sie wo am Abend von Smekals Tod waren.«

»Und außerdem würde mich immer noch brennend interessieren, wo Smekal am Montag von neunzehn Uhr bis Mitternacht war. Kann sein, dass das gar nichts mit seinem Tod zu tun hat. Aber wer weiß!«

»Fragen wir mal Eberli?«

»Gute Idee.« Dorli lehnte sich bequem zurück und reichte Lupo das Telefon. »Du bist der große Guru. Ruf ihn an.«

Als er Beat Eberli mit der Frage nach Smekals Verbleib am Montag konfrontierte, wurde der merkwürdig einsilbig.

»Hören Sie, wenn wir jemals weiterkommen sollen, dann müssen wir wissen, wo er war.«

Eberli stotterte immer noch herum. Dann räusperte er sich und riss sich zusammen.

»Montagobend isch Herrenobend. So hät er des g'nannt. Dänn isch er meischtens bei einer jungen Frau gsii.«

Lupo zog hörbar die Luft ein. »Er hatte ein Verhältnis?«

Eberli wand sich wie ein Wurm. »Vermueti.«

»Macht ihn doch gleich irgendwie menschlicher«, zwang sich Lupo zu sagen. »Wissen Sie, wer die Frau war? Wir müssen mit ihr sprechen.«

»Z'aktuelle Mäitli heisst Sandy Weller und isch e Austausch-Schüeleri aus Australien.«

Die aktuelle! Das hieß im Klartext, dass er sich immer eine Kleine irgendwo in Reserve gehalten hatte. Oh Mann!

»Okay. Und wo finden wir die Dame?«

»Sie hätt es Zimmer in Berndorf, in de Kruppstroos. Aber bitte saged Sie de Anja nüchts!«

»Natürlich nicht.«

Lupo drückte das Gespräch weg. »Das wär ja das Allerletzte, wenn der die Nacht mit einer weiteren Freundin verbracht hätte, obwohl er gerade vorher erfahren hat, dass die kleine Bergmann von ihm schwanger ist.«

»Männer!« Dorli klatschte in die Hände. »Vom großen Saubermann und Engelmythos bleibt bei näherer Betrachtung net amoi gar nix übrig. Auf zu der Austauschstudentin!«

Sandy Weller wollte eben das Haus verlassen, als sie ankamen. Sie war ein zartes Geschöpf, mittelgroß, blond, und sah aus wie eine dreizehnjährige Schülerin. Man würde nicht darauf kommen, dass sie schon Studentin war. Sie war ein lebenslustiges Mädchen.

Lupo stellte sie als »Detektivbüro Schatz« vor und fragte, ob Erich Smekal an dem bewussten Montag bei ihr war, was sie sofort bestätigte.

»*He* ist *so a* grandiose *loverboy.*« Die Mischung aus Deutsch und Englisch klang charmant. Sie lächelte verträumt. »Echt *sexy guy.*«

»Hatten Sie ein Verhältnis?«, fragte Dorli.

»*Oh no!* Wir immer wieder getroffen für Sex *only. Not more.*«

»Sie wissen, dass er ermordet wurde?«

»No! Oh my God.« Groß aufgerissene Augen, tausend Fragezeichen im Gesicht. *»Therefore I couldn't reach him.«*

Das Mädchen wirkte schockiert.

Allerdings konnte es ihnen fast nichts über Erich Smekal erzählen, es kannte ihn kaum. Es schien sich wirklich um eine reine Bettgeschichte gehandelt zu haben.

»Jetzt bin ich baff«, gab Dorli zu. »Da gesteht ihm seine blutjunge Freundin, dass sie schwanger ist, und er rennt praktisch von ihrem Bett in das der Australierin. Unter diesem Aspekt frag ich mich, ob er Natascha überhaupt heiraten wollte.«

»Wohl kaum. Bei seiner Frau hatte er doch Narrenfreiheit. Die kleine Bergmann hätte sich das sicher nicht gefallen lassen, und vor allem ihre Familie, die hätte nie geduldet, dass er ihr Goldküken so behandelt.«

»Dann könnte ich mir vorstellen, dass er zu dem Gespräch mit Nataschas Vater gar nicht erst erschienen ist«, stellte Dorli fest.

Lupo grunzte zustimmend. »Und da sie nicht dabei sein durfte, wusste sie das vermutlich nicht einmal.«

»Das arme Ding! Das würde auch erklären, wieso der alte Bergmann Lukas eine Szene gemacht hat.«

Dorli hatte volles Mitleid mit dem Mädchen.

»Es bringt uns nur in der Frage nach dem Täter keinen Schritt weiter«, knurrte Lupo. »Nehmen wir uns als Erstes die Freunde von Lukas noch mal vor.«

Dorli nickte, und Lupo startete den Wagen.

30

Sie fanden die ganze Blase beim Kino, wo sie an den Spielautomaten herumlungerten. Dorli zog Lukas beiseite. Als sie ihm erzählte, dass ihr Partner mit Natascha gesprochen hatte, nahm sein Gesicht einen seltsamen Ausdruck an.

»Hat sie Ihnen gesagt, wer der Vater von dem Balg ist?«

War, würde es besser treffen. Doch das behielt Dorli für sich. Sie würde Lukas bestimmt nicht auf die Nase binden, dass es sich dabei ausgerechnet um seinen Vater handelte.

»Ja, aber das fällt unter die Verschwiegenheitspflicht.« Dorli hatte keine Ahnung, ob das wirklich so war. Aber es war zumindest eine gute Ausrede.

»Wieso prüfen Sie eigentlich immer noch mein Alibi? Ich dachte, Sie hätten endlich …« Lukas Augen blitzten auf. »Ach, Sie haben überhaupt nichts in der Hand, oder? Und jetzt versuchen Sie, mir was anzuhängen! Das wird Ihnen nicht gelingen. Ich war mit meinen Freunden auf einer Party. Das können mindestens dreißig Leute bezeugen.«

Schlecht, konstatierte Dorli und ließ den Jungen ziehen. Lupo nahm ihn nach ihr in die Mangel.

Aber auch Lupo hatte nichts wirklich Neues in Erfahrung gebracht. Immerhin hatte er eine winzige Bruchstelle entdeckt.

»Eines stimmt mich nachdenklich. Alle haben Lukas gesehen. Zu Beginn der Party so gegen acht und immer wieder mal. Gegen zehn hat er einen Anruf bekommen, und dann kann sich niemand an ihn erinnern. Seine Freunde haben ihn erst wieder gegen ein Uhr bemerkt. Dazwischen könnte er sich natürlich mit einem Mädchen irgendwohin verzogen haben oder – rein theoretisch – seinen alten Herrn abgemurkst haben und wieder zurückgekehrt sein. Wir müssen überprüfen, wie lang man vom Partyort zum Boot und wieder zurück braucht.«

»War Lukas denn mit einem Auto dort?«

»Ja. Mit seinem roten Honda Civic.«

»Tolles Gefährt für einen Jungen in dem Alter.«

»Finde ich auch, besonders wenn ich an meinen fahrbaren Untersatz denke. Aber er meinte, das Auto sei eh schon vier Jahre alt gewesen, als er es von seinem Vater bekam.«

Lupos Gesichtsausdruck sprach Bände. Ein kleiner Tunichtgut bekam vom Papa so ein tolles Auto, und er hatte sein ganzes Leben schwer gearbeitet und konnte sich nur einen steinalten Polo leisten.

»Wo war die Party denn?«, fragte Dorli, um Lupo aus seinem Blues zu reißen.

»In Hornstein. Keine Ahnung, wo das liegt.«

»Aber ich. Wohl wieder mal in Geografie gefehlt, hm? Hornstein liegt am Leithagebirge. Von dort brauchte Lukas mit dem Auto höchstens eine halbe Stunde nach Rust.« Wenn er sich an die Geschwindigkeitsbegrenzungen hielt. Wenn nicht, war er wahrscheinlich in zwanzig Minuten dort.

Lupo fasste zusammen. »Das heißt, wenn er um zehn weg ist, war er um halb elf in Rust. Könnte seinen Alten abkragelt haben, fährt auf den See raus, schmeißt ihn ins Wasser, ist um halb eins zurück in Rust und um eins wieder auf der Party. Knapp, aber es könnte sich ausgehen.«

»Genau. Und jetzt müssten wir herausfinden, wer ihn angerufen hat. Doch wohl nicht sein Vater.«

»Kaum, Dorli. Andrerseits, woher sollte er gewusst haben, dass sein alter Herr auf dem Boot ist? Und noch dazu im Hafen bleibt. Aber ich hab da eine Idee.«

»Ja?«

»Ich hab einen Kontakt bei der Telekom. Den werde ich anbohren. Wenn ich ihm zwei Karten für das nächste Länderspiel besorg, macht der fast alles für mich. Der soll nachwassern, mit wem Lukas Smekal am Todestag seines Vaters telefoniert hat.«

»Na dann, lass den Knaben arbeiten! Aber bei der Gelegenheit solltest du dir vielleicht auch die Telefonverbindungen von Natascha ausheben lassen. Denn eigentlich ist Lukas doch der Gefickte auf allen Linien.«

»He, Mädchen, schön sprechen!« Lupo versuchte, böse dreinzuschauen.

»Na, weil's wahr ist. Wir, die Wilden aus dem Alpenvorland, sagen, was ma denken, und legen net jedes Wort auf die Goldwaag. Vielleicht hat Nataschas Vater sie gezwungen, mit Lukas ein Treffen auf dem Boot auszumachen. Und dann hat er seine Gorillas hingeschickt.«

»Und was hätte das bringen sollen?«

»Ich phantasier jetzt amoi so vor mi hin. Natascha ruft an, dass der alternde Sonnyboy sie nicht heiraten will. Bergmanns Schläger rauschen herbei und bringen Erich Smekal fast um. Dann haben sie eine Idee, wie man den Verdacht auf Lukas lenken könnte. Natascha ruft ihn an und lügt ihm irgendwas vor. Lukas kommt, findet seinen sterbenden Vater, hat Angst, dass man ihm das in die Schuhe schieben wird, fährt raus auf den See und so weiter.«

»Und warum ruft er nicht den Notarzt?«, fragte Lupo nach einer kurzen Denkpause. »Wenn sein Vater gerettet wird, kann er ja sagen, wer es war.«

»Ich phantasier weiter. Erich Smekal hat viel Blut verloren, ist vielleicht kaum oder gar nicht mehr ansprechbar. Der Junior rechnet nicht damit, dass er noch gerettet werden kann.«

»Da könnte was dran sein. Ich sag's ja, Dorli, du bist der bessere Detektiv von uns beiden.«

»Geh bitte, tua net schon wieder tiefstapeln!«

»Aber beweisen werden wir das nie können. Daher müssen wir uns weiter durch die Niederungen der Befragung und Beweisbeschaffung quälen. Also fragen wir uns jetzt bei der Transalpin noch einmal durch.«

»Ach, Lupo, wer von denen wird uns denn schon was sagen? Reicht dir die Niederlage vom letzten Mal nicht?«

»Zum Beispiel der Nachtportier. Der müsste vom Urlaub zurück sein.«

»Ohne mich. Ich kann mich dort nicht blicken lassen. Sonst erkennt man mich noch als den Eindringling mit dem Hund.«

»Na gut. Vielleicht findest du in der Zwischenzeit jemanden, der über die Bergmanns etwas weiß.«

31

Der Nachtportier hieß Herbert Quapalek und war ein etwa fünfzigjähriger warmherziger und bedächtiger Typ. Als Lupo auftauchte, freute er sich, dass ihm jemand ein wenig die Zeit vertrieb. Er hatte Smekal gekannt und ihn sehr geschätzt, weil er immer freundlich zu ihm gewesen war und nie ohne ein nettes Wort auf den Lippen an ihm vorüberging. Ganz im Gegenteil zu dem Führungsduo Biermann und Langbauer.

»Ich dachte, Langbauer ist eher ein Gemütlicher«, wandte Lupo ein.

»Das täuscht. Horst Biermann ist zwar a Anpumperer und a echter Kotzbrocken. Kann eigentlich nix, tragt dafür die Nasen hoch. Dagegen is da Langbauer der wesentlich Härtere von de zwa, a wenn er si leutselig gibt. Er is der Machatschek und der Ausputzer, wenn S' versteh'n, was i maan.«

»Mhm. Sie wissen, dass hier Menschenschmuggel betrieben wurde?«

»Äh … nein.«

Das klang nicht sehr überzeugend.

»Unter uns, Sie als Nachtportier müssen es doch mitgekriegt haben, wenn die umgebauten Laster mit den geschleppten Leuten ankamen.«

»Woher wissen denn Sie davon?«

»Ich bin Privatdetektiv. So etwas herauszufinden, gehört zu meinem Beruf.«

Der Portier schüttelte den Kopf. »So was! Na guat, i waß von den Schleppungen. Drehen S' mir jetzt einen Strick draus?«

»Warum sollte ich? Sie sind der netteste Mitarbeiter hier. Dabei gehören Sie nicht einmal zur Stammbelegschaft.«

Quapalek lachte. »Und nachdem S' mir jetzt Honig ums Maul g'schmiert hab'n, sagen S' mir, was S' wirklich wollen.«

»Ertappt. Nun, es geht um Erich Smekal. Er ist gestorben, aber es sieht so aus, als hätte jemand nachgeholfen. Ich weiß, dass Smekal zumindest einmal bei der Schlepperei mitgemacht hat.«

Quapalek blickte sich um, ob irgendwo jemand zu sehen war. Doch in der Firma brannte kein Licht, nur der verlassene Eingangsbereich war schwach beleuchtet. Die Straße lag menschenleer im Halbdunkel.

»I waß sogar, dass er si vor einiger Zeit, als a Laster mit Flüchtlingen unterwegs liegen blieben is, g'weigert hat, die Leut aus Ungarn zu holen«, flüsterte er.

»Denken Sie, Biermann oder Langbauer hätten sich an Smekal deswegen rächen wollen? Oder könnte Smekal versucht haben, die zu erpressen?«

»Glaub i net. Also das mit der Erpressung. Das war ja schon vor an halben Jahr. Und wenn die Oberwappler etwas gegen den Smekal hätten unternehmen wollen, dann hätten's das gleich g'macht. Außerdem hätten die ihm eher an Laster g'stohlen und irgendwo im Osten verklopft. Ihn umz'bringen, no dazua auf die Art und Weise, wie's g'schegn is, passt net zur Transalpin. Ihre Methoden san andere. Einschüchtern, bedrohen, z'sammenschlagen lassen oder was stehlen, was den Gegner dort trifft, wo sie selber am empfindlichsten san – beim Geld.«

32

Dorli hätte sich verfluchen können, dass sie sich freiwillig die Bergmanns aufgehalst hatte. Wie und wo sollte sie Erkundigungen über die einziehen, ohne dass sie das sofort spitzkriegten? Es würde ihr nichts anderes übrig bleiben, als von Haus zu Haus zu gehen und die Leute auszufragen. Und irgendwer würde den Ortskaisern Bescheid geben, und was dann? Sie hatte ja null Berechtigung, hier Detektiv zu spielen.

Doch entweder wussten die Leute nichts, oder sie wollten es sich mit der einflussreichen Familie nicht verscherzen. Jedenfalls war Dorli nach zwei Stunden Klinkenputzen so klug wie zuvor. Immerhin hatte sie bisher auch niemand zur Rede gestellt.

Mittlerweile war es vierzehn Uhr. Dorlis Magen rumorte laut. Sie beschloss, sich im Gasthaus an der Hauptstraße etwas zu essen zu besorgen. Außerdem erfuhr man im Wirtshaus oft die interessantesten Dinge.

Als sie zahlte, fragte sie den Wirt, ob er jemanden kannte, der ihr zu den Bergmanns etwas sagen konnte. Wenn man aus seinem Gesichtsausdruck Rückschlüsse ziehen durfte, dann war dieser Mann kein besonderer Freund der Familie. Er nannte ihr den Namen seiner Cousine, die bei den Bergmanns bis vor Kurzem als Köchin gearbeitet hatte. Aber sie hatte gekündigt, weil sie dort schamlos ausgenutzt worden war. Jetzt servierte sie bei ihm, hauptsächlich von Freitag bis Sonntag, und hatte daher heute frei.

Als Dorli die Frau aufsuchte, konnte sie ihr zwar nichts von Belang erzählen, doch sie hatte einen weiteren Namen. Christian Grohe, ein Bekannter von ihr, war kurze Zeit in der Klinik Bergmanns als Buchhalter eingesprungen, weil der Controller wegen einer langwierigen Erkrankung ein paar Wochen ausgefallen war.

Als Dorli bei der angegebenen Adresse vorfuhr, stellte sich heraus, dass Grohe arbeitslos war. Und zwar schon seit Bergmann ihn in die Wüste geschickt hatte. Fünf Monate.

»Herr Grohe, können Sie mir irgendetwas über Bergmann, seine Firmen, seine Schlägertruppe oder sonst was von Bedeutung erzählen?«

»Warum sollte ich?«

»Mein Kollege und ich untersuchen einen Mordfall«, schwindelte Dorli.

»Sind Sie von der Polizei?«

»I wo!« Dorli blickte dem Mann treuherzig in die Augen. »Wir sind Privatdetektive. Beauftragt vom besten Freund des Mordopfers. Denn die Familie ist verständlicherweise vollkommen verzweifelt.«

»Sie müssen das aber vertraulich behandeln. Ich habe nämlich eine Geheimhaltungsklausel unterschreiben müssen.«

»Hat Sie das nicht etwas beunruhigt?«

»Nicht wirklich. Die meisten Firmen lassen sich so etwas unterschreiben. Und außerdem hab ich den Job gebraucht. Ich konnte mir nicht erlauben, wählerisch zu sein.«

»Das verstehe ich. Haben Sie denn etwas entdeckt?«

Grohe wand sich wie ein Wurm. »Das haben Sie aber nicht von mir.«

»Versprochen«, log Dorli. Sie wusste ja nicht, ob der Mann überhaupt brauchbare Informationen liefern würde. Und selbst wenn, ob sie mit dem Mord an Smekal in Zusammenhang stehen konnten.

»Na ja, in der Klinik war schon einiges nicht so toll.«

Ein bisserl präziser dürfte Christian Grohe schon werden. Mit »nicht so toll« konnte Dorli wenig anfangen. Doch bevor sie protestieren konnte, sprach er weiter.

»Der Bergmann hat in seiner Klinik eine doppelte Buchführung gehabt.«

Dorli glaubte sich zu erinnern, dass man das allgemein so handhabte.

»Ist das nicht normal?«, fragte sie ihn.

»So, wie die es tun, sicher nicht«, antwortete Grohe. »Die stellen zwei verschiedene Rechnungen aus. Eine für den Kunden, eine für die eigene Buchhaltung, sprich für die Finanz. Die für die Finanz beträgt immer nur einen Bruchteil der Kosten, die den Patienten in Rechnung gestellt werden. Dabei kann Bergmann ziemlich sicher sein, dass keiner sich die Rechnung aufhebt oder von der Steuer absetzen würde. In dieser Branche ist Diskretion alles.«

»Das heißt, der Herr Doktor nimmt den größeren Teil seines Geldes schwarz ein.«

»Genau. Und die Gefahr, bei einer Steuerprüfung aufzufliegen, ist gleich null.«

»Sind Sie sonst noch auf etwas gestoßen?«

»Es gab eine Reihe von Transaktionen, die in mir den Verdacht weckten, dass hier in großem Stil Geld gewaschen wurde.«

»Aber?«

»Genau, aber. Ich kam nicht mehr dazu, meine Nase tiefer in diese Angelegenheit zu stecken, denn der Controller war wieder gesund, und meine Dienste wurden nicht mehr benötigt.«

»Würden Sie Bergmann einen Mord zutrauen?«

»Die Finanz zu bescheißen, ist eins – einen Mord zu verüben, eine andere Sache. Ich kann's nicht beurteilen. Ich war nicht einmal drei Monate dort. Und Bergmann habe ich höchstens viermal persönlich gesprochen. Er würde von mir nicht gerade den Preis für den sympathischsten Chef bekommen. Aber Mord?«

Dorli bedankte sich und fragte auch Grohe, ob er weitere Kontaktpersonen nennen konnte, die ihr Fragen zu den Bergmanns beantworten würden. Was nicht der Fall war.

Dorli dachte beim Heimfahren über das nach, was sie von der Köchin und dem Buchhalter gehört hatte. Immerhin hatte sie erfahren, dass die Angestellten von den Bergmanns wie Leibeigene behandelt wurden, dass sie schlecht zahlten und gesetzliche Vorgaben wie Arbeitszeiten nicht einhielten. Dass Bergmann die Steuer beschiss und wahrscheinlich auch Geld wusch. Kein Mensch, den sie unbedingt zu ihrem Freundeskreis zählen wollte. Aber Mord, auch nur einen in Auftrag zu geben, das war denn doch eine ganz andere Liga.

Dorli seufzte. Sie verstand, warum Lupo kurz davor war, den Fall hinzuwerfen. Auch wenn sie noch so viele Puzzleteilchen fanden, klafften dazwischen immer noch riesige Löcher, und es ergab sich einfach kein Gesamtbild.

Sie würde am Abend Leo Bergler anrufen. Und sich hüten, Lupo etwas davon zu erzählen. Sonst bekam er wieder einen Eifersuchtsanfall. Und auf den konnte sie gerne verzichten.

Dann fiel ihr noch etwas ein. Hatte die Schöne nicht einmal etwas dahergeplappert von einer Nasenkorrektur? Vielleicht war sie sogar bei Bergmann in der Klinik gewesen. Und vielleicht war die Nase nicht das Einzige, was bei ihr verschönert worden war. Aber sollte Dorli mit diesem weiblichen Vollpfosten freiwillig im Urlaub ein Gespräch suchen? Nur im äußersten Notfall, entschied sie. Und der war noch nicht eingetreten.

33

Leo Bergler war nicht erreichbar, er war bei einem Einsatz. Dorli hinterließ ihre Telefonnummer und hoffte, dass der Kommissar nicht in einer gefährlichen Mission unterwegs war. Denn eines war ihr mittlerweile klar geworden: Die Polizeibeamten hatten einen mordsgefährlichen Job. Keiner konnte am Morgen, wenn er aufstand, wissen, ob er den Tag nicht in einer Blechwanne beendete. Die Bezahlung war ein Witz und der Gefahr in keiner Weise angemessen. Fast jeder war heillos überlastet, und niemand wollte Überstunden zahlen. Die Innenministerin verlangte, dass sie die Mehrstunden auf Zeitausgleich schrieben, der so gut wie nie konsumiert werden konnte, weil immer mehr Straftaten passierten, die Polizei aber mit weniger Leuten immer mehr leisten sollte. Weil überall Personal fehlte und die Frauen und Männer stets überarbeitet waren, sank die Aufklärungsquote der minder schweren Delikte gegen null. Das Ansehen der Polizei in der Bevölkerung verhielt sich analog dazu. Manche Polizisten verzweifelten, andere schalteten auf stur und verrichteten nur mehr Dienst nach Vorschrift. Eigentlich brauchte man sich dann auch nicht zu wundern, wenn ein überlasteter Beamter einmal auszuckte, wenn sich irgendwer nicht erwartungsgemäß verhielt, sei es ein jugendlicher Einbrecher oder ein Schubhäftling.

Wie war es eigentlich dahin gekommen? Windige Bankspekulanten verdienten sich dumm und dämlich, und mehr oder weniger betrügerische Unternehmer sackten Millionengewinne ein, ohne sie zu versteuern, ja oft sogar ohne irgendeine Leistung dafür zu erbringen. »Wo war mei Leistung?« war mittlerweile so etwas wie ein geflügeltes Wort geworden bei all dem Gesindel, für das ewig und drei Tage die Unschuldsvermutung missbraucht wurde. Die Gründe waren vielfältig. Gier traf auf Präpotenz. Selten flog jemand auf. Weil Kontrollen so gut wie nie stattfanden, und wenn, wurden sie wochenlang vorher angekündigt. Die Finanz gab sich damit zufrieden, Steuerhinterzieher damit zu belohnen, dass sie ihnen nicht nur Straffreiheit, sondern auch noch Rabatte gegenüber ehrlichen Steuerzahlern garantierte. Unheimlich sinnvoll!

Wichtige Berufsgruppen aber, wie Polizisten, Krankenschwestern, Altenpfleger oder Krankenhausärzte – sofern es sich nicht um Primarärzte handelte –, wurden mit einem besseren Trinkgeld abgespeist. Bald würde es wieder so weit sein, dass man trotz Ganztagsberufstätigkeit vom Verdienst nicht mehr leben konnte.

Wohin das führte, wusste Dorli noch aus Erzählungen ihrer Großeltern. Erst zu Unruhen und Aufständen, später zu Bürgerkrieg oder überhaupt gleich zu einem Flächenbrand. Denn in ganz Europa war es eher noch schlechter bestellt als in Österreich.

Unter diesen Voraussetzungen musste man fast froh sein, wenn man keine Kinder hatte. Was hinterließen sie den Jungen? Erderwärmung, Staatsverschuldung, Massenarbeitslosigkeit. Und kein Politiker in Sicht, der auch nur einen vernünftigen Vorschlag ins Wahlprogramm zu bringen gedachte, um diesen Zustand zu ändern. Hatten die Idioten alle keine Kinder? Oder waren sie ihnen – auf gut Österreichisch – einfach wurscht?

In dem Moment stand ihr Entschluss fest. Sie hatte, nur per Hetz, mit ein paar Freunden eine Wahlliste gegen den Bürgermeister auf die Beine gestellt. Sollte sie wider jede Erwartung gewählt werden, würde sie alles in ihrer Macht Stehende tun, damit sich wenigstens in ihrer Gemeinde etwas zum Besseren änderte.

Zwei Stunden später, Dorli schrubbte gerade in ihrer ältesten Arbeitskluft den Boden, die Haare unter einem Kopftuch hochgebunden, läutete es an der Tür. Sie wischte sich eine vorwitzige Haarsträhne aus dem verschwitzten Gesicht und öffnete. Draußen stand Leo Bergler. Wie immer sah er aus, als wäre er soeben einem Modemagazin entstiegen, und machte Dorli dadurch ihr schlampiges Äußeres besonders bewusst. Was sie nicht gerade freundlich stimmte. Warum konnte der Schnösel nicht einfach zurückrufen?

»Ich bin gerade beim Hausputz«, sagte sie mit einer entschuldigenden Handbewegung auf Kübel und Schrubber.

»Ich hätte wohl vorher anrufen sollen.« Leo Bergler lächelte unsicher und strich sich mit der für ihn typischen Handbewegung die blonden Haare aus der Stirn. »Aber ich war gerade in der Gegend. Als ich hörte, dass Sie mich erreichen wollten, dachte ich, ich schau einfach vorbei.«

»Kommen Sie rein und setzen Sie sich ins Wohnzimmer. Ich bin gleich fertig«, sagte Dorli. Grant hin oder her, immerhin wollte sie ja was von ihm.

Leo Bergler trat vorsichtig ein, und Idefix stürmte auf ihn zu, setzte sich vor ihm hin und gab Pfote. Bergler war darauf nicht vorbereitet, daher rutschte die Hundepranke tiefer, und in der Folge trat ihm der Hund zur Begrüßung ins Gemächt. Bergler stöhnte auf und klappte fast zusammen.

»Leo, geh auf deinen Platz!«, fuhr Dorli den Hund an. Und zu Bergler gewandt: »Entschuldigen Sie bitte, ich hätt Sie warnen sollen. Das macht er bei einer stürmischen Begrüßung gern.«

Bergler richtete sich mühsam auf und suchte Halt an der Wand.

»Ich verbitte mir ein für alle Mal, dass dieses Monster meinen Namen trägt«, knurrte er.

Das werden wir noch sehen. Sie konnte ihren Hund nennen, wie sie wollte. Und außerdem nannte sie ihn eh nur Leo, wenn Bergler in der Nähe war. Um ihn ein wenig zu ärgern.

Bergler umrundete schwankend die nassen Stellen auf dem Fußboden. »Jetzt hinterlasse ich Schmutzspuren am frisch gewaschenen Boden.«

»Da machen Sie sich mal keine Gedanken. Ihr vierbeiniger Namens…, äh, der Hund, rennt da ohne Gewissensbisse durch. Egal, ob er saubere Pfoten hat oder grade ein Loch im Gatsch gegraben.«

Dorli beeilte sich mit der Arbeit. Dann stellte sie Schrubber und Kübel einfach vor die Tür, zog die quietschgelben Gummihandschuhe von den Händen, wusch sich und band das Kopftuch ab. Mein Gott, sie sah aus wie eine Bäuerin frisch aus dem Stall. Hoffentlich roch sie wenigstens besser.

Als sie sich zu Leo Bergler gesellte, lag der Hund, den sie nach ihm benannt hatte, aber dann doch nicht so rief, neben ihm auf der Couch.

»Er mag mich«, meinte Bergler.

»Schaut so aus. Deswegen auch die überschwängliche Begrüßung. Aber nur, damit Sie sich nichts einbilden, er mag fast jeden.«

»Hätte mich sehr gewundert, wenn da nicht wieder gleich eine kleine Dorli-Bosheit gekommen wäre.« Bergler lehnte sich gemütlich zurück. »Jetzt erzählen Sie mal, wo drückt der Schuh?«

Dorli strich sich die Haare aus der Stirn, die immer noch feucht waren. Dann berichtete sie, was Lupo und sie seit ihrem letzten Treffen über Smekals Tod herausbekommen hatten.

»Eigentlich wäre das jetzt ein Fall für die Polizei«, meinte Bergler, als Dorli geendet hatte. »Andererseits gibt es nur eine Reihe von Verdachtsmomenten, die keineswegs belegt sind. Und da es die Kollegen aus Eisenstadt als Unfall eingestuft und den Akt geschlossen haben, wird das nicht reichen.«

»Das hab ich befürchtet«, gestand Dorli. »Sie haben mir ja schon einiges über die Bergmanns gesagt. Aber gibt es noch irgendetwas, das uns vielleicht weiterhelfen könnte?«

»Wenn wirklich Bergmann der Auftraggeber für den Mord an Smekal war, was ich durchaus für möglich halte, dann ist es ausgesprochen illusorisches Wunschdenken, ihm das jemals nachzuweisen.«

»Aber man kann ihn doch nicht damit durchkommen lassen, wenn er es war.«

»Dorli, Bergmann ist schon mit ganz anderen Sachen durchgekommen. Er war übrigens in seiner Jugend ein noch schlimmerer Tunichtgut als Lukas Smekal. Schule und Studium konnte er nur deshalb halbwegs positiv abschließen, weil Vater Bergmann Unsummen gespendet hat, erst der Schule und später auch der Uni. Es gab auch noch einen jüngeren Sohn, Attila. Eigentlich der Vifere von beiden. Doch auch sehr unbeherrscht. Der hat mit vierundzwanzig Jahren einen ungarischen Grenzsoldaten erschossen, als der ihn beim Schmuggeln erwischt hat. Attila wurde gefasst und, obwohl sein Vater die besten Anwälte des Landes mit seiner Verteidigung betraute, zu lebenslanger Haft verurteilt. Der müsste allerdings entweder schon wieder auf freiem Fuß sein oder demnächst entlassen werden.«

»Meinen Sie, dass der in die Sache verwickelt war?«

»Ganz sicher nicht. Seit Markus Bergmann sich mit seiner Klinik eine goldene Nase verdient, haben sich die alten Bosse zurückgezogen und agieren ganz im Geheimen. Dass sie ihre schmutzigen Geschäfte aufgegeben haben, glaube ich keine Sekunde. Aber keiner aus der Familie macht sich noch persönlich die Hände dreckig.«

»Da könnte was dran sein. Ich habe mit einem Aushilfsbuchhalter gesprochen. Der meinte, Markus Bergmann hätte nicht nur eine sehr kreative Buchhaltung, sondern würde vermutlich auch große Summen Schwarzgeld waschen. Allerdings war seine Zeit in der Klinik beendet, bevor er seine Nase tiefer in diese Angelegenheit stecken konnte.«

»Geben Sie mir den Namen des Mannes. Vielleicht kann er uns helfen. Die Krux ist ja, dass es immer wieder starke Verdachtsmomente gegen die Bergmanns gibt, wir ihnen aber nie etwas konkret nachweisen können. Echt frustrierend.«

»Und was machen wir jetzt in der Smekal-Geschichte?«

»Tja, Dorli, liefern Sie mir *einen* halbwegs brauchbaren Beweis. Dann kann ich was tun. Nur mit weit hergeholten Vermutungen bringe ich niemanden dazu, einen geschlossenen Akt wieder zu öffnen.«

Kurze Zeit später verabschiedete sich Leo Bergler. Dorli begleitete ihn hinaus. Als sie die Haustür öffnete, prallte sie fast gegen Lupo.

»Hallo Lupo, was machst denn du da?«, begrüßte sie ihn arglos.

Lupo erblickte hinter Dorli Leo Bergler, sein Lächeln gefror zu einer steinernen Maske.

»Ich störe wohl«, stammelte er und machte auf der Stelle kehrt.

»Lupo, jetzt komm zurück. Was hast denn?«

»Ich bin nicht gern das fünfte Rad am Wagen«, rief er und rannte zu seinem Auto, riss die Tür auf, schlug sich beim hastigen Einsteigen den Kopf an, startete und jagte mit kreischenden Reifen davon.

Dorli starrte ihm entgeistert hinterher. *Na, das nenn ich einen Auftritt. Bist du deppat!*

»Ach herrje, was hat denn Ihr Freund?« Leo Bergler sah bekümmert, wenn auch irgendwie belustigt drein.

»Keine Ahnung!« Dorli war fuchsteufelswild. Wie konnte sich Lupo nur so saublöd benehmen?

»Schaut fast so aus, als wär der Gute eifersüchtig!« Bergler lachte übermütig. »Dann wollen wir ihm mal einen Grund dafür geben.« Er drehte sich zu Dorli, legte seinen Arm um ihre Schultern, zog sie zu sich und gab ihr einen Kuss auf den Mund.

Du bist doch ein Oasch mit Ohren!

»Viel Glück bei der Mörderjagd! Und passen Sie auf sich auf, Dorli.«

Dorli stand wie versteinert in der Tür und blickte fassungslos den Männern hinterher. Lupo, der sich aufführte wie ein eifersüchtiger Ehemann, und Leo Bergler, der sie frech wie Oskar küsste! Und sie war so perplex gewesen, dass sie sich nicht einmal gewehrt hatte, geschweige denn, ihm den Hals umgedreht. Denn danach stand ihr momentan der Sinn. Sie wusste überhaupt nichts von ihm. War er verheiratet? Suchte er ein flüchtiges Abenteuer? War er der Typ Dauerflirter? Wie konnte dieser Armleuchter sie einfach so küssen?

Die Männer waren heute alle saudeppert, anders konnte sie sich das nicht erklären. Aber da spielte sie nicht mit. Die konnten sie mal! Alle beide.

»Tut mir leid, Hund. Du wirst jetzt leiden müssen.« Dorli zog eine CD aus der Hülle und schmiss sie in den Player. Gleich darauf plärrte »Dark Chest Of Wonders« von Nightwish ohrenbetäubend aus den Lautsprechern. Idefix zog den Schwanz ein und trollte sich ins Schlafzimmer.

Dorli hingegen schüttete das Putzwasser in hohem Bogen in den Garten. Verstaute Schrubber und Kübel im Abstellraum und ging in die Küche. Sie wusch sich die Hände, wog Mehl und Zucker in eine Schüssel, schüttete Milch, zerlassene Butter und

Fertighefe dazu, dann kamen noch Eier und diverse Zutaten wie Salz, Vanillezucker und geriebene Zitronenschale. Sie begann den Teig zu kneten und zu schlagen, bis ihre Arme schmerzten. Zu »Planet Hell« stellte sie sich bei jedem Schlag abwechselnd das Gesicht von Lupo und Leo Bergler unter dem Kochlöffel vor. Das passte sogar im Takt. *Nimm das! Und das!* Es tat richtig gut!

Als die CD bei einer sehr sanften und melodischen Nummer angekommen war, schütte sie die Rosinen in den Weidling, rührte noch einmal um und stellte den Teig zum Aufgehen in das lauwarm vorgeheizte Backrohr. Jetzt fühlte sie sich besser.

»Idefix, du kannst unter dem Bett vorkommen. Der Krach ist vorbei.« Die letzte Nummer auf der Scheibe war auch relativ leise – zumindest für eine Metal-Band.

Der Hund schien dem Frieden jedoch noch nicht zu trauen. Er hatte sich unter dem Bett verkrochen. Sie sah nur seine weiße Schwanzspitze unsicher wackeln.

Er wird sich schon wieder beruhigen. Und der Striezel würde köstlich schmecken. Dorli hatte sich abreagiert und war nun bereit, es sich bei »Magic Moments« von Aaron Tyde mit einem Buch auf der Couch bequem zu machen. Bei »Mariah's Fairy Child« kam Idefix angetrottet und nahm seinen Stammplatz zu Dorlis Füßen ein. Die Welt war wieder in Ordnung.

34

Als Dorli mit dem fertigen Kuchen auf dem Arm am Amtshaus vorbeimarschierte, unterwegs zu ihrer Schwägerin und den Kindern, hörte sie ohrenbetäubendes Gekeife bis auf die Straße.

Da sie es nicht eilig hatte, trat sie ein, um den Grund für den Aufstand zu erforschen.

Barbara Schöne und der Bürgermeister Willi Kofler standen sich im Sekretariat wie zwei Ringer gegenüber und brüllten einander an, offenbar ohne dazwischen Atem zu holen. Die Schöne griff sich einen Stoß Papier und schmiss ihn dem Kofler an den Kopf. Der fegte den Blättersturm beiseite und warf einen Kraftlocher nach ihr. Der Geräuschpegel bewegte sich in Höhen, die aus gutem Grund gesetzlich verboten waren.

Plötzlich schien den beiden die Luft auszugehen. Sie standen mit hochroten Köpfen da, und in die plötzliche Stille fragte Dorli: »Was ist denn hier los?«

Worauf sich beide zu ihr umdrehten und nunmehr sie anbrüllten.

»Leitl'n, habt's es no alle?« Dorli stellte vorsichtshalber den Kuchen außerhalb der Reichweite der beiden Streithanseln ab. »Vielleicht hört's amoi auf zum Brüllen und sagt's ma, was passiert ist?«

Der Kofler winkte sie in sein Büro und schloss die Tür zum Vorzimmer mit einem lauten Krach. Na, da hing der Haussegen ja mächtig schief!

»Was los is?«, keuchte der Bürgermeister erbost. »Die blede Kuah hat vergessen, den Wahlvorschlag rechtzeitig bei der Wahlbehörde abzugeben!«

»Das gibt's doch nicht!«

»I waß net, was mit der Babs los ist, aber i kann nimmer mit ihr arbeiten. Sobald Sie wieder da san, fliagt s'.«

Das hätte Dorli eigentlich freuen müssen. Doch seltsamerweise war es ihr völlig egal. Ihr lag die Frage auf der Zunge, ob das auch fürs Privatleben galt. Aber dann hielt sie lieber den Mund. Das ging sie wirklich nichts an.

»Wann war's denn bei der Wahlbehörde?«

»Gestern. Und sie schwört Stein und Bein, dass es der richtige Tag war. Aber grad hat mi der Leiter der Wahlbehörde ang'ruafen und g'fragt, wieso kana von unserer Partei kandidiert.«

Es war der richtige Tag, das wusste Dorli genau. Was konnte da passiert sein?

»I fahr hin und kümmer mi drum.«

»Mein Gott, Sie schickt der Himmel.«

So sicher war sich Dorli da wieder nicht. Aber sie würde zumindest einmal nachfragen, was schiefgegangen war. Vielleicht konnte man noch irgendwas retten.

Sie trug daher ihren Kuchen wieder nach Hause, schnappte sich das Auto und fuhr nach Baden zur Wahlbehörde.

Als Dorli dreimal um den Block kreiste und einen Parkplatz suchte, versuchte sie sich zu erinnern, wie oft sie schon hier gewesen war. Jedenfalls viele Male. Das letzte Mal vor einer Woche, um ihre Liste abzugeben.

Im zweiten Stock der etwas heruntergekommenen alten Villa, in der die Kreiswahlbehörde untergebracht war, ehemals in Schönbrunner Gelb angefärbelt, aber vom Zahn der Zeit in Graugelb verwandelt, klopfte sie an die Tür und trat ein. Die Personen im Raum kannte sie alle, bis auf eine kleine Blondine, die noch sehr jung und vermutlich neu im Team war.

»Auf Ihna hamma eh scho g'wart«, begrüßte sie der Wahlleiter.

»Hm? Wieso denn das?«

»Na war ja wohl kloa, dass da Burgamasta um Hilfe schrein wird, wann sei Partei net zur Wahl zulassen wird. Und dass Sie dann wia die Feuerwehr einreiten.«

Dorli nickte. »Ja, der Jammer ist, dass es so lästige Mitarbeiterinnen gibt, die alle zwei Jahre einmal auf Urlaub gehen wollen.«

Der ältere Herr schmunzelte. »Soso, auf Urlaub warn S'. Nächstes Mal fahren S' weit weg und lassen S' des Handy z'Haus. Dann ham S' a Ruah!«

»Was ist denn jetzt wirklich passiert?«, fragte Dorli.

»Ihr Beiwagerl ist a Minuten vor ans da reinmarschiert wie die Fürstin Bamsti und hat uns die Papierln auf den Tisch g'schmissen. Griasst hat's net und sonst a nix g'sagt. Da hamma a Minuten g'wart und ihr dann g'sagt, dass jetzt z'spät is. Des G'sicht hätten S' segn solln. A Gedicht!«

Dorli musste lachen, ob sie wollte oder nicht. »Und, können wir jetzt noch was machen?«

»Sicher. Wir haben ja eh alle unterschrieben. Is nix passiert. Sie hat's ja grad no g'schafft. Nur jeder normale Mensch hätt si entschuldigt und zumindest der Form halber g'fragt, ob des eh no in Ordnung geht. Drum hab i den Kofler heut a bisserl g'schreckt. Aber die blede Gurken soll si des merken. I hoff, da Kofler hat's durch Sonn und Mond g'haut.«

»Das tut er immer noch.«

»Na dann richten S' eam an schen Gruaß aus, und er soll die Tussi stanzen!«

»Mit dem größten Vergnügen«, flötete Dorli, warf dem boshaft grinsenden Kreiswahlleiter eine Kusshand zu und begab sich auf den Heimweg.

Beim Amtshaus hielt sie kurz an. Willi Kofler blickte ihr erwartungsvoll entgegen.

»Ja leider, da war nix mehr zu machen. Es is nur eine Wahlliste rechtzeitig eingegangen.«

Der Kofler wurde bleich. »We… welche?«, stammelte er.

»Meine.« Dorli ließ die Nachricht sickern. »Und weil es keinen Gegenkandidaten gibt, werde ich wohl Bürgermeisterin werden.«

»Nein! Und was is … was is mit mir?«

»Na ja, Sie können ja dann bei mir Sekretär werden.«

Der Kofler sank in den nächsten Sessel und schnappte hörbar nach Luft. Sein Schädel lief rot an.

Das Gesicht! Gottvoll. Dorli ärgerte sich grün und blau, dass sie ihr Mobiltelefon nicht in Fotobereitschaft in der Hand hielt. Was für ein herrliches Foto das wäre! Genau richtig für die Faschingsausgabe des Infobriefes an die Gemeinden. Mit dem Text: »Diesen Mann haben Sie gewählt!?«

Hoffentlich kriegt er jetzt keinen Herzinfarkt. Sie wollte ihn nicht unbedingt wiederbeleben müssen. Schon gar nicht mit Mund-zu-Mund-Beatmung!

»Himmelarschundzwirn!«, schrie der Kofler. »Dieses blödsinnige Weibsbild!«

Wobei nicht ganz klar war, ob er Dorli meinte oder seine schöne Babsi.

Dorli verließ das Amtshaus und ging lachend zu ihrem Wagen. Das geschah den beiden recht. Sollten sie nur eine Weile im eigenen Saft schmoren.

35

Am nächsten Morgen meldete sich Lupo telefonisch.

»Bist jetzt allein zu Haus? Wir müssen Kriegsrat halten.«

»Ja. Aber über deinen Auftritt von gestern reden wir auch noch.«

»Kannst du mich bitte vom Bahnhof Wiener Neustadt abholen?«

»Ist dein Auto jetzt endgültig hinüber?«, fragte Dorli.

»So was Ähnliches.«

Was hieß hier »so was Ähnliches«? Entweder war die Karre zusammengebrochen oder nicht. Lupo sprach in Rätseln. Trotzdem sagte Dorli zu, ihren Partner abzuholen.

Lupo sah zerknautscht aus, und während der Fahrt zu Dorli brachte er den Mund nicht auf.

Womit Lupo dann das Gespräch eröffnete, hob Dorlis Stimmung allerdings nicht gerade.

»Weiß eh, was der Unterschied zwischen an Kuhschwanz und ana Krawatten ist?«

Dorli, der nicht einmal ansatzweise zum Rätselraten zumute war, schüttelte nur grimmig den Kopf.

»Der Kuhschwanz verdeckt das ganze Arschloch.«

Und mit dieser kernigen Aussage, die eindeutig auf seinen vermeintlichen Rivalen gemünzt war, ließ sich Lupo auf die Bank fallen, auf der am Abend vorher Leo Bergler gesessen war.

»Jetzt pass einmal auf, Lupo. Ich hab zugestimmt, dass wir den Fall gemeinsam lösen. Aber ich kann mich nicht erinnern, dass du mir einen Heiratsantrag gemacht hättest, und noch weniger, dass ich ihn angenommen hätt. Also, was soll dein blödsinniges Getue?«

»I war halt ang'fressen!«

So wie er dreinschaute, war er das immer noch.

»Aber auf die Idee, dass ich versuchen könnte, den Bergler dazu zu bewegen, dass die Polizei die Ermittlungen wieder aufnimmt, auf die bist nicht gekommen, oder?«

Lupo zog den Kopf zwischen die Schultern und sah drein wie ein geprügelter Hund.

»Deswegen war der g'schniegelte Heini da?«

»Genau. Und wenn du mir noch einmal so eine Einlage wie gestern lieferst, dann kannst deinen Krempel allein machen. Dann bin ich raus!«

Dorli hatte ihre Stimme erhoben, dabei hatte sie sich vorgenommen, die Ruhe in Person zu bleiben.

Lupo presste die Hände auf die Ohren. »Net so laut, bitte.«

»Aha, haben wir einen Haarspitzenkatarrh?«

So ramponiert, wie Lupo aussah, konnte es schon sein, dass er am Abend aus Liebeskummer zu tief ins Glas geschaut hatte.

Lupo nickte vorsichtig. »Entschuldige, Dorli. Ich …«

Na klar, sowie es um Gefühle geht, hat er wieder seine Sprachhemmung.

»Und was ist jetzt mit deinem Auto?«

»Nix.«

»Aha. Und warum sollte ich dich dann abholen?«

»Die Kieberer haben mir den Schein zupft.«

»Ich halt's net aus. Was hast denn ang'stellt?«

Lupo grummelte vor sich hin. Dorli hatte Mühe, ihn zu verstehen. »Bei Rot über die Kreuzung, dann a blede Antwort an den Hawara, der mi aufg'halten hat, und no was trunken.«

»Aha. Und wie viel war des?«

»A bisserl mehr als null Komma fünf Promille.«

»Da is der Schein net weg. Wie viel mehr?«

»Na ja, so eins Komma fünf, abgerundet.«

»Ups!« Dorli schüttelte den Kopf. »Des hat sich ja auszahlt! Gratuliere!«

Lupo sah aus, als würde er gleich von der Bank kippen. Als Erste Hilfe warf sie ihm zwei Aspirin in ein Glas Wasser und stellte es vor ihn auf den Tisch. Irgendwann in nächster Zeit würde Dorli sich wohl Gedanken machen müssen, wie sie mit ihren zwei Verehrern umgehen sollte. Einer sollte definitiv aufs Abstellgleis verschoben werden. Schon um solche Vorfälle nicht zu provozieren. Sie war sich zwar keiner Schuld bewusst, trotzdem fühlte sie sich unbehaglich, indirekt an Lupos Kummer und dessen Folgen schuld zu sein. Für den Moment war es wahrscheinlich besser, sich ihrem Fall zu widmen. Vielleicht vergaß er dann eine Weile sein ramponiertes Ego und das Selbstmitleid.

»Also, was ist jetzt unser letzter Stand?«, fragte Dorli ihn betont munter.

»Wir warten immer noch auf die Telefonauswertung von Lukas Smekals Handy.«

»Können wir sonst was tun außer warten?«

»So, wie's ausschaut, können wir zwar derzeit davon ausgehen, dass Lukas Smekal möglicherweise der Mörder seines Vaters war. Vielleicht von Natascha zu dem bereits tödlich verwundeten Mann hingelockt. Aber wir haben keinen einzigen Beweis in der Hand.«

»Mist.«

Dorli hatte ein flaues Gefühl im Magen.

Just in dem Moment läutete Lupos Handy. Er meldete sich wie immer mit »Schatz?«, mit dem Erfolg, dass wieder einmal aufgelegt wurde.

»Verdammt, net scho wieder!«, murrte er.

»Na dann meld di halt wie a normaler Mensch. I tät a auflegen, wenn mi ana mit ›Schatz?‹ anraunzen tät.«

Bevor Lupo irgendetwas entgegnen konnte, läutete das Telefon erneut. Er hob ab, meldete sich mit Vor- und Zunamen und lauschte eine Weile. Er wurde weiterverbunden, dann versuchte er Einwände vorzubringen und verabschiedete sich schließlich, sichtlich gestresst.

»Was ist los?«, fragte Dorli.

»Das war Beat Eberli.«

»Ja und?«

»Unser Auftrag ist beendet.«

»Wie bitte? Warum denn das?«

»Ich kann dir nur wiederholen, was er gesagt hat. Sein Freund ist tot und begraben, und er will die Familie nicht weiter belasten. Sie hätten genug Leid durch den Tod des Gatten und Vater erlitten. Egal, was auf dem Boot passiert sein mag, Anja und Lukas müssen wieder zur Ruhe kommen. Er ist bereit zu akzeptieren, dass das Ganze ein Unfall war.«

»So ein Holler! Verstehst du das, Lupo?«

»Nein.« Und nach einer kurzen Pause »Vielleicht doch.«

»Also was jetzt?«, fragte Dorli.

»Nun, Lukas ist ja nicht blöd. Falls ihm seine Freunde erzählt haben, dass wir die Lücke in seinem Alibi entdeckt haben, kann er sich ausrechnen, wie lange es noch dauert, bis wir die richtigen Schlüsse daraus ziehen. Wenn er seine Mutter entsprechend bearbeitet hat, dann hat die vielleicht Beat Eberli gebeten, die Reißleine zu ziehen.«

»Glaubst du, die Mutter hängt mit drin?«

»Nein. Aber sie hat ihren Mann verloren. Sie will nicht auch noch den Sohn verlieren.«

»Oh Mann! Was tun wir denn jetzt?«

»Weitermachen. Das kann mich zwar vielleicht meine Lizenz kosten, aber ich werd nicht so kurz vor dem Ziel aufgeben.«

»Ich bin dabei, Lupo. Was unternehmen wir als Nächstes?«

»Wir tun so, als hätte Beat uns nicht erreicht, und besuchen Anja Smekal.«

36

Anja Smekal sah noch schlimmer aus als die ersten Male, die Lupo und Dorli sie gesehen hatten. Sie war totenblass, ihr Haar hing in fettigen Strähnen herunter. Bekleidet war sie mit einer bekleckerten grünen Trainingshose, einem zerknautschten rosa T-Shirt, das aussah, als hätte sie es aus dem Humana-Container gefischt, und darüber trug sie eine blitzblaue Weste, deren Knöpfe schief zugeknöpft waren. Sie musste mindestens zehn Kilo abgenommen haben. Alles an ihr hing wie die Lumpen an einer Vogelscheuche, und ihr Gesicht sah grau und eingefallen aus.

Der Gestank im Haus hatte sich intensiviert. Als würde der Mistkübel im Wohnzimmer aufbewahrt, ohne Deckel. Dorli fragte, ob sie kurz lüften dürfte. Als Anja Smekal nur desinteressiert mit den Schultern zuckte, riss Dorli alle Fenster im Wohnzimmer auf. Kalte klare Luft strömte herein, begleitet von einem Hauch von Holzrauch.

»Nehmen Sie doch bitte Platz«, begann Lupo das Gespräch mit der Frau, die eigentlich das größte Interesse daran haben sollte, dass der Mord an ihrem Mann aufgeklärt wurde.

Anja hockte sich an den äußersten Rand eines Ohrensessels. Sie sah aus, als wäre sie bereit, sofort die Flucht zu ergreifen, wenn das nötig war.

»Frau Smekal«, nahm Lupo erneut Anlauf. »Im Moment deutet vieles darauf hin, dass Ihr Sohn Ihren Mann getötet hat.«

Anjas Mund klappte auf und wieder zu, ohne dass ein Ton über ihre Lippen kam. Dann ging ein Ruck durch ihren Körper. Sie straffte sich, setze sich richtig aufrecht in den Sessel und sprach mit leiser, aber klarer Stimme.

»Ich war's.«

Dorli trat einen Schritt näher. »Sie waren es sicher nicht. Wie hätten Sie Ihren Mann denn töten wollen?«

»Na, mit der Stange.«

»Ach ja. Wissen Sie überhaupt, wo die angebracht ist?«

»Die lag da rum.«

Dorli schüttelte den Kopf.

»Und dann? Was haben Sie dann gemacht?«, fragte Lupo.

»Ihn ins Wasser geworfen und das Boot schwimmen lassen.«

»Wo war das?«

Anja blickte ihn ausdruckslos an. »Was meinen Sie damit?«

»Na, wo genau haben Sie Ihren Mann ins Wasser geworfen?«

»Irgendwo draußen in der Bucht.«

»Ach ja. Und wie sind Sie zurückgekommen? Allein im Boot und gegen den Wind?«

»Keine Ahnung.«

Lupo schüttelte den Kopf. »Ich glaube Ihnen nicht. Das passt ganz und gar nicht zu der Geschichte, die der Fundort der Leiche und des Bootes erzählen.«

»Was Sie glauben, ist mir, ehrlich gesagt, vollkommen egal. Ich rufe jetzt die Polizei an.«

Anja Smekal stand auf und wollte zu dem Highboard wanken, auf dem das Telefon lag.

»Das kann ich für Sie tun, wenn Sie darauf bestehen«, meinte Dorli und schob die verwirrte Frau sanft zurück auf den Sessel.

Dann wählte sie Oberleutnant Leo Berglers Nummer und verließ den Raum. Sie hörte, dass hinter ihr die Fenster geschlossen wurden.

Zum Glück war Bergler erreichbar. Dorli schilderte, was eben geschehen war.

»Die will ihren Sohn schützen«, meinte Bergler.

»Das ist mir klar. Aber was tun wir jetzt? Können Sie uns helfen?«

»Ich setze mich mit der nächsten Dienststelle in Verbindung. Die werden sie abholen, mitnehmen, ihre Aussage aufnehmen und dann wieder nach Hause schicken.«

»Danke.«

»Bleibt ihr solange dort, damit sie nicht ihren Sohn anrufen kann. Denn wenn sie ihn schützen will, wird das einen Grund haben. Den sollten wir zuerst erfahren.«

»Geht in Ordnung.«

Eine halbe Stunde später hatten zwei Beamte Anja Smekal mitgenommen. Dorli und Lupo saßen im Auto und überlegten, ob sie sich auf die Suche nach Lukas machen sollten. Oder hatte ihn vielleicht schon die Polizei geholt?

Ein Blick auf die Uhr zeigte Lupo, dass Lukas entweder noch in der Schule oder in irgendeinem Lokal in Wiener Neustadt anzutreffen sein würde.

»Ich glaub nicht, dass die so flott sind«, meinte Lupo.

»Ich auch nicht. Erst werden sie in aller Ruhe Anja vernehmen und dann vielleicht auf die Idee kommen, den Sohn zu befragen.«

»Also machen wir uns auf den Weg.« Lupo stieg auf der Beifahrerseite ins Auto.

Als sie in die Zehnergasse einbogen, kamen ihnen Scharen von Jugendlichen entgegen. Erst konnten sie Lukas nicht entdecken, doch als sich die Reihen ein wenig lichteten, sah Lupo ihn inmitten seiner Freunde auf der Querstange einer Absperrung sitzen. Sie diskutierten angeregt.

Lupo bat Lukas, ihnen zum Auto zu folgen.

»Was ist denn jetzt schon wieder? Könnt ihr mich nicht einmal in Ruhe lassen?«, maulte Lukas.

»Es gibt eine neue Entwicklung im Mordfall Ihres Vaters«, entgegnete Lupo.

»Ach, jetzt ist es also doch ein Mordfall?«

»Bitte steigen Sie erst ins Auto ein. Ich glaube nicht, dass halb Wiener Neustadt zuhören sollte, was wir Ihnen zu sagen haben.«

»Ich denk nicht dran. Sagen Sie, was Sie zu sagen haben, und dann lassen Sie mich endlich in Frieden.«

»Bitte, wie Sie wollen. Glauben Sie, dass Ihre Mutter Ihren Vater umgebracht hat?«

»Wie bitte?« Lukas schwankte. Mit allem Möglichen dürfte er gerechnet haben – damit sicher nicht.

»Ja, die Polizei hat sie zu einem Verhör mitgenommen.«

Lukas war bleich geworden. »Aber meine Mutter hat doch damit nicht das Geringste zu tun!«

»Wir wissen das«, erklärte Dorli. Mit ihrer nächsten Behauptung lehnte sie sich weit aus dem Fenster. »Aber die Polizei glaubt anscheinend, dass sie Ihren Vater auf dem Gewissen hat.«

»Was soll das heißen, Sie wissen das?«

»Ganz einfach«, riss Lupo das Gespräch wieder an sich und provozierte Lukas weiter. »Wir glauben, dass Sie der Täter sind.«

»Sie sind ja vollkommen verrückt!«, schrie Lukas. Er stieß sich vom Wagen ab und rammte Lupo seinen Kopf gegen den Brustkasten, sodass er mehrere Schritte zurücktaumelte. Dann wandte sich Lukas zur Flucht. Aber da stand Dorli im Weg. Er holte aus und wollte ihr den Ellbogen gegen den Kopf schmettern. Doch Dorli duckte sich weg, und als Lukas vom eigenen Schwung zur Seite gerissen wurde, trat sie ihm von hinten in die Kniekehle des Standfußes. Lukas stolperte, kam zu Fall, sprang wieder auf und griff an. Er raste wie ein Berserker. Nur mit viel Mühe schafften Dorli und Lupo es, ihn nach längerem Kampf zu fixieren. Irgendwer musste die Polizei verständigt haben. Jedenfalls hielt ein Streifenwagen neben ihnen, just in dem Moment, als alles vorbei war.

Die Polizisten ließen sich von Lupo die Lizenz zeigen. Dann hörten sie sich die Kurzfassung seiner Geschichte an, und in der Folge legte einer der beiden Lukas Handschellen an.

»Sie sind vorläufig festgenommen. Sie stehen unter Verdacht, Ihren Vater ermordet zu haben.«

Lukas tobte wieder los. Selbst gefesselt war er kaum zu bändigen.

»Ihr Schweine! Der alte Scheißkerl hat doch gar nichts anderes verdient! Der hat geglaubt, mit seinem Scheißgeld kann er alle kaufen!«

»Erzählen Sie uns das auf der Inspektion«, meinte einer der Beamten und versuchte, Lukas in den Streifenwagen zu bugsieren.

»Haben Sie nicht g'sehen, was für hässliche Weiber bei ihm im Büro sitzen?«, schrie Lukas Lupo an. »Egal, was sie konnten oder nicht, sie mussten nur alt und schiach sein. Jede andere hat er gefickt!«

Der Polizist hatte es mit Lupos Hilfe geschafft, Lukas ins Auto zu verfrachten. Die Tür wurde zugeschlagen, trotzdem konnte man Lukas immer noch schreien hören. Gedämpft jetzt.

»Sie kommen bitte auch mit. Wir brauchen Ihre Aussage. Sie können uns nachfahren«, wandte sich der Beamte an Dorli und Lupo.

37

Am nächsten Morgen ließ Dorli den Hund in den Garten. Dann warf sie die Kaffeemaschine an und steckte eine Brotscheibe in den Toaster. Das Telefon klingelte.

Es war Leo Bergler, der sie darüber informierte, dass die Polizei die beiden Smekals heimgeschickt hatte.

»Lukas auch?«, fragte Dorli. »Der hat doch praktisch zugegeben, dass er es war.«

»Er hat gesagt, dass sein Vater den Tod verdient hat. Das heißt nicht zwangsläufig, dass er ihn auch umgebracht hat.«

»Mist! Ich war mir so sicher.«

»Dass er jetzt entlassen worden ist, bedeutet noch lang nicht, dass er es nicht war. Wir können es ihm nur derzeit nicht nachweisen. Das Einzige, was er sicher hat, ist eine Anzeige wegen Widerstandes gegen die Staatsgewalt. Aber deswegen kann ihn niemand festhalten.«

»Wir bräuchten die Daten von seinem Handy und dem von Natascha.«

»Warum?«, fragte Leo Bergler.

»Na ja, Lukas war auf einer Fete, als sein Vater starb. Aber zwischen zweiundzwanzig Uhr und ein Uhr früh hat ihn niemand gesehen. Er hätte also seinen Vater erledigen können.«

»Wo war denn die Party?«

»In Hornstein. Die Entfernung von Hornstein nach Rust und retour hätte er in weniger als einer Stunde bewältigen können. Seine Kumpels meinten, er hätte kurz vor seinem Verschwinden einen Anruf bekommen. Lukas hat behauptet, seine Mutter hätte ihn angerufen und gebeten, nach Hause zu kommen, weil es ihr nicht gut ging.«

»Wäre ja möglich.«

»Ich glaub das nicht. Der fährt doch nicht nach Haus, schaut kurz nach Mami und kehrt dann zur Party zurück. Wir haben den Verdacht, dass er von Natascha aufs Boot bestellt wurde, wo

Bergmanns Männer Erich Smekal tödlich verletzt hatten. Als Lukas dann seinen sterbenden Vater fand, hat er vielleicht Angst bekommen, dass man ihm den Mord in die Schuhe schieben würde, ist auf den See raus, hat den Alten über Bord geschmissen und ist zurück. Oder so ähnlich. Klingt das blöd?«

»Nein. Besonders vor dem Hintergrund, dass er meint, sein Vater hätte ohnehin den Tod verdient. Sonst hätte er vielleicht den Notarzt gerufen und gehofft, dass sein Vater durchkommt. Ich kümmere mich um die Anrufe der beiden.«

»Lupo hat es schon versucht, aber bisher erfolglos.«

»Das will ich schwer hoffen! Telefondaten werden nur auf richterliche Anordnung herausgegeben.«

Dorli war aber noch nicht zufrieden. »Warum hat eigentlich die Mutter sofort den Mord gestanden, als Lukas in Verdacht geriet? Denkt sie allen Ernstes, ihr Sohnemann könnte der Mörder sein?«

»Das nehmen wir an. Andererseits ist auch nicht auszuschließen, dass es die Mutter selbst war.«

»Geh, doch net im Ernst, oder?«

»Nur mal angenommen, sie liefert uns eine völlig unsinnige Beschreibung der Tat. Niemand wird ihr glauben. Noch dazu, wo allgemein angenommen wird, dass sie weder segeln kann noch sich gerne auf Booten aufhält, weil ihr schlecht wird. Diese Kombination ist fast genauso gut wie ein wasserdichtes Alibi. Und keiner kann ihr etwas beweisen. Ihre Schilderung des Tathergangs ist jedenfalls reine Fiktion.«

»Hm. Ich glaub zwar nicht, dass Smekal das getan hat, aber angeblich hat er Natascha Bergmann versprochen, mit seiner Frau über die Scheidung zu sprechen. Und falls dieses Gespräch wirklich stattgefunden hat, hätte sie natürlich ein Motiv gehabt.«

»Ich kümmere mich jetzt um die Telefondaten. Dann sehen wir weiter.«

38

Dorli und Lupo saßen zusammen und gingen zum wiederholten Male alle Erkenntnisse durch, die sie in der unerquicklichen Geschichte rund um den Mord an Erich Smekal bisher gewonnen hatten.

»Sag, Lupo, hast du eigentlich in der Abtreibungsklinik nachgefragt, ob überhaupt und wann Natascha dort war?«

»Nachgefragt schon. Aber die haben mir keine Auskunft gegeben.«

»Wie heißt das Institut?«

»Das ist das Ganymed Ambulatorium in Wien, am Mariahilfer Gürtel.«

»Hm. Ich glaube, ich muss mich dort beraten lassen.«

»Wieso? Bist du schwanger?«

Dorli lachte laut auf. »Also wenn sich bei mir nicht die wundersame Geschichte mit dem Heiligen Geist wiederholt, dann kann ich das dezidiert ausschließen. Aber ich will mich dort einmal umsehen. Vielleicht kann ich was erfahren.«

Sie suchte sich im Internet die Telefonnummer der Abtreibungsklinik und griff zum Telefon. Sie fragte nach einer Erstberatung und bekam einen Termin am übernächsten Tag.

»Was wirst du schon herausbekommen, wenn sie mir als Detektiv nix gesagt haben?«, grummelte Lupo vor sich hin.

»Möglicherweise gar nichts. Aber vielleicht rutscht doch einer Schwester was raus, wenn ich sage, dass ich auf Empfehlung meiner Freundin Natascha Bergmann komme.«

»Raffiniert. So konnte ich leider nicht argumentieren.«

»Können hättst schon, aber das wär eine Lachnummer geworden.«

»Eigentlich haben wir gar keinen Auftrag mehr. Sollen wir überhaupt noch irgendwas tun?«

»Ich dachte, du willst weitermachen?«, antwortete Dorli mit einer Gegenfrage.

»Ja, ein, zwei Tage. Aber wie lang noch? Und wer zahlt uns das?«

»Ich hab mein Urlaubsgeld. Wie's bei dir aussieht, kann ich natürlich net wissen.«

»Pah, Geld ist bei mir kein Thema.«

»Na, dann is ja gut!«

»Ich fürchte, du verstehst das falsch. Geld macht um mich einen weiten Bogen. Egal, ob ich einen Auftrag hab oder nicht.«

»Dann is es eh wurscht. Oder hast du einen anderen Job?«

Lupo schüttelte energisch den Kopf.

»Also, machen wir noch ein paar Tage weiter, oder gibst du auf?«

»Dass du allein Detektiv spielst und wieder in Teufels Küche gerätst? Ich denk ja nicht dran!«

Ha, Lupo war auf ihre List hereingefallen. Aber jetzt aufzugeben, kam für Dorli einfach nicht in Frage. Nicht, nachdem sie zwei Urlaubswochen darauf verschwendet hatte. Wo das Ziel wie die sprichwörtliche Karotte vor ihrer Nase baumelte.

39

Zwei Tage später war Dorli in Wien-Fünfhaus in der Abtreibungsklinik und ließ sich die unterschiedlichen Methoden der Schwangerschaftsunterbrechung erklären. Bis zur neunten Woche konnte man das medikamentös machen. Wenn man wollte, sogar zu Hause.

»Meine Freundin, die mir Ihre Klinik empfohlen hat, hat's chirurgisch machen lassen. Sie war schon über die neunte Woche hinaus.«

Die freundliche Ärztin, die sich mit Dorli befasste, lächelte.

»Ja, in diesem Fall haben Sie dann die Wahl, das unter örtlicher Betäubung oder unter Vollnarkose durchführen zu lassen. Ansonsten ist es die gleiche Vorgangsweise. Der Muttermund wird ein wenig aufgedehnt, bis ein dünnes Kunststoffröhrchen durchpasst. Durch dieses wird das eingenistete Ei samt Gebärmutterschleimhaut abgesaugt. Zum Abschluss kontrollieren wir mittels Ultraschall, ob die Gebärmutter wirklich leer ist. Und das war's dann schon.«

Klang nicht gerade sehr anregend. Zum Glück brauchte Dorli das nicht wirklich. Wobei sie sich auch gar nicht vorstellen konnte, dass sie ein Kind nicht austragen würde. Aber sie schweifte vom Thema ab. Für philosophische Betrachtungen zum Thema Abtreibung war jetzt weder die Zeit noch der richtige Ort.

»Wie schaut es mit Schmerzen aus?«

»Wie bei einer Regel. Bei manchen Frauen etwas stärker. Dann müssten Sie halt ein Schmerzmittel nehmen.«

»Und die Blutungen?«

Die Ärztin setzte eben zu einer Antwort an, als draußen ein mittlerer Tumult zu hören war. Aha, Bär war auf den Plan getreten.

»Wo is mei Freundin?«, schrie er. »Du treibst unser Kind net ab! Dorli, bitte!«

Dorli hörte, wie eine Tür aufgerissen wurde, eine Frau lauthals protestierte.

Mehrere Stimmen riefen durcheinander.

Gleich darauf kam eine Schwester hereingestürzt.

»Können Sie bitte schnell kommen?«, rief sie der Ärztin zu.

Die murmelte »Entschuldigen Sie mich einen Moment« in Dorlis Richtung und lief mit der Schwester aus dem Raum.

Jetzt oder nie!

Dorli sauste um den Tisch herum, vor den PC. Sie verschaffte sich einen Überblick über die offenen Programme. Gab in die Suchmaske links oben den Namen Natascha Bergmann ein. Ein Fenster ging auf. Und da stand:

Aufgenommen: 19. September
Entlassen: 20. September

Moment mal! Der 19. war doch der Donnerstag. Erich Smekal war am 18. gestorben. Natascha hatte behauptet, sie sei am 18. September in die Klinik gekommen. Sie hatte gelogen!

Auf dem Gang näherten sich Schritte. Rasch drückte Dorli auf die Escape-Taste und gab dann wieder den Namen ein, unter dem sie sich angemeldet hatte. Der natürlich nicht ihr richtiger Name war. Es blieb ihr keine Zeit mehr, den Bildschirm zu überprüfen. Die Zeit reichte gerade noch, sich wieder auf den Patientenstuhl zu setzen.

Die Ärztin nahm Platz und beachtete den Bildschirm gar nicht. »Tut mir leid, hat ein bisschen länger gedauert. Wollen wir jetzt die Untersuchung machen?«

»Äh, darf ich mir das noch einmal überlegen? Ich bin noch nicht ganz sicher, ob ich wirklich …«

»Selbstverständlich. Besprechen Sie es auf jeden Fall auch noch mit Ihrem Partner. Wenn Sie erst in der siebenten Woche sind, haben Sie ja noch ein wenig Zeit.«

Dorli bedankte sich, zischte aus dem Raum und wollte an der Rezeption vorbei die Abtreibungsklinik verlassen.

»Moment!«, rief ihr die Zenzi hinter der Budel nach. »Ich

brauch Ihre Sozialversicherungsnummer, und außerdem macht das hundertfünfzig Euro.«

»Sicher nicht!«, entgegnete Dorli. »Auf der Homepage steht, dass das Erstgespräch kostenlos ist. Und tschüss!«

Sie schoss an der Empfangsdame vorbei und rannte die Treppe hinunter. Sie war doch nicht blöd und gab ihre Versicherungsnummer bekannt. Und zahlen würde sie schon gar nicht für nix!

Um die Ecke der nächsten Gasse wartete Bär schon auf sie. Dorli fiel ihm um den Hals. Arm in Arm marschierten sie zu ihrem Auto.

»Ich hab schon befürchtet, dass s' di verhaften lassen.«

»Geh, Dorli, mi? I bin doch so a sanftes Bärli.«

»Das wissen die aber net. Und gebrüllt hast wie a Narrischer.«

»Aber i hab mi ganz schnell beruhigt, wie's mi überzeugt haben, dass mei Freundin Dorli net da is. Und dann bin i no schneller davongrennt.«

»Und wie bist reinkommen?«

»So, wie du g'sagt hast. Dass meine Freundin Tamara Winter schon drin is, i aber no an Parkplatz hab suchen müssen.«

Tamara Winter war der Name, unter dem sich Dorli angemeldet hatte.

»Und, haben s' nachg'schaut im Computer oder ang'rufen, ob eine Tamara Winter einen Termin hat?«

»Geh wo! Der Portier hat se in an Pornoheftl die Nackerten ang'schaut und mi nur afoch durchg'winkt.«

»Ich fürchte, in Zukunft wird er aufmerksamer sein. Du warst jedenfalls Spitze, Bär!«

»Es hat funktioniert, oder?«

»Yeah! *Give me five!*«

Sie schlugen ihre Hände gegeneinander, stiegen ins Auto und fuhren Richtung Buchau.

Von unterwegs rief Dorli Lupo an.

»Hast du schon die Telefonauswertung von Lukas' und Nataschas Handys?«, fragte sie ihn.

»Nur von Lukas. Natascha hat ihn um zehn angerufen.«

»Jetzt wird es spannend. Wir müssen unbedingt herauskriegen, von wo aus sie Lukas angerufen hat. Wann bekommen wir ihre Daten?«

»Möglicherweise gar nicht. Mein Freund meinte, es sei heute nicht mehr so leicht, an solche Daten zu gelangen. Und er macht sich strafbar, wenn er das tut.«

Hatte Leo Bergler doch wieder mal recht gehabt. Aber vielleicht hatte er ohnehin schon Ergebnisse. Sie würde ihn von zu Hause anrufen. Das brauchte der eifersüchtige Lupo allerdings nicht zu wissen.

»Wär aber wichtig, Lupo. Denn Natascha hat gelogen. Sie ist nicht schon am Mittwoch, sondern erst am Donnerstag in die Abtreibungsklinik gekommen.«

»Na bravo. Wie hast du denn das wieder rausgekriegt?«

»Tja, ich hab auch meine kleinen Geheimnisse! Wir sehen uns morgen.«

Leo Bergler freute sich über Dorlis Anruf. Und noch mehr darüber, was sie ihm über den Abtreibungstermin von Natascha Bergmann berichtete.

Leider wollte er ihr nicht mitteilen, was bei seinen Nachforschungen über die Telefonverbindungen von Natascha und Lukas herausgekommen war. Wobei Dorli die Möglichkeit einräumen musste, dass er noch gar nichts wusste.

Doch er bat sie und Lupo, am nächsten Tag um zehn Uhr ins Stadtpolizeikommando Wiener Neustadt, am Burgplatz 2, zu kommen. Was insofern nicht angenehm war, weil Dorli da Lupo gegenüber zugeben musste, dass sie sich mit Bergler in Verbindung gesetzt hatte.

Ach, pfeif drauf! Sie konnte auf seine Eifersüchteleien keine Rücksicht nehmen. Er war erwachsen, sie auch. Er musste sehen, wie er damit klarkam.

Trotzdem verschob sie das Telefonat lieber auf den Morgen. Dann hatte Lupo nicht so viel Zeit, sich den Kopf zu zerbrechen.

Feigling! Ihre innere Stimme war lästig. Hatte recht. Wurde trotzdem nicht erhört. Denn es läutete an der Tür.

40

Es war Lore, die sich suchend umsah, ob nicht hinter irgendeiner Ecke Georg lauerte. Zumindest interpretierte Dorli das so.

»Ich glaub nicht, dass er sich da rumtreibt, Lore.«

»Wer?«, fragte Lore mit großen Augen.

»Ich dachte, du hältst nach Georg Ausschau.«

»Ach wo. Nein, es war irgendwie komisch. Da drüben ist ein Auto gestanden.« Sie wies auf die gegenüberliegende Straßenseite. »Als ich näher kam, ist der Fahrer verschwunden. Als wollte er nicht erkannt werden. Und wie ich das Gartentürl zu dir aufgemacht hab, ist er weggefahren.«

»Welcher Wagentyp war's denn?«

»Seit wann kenn i die Autos auseinand? Und Peter, der dir alle runterratschen kann, is net mit.«

»Ach, komm rein. War sicher nur ein Zufall.«

Oder konnte es sein, dass Lupo sie beschattete? Das wäre allerdings das Allerletzte. Noch dazu, wo er im Moment nicht einmal einen Führerschein besaß.

»War's vielleicht ein uralter grauer VW?«

»Nein, schon was Neueres. Schnittig, rot.«

Schnittig, rot? Lukas Smekal besaß einen roten Honda. Bescheuerter Gedanke. Woher sollte Lukas wissen, wo sie wohnte? Und was würde es ihm bringen, sie zu beobachten? Dorli verfluchte ihre überbordende Phantasie. Sie machte sich nur selbst fertig. Da war einfach ein Auto gestanden. Und zufällig gerade weggefahren, als Lore ankam. Punkt!

»Was treibt denn di zu mir? Noch dazu ohne Kinder!«

»I wollt mit dir allein reden.«

»Dann setz di da her. Magst was trinken?«

»Nein. Hör mir nur afoch zua, und sag mir dann, was du davon haltst.«

»Gut. Schieß los!«

»Es geht um zwei Dinge. Erst ums Private, dann ums Berufliche.«

»Ich lausche.«

»Der Georg hat mich die ganze Wochen lang buseriert, i soll mi net scheiden lassen. Er hat versprochen, dass er a Therapie macht und an seinem Jähzorn arbeitet, dass er si wieder an Job suacht und dass er die Schulden zurückzahlen wird.«

Dorli nickte. *Hoffentlich meint er eine richtige Therapie und nicht wieder so ein Mäderl, das sich seine sogenannte Leidensgeschichte anhört und ihn dann noch bedauert.*

»Wo wohnt er denn jetzt eigentlich? I hab nix mehr von ihm g'hört seit seinem Auftritt bei mir«, fragte Dorli.

»In Berndorf, billig zur Untermiete. In einer alten Klitsche, die seit Jahren leer steht, weil sich weder ein Mieter noch ein Käufer gefunden hat. Das hat ihm ein Freund vermittelt.«

»Gut. Und weiter?«

»I werd mich trotzdem scheiden lassen. Das habe i dem Georg auch gesagt. Und das Haus gehört jetzt mir. I hab ihm vorg'schlagen, wenn er das alles macht, was er versprochen hat, und das Geld auf a Konto einzahlt, dann können wir in an halben Jahr drüber reden, wie es mit uns weitergehen könnt.«

»Das find i sehr vernünftig. Denn einfach glauben tät i ihm gar nix. Er hat scho so oft was versprochen und nie was g'halten.«

Zum ersten Mal, seit sie gekommen war, lächelte Lore.

»Das freut mi. Das Zweite ist, i könnt a fixe Anstellung in einem Seniorenheim bekommen. Zwanzig Wochenstunden. Das wäre a gewisse Sicherheit, wenn i mal krank werden sollte. Und es gibt Urlaubsgeld und Weihnachtsgeld. Bisher hatten wir ja das fixe Gehalt vom Georg. Aber das fallt jetzt weg, und i waß im Moment net, ob er so bald wieder was verdienen wird, damit er Unterhalt für die Kinder zahlen kann. Natürlich müsst i dann die selbstständige Tätigkeit a bisserl zurückfahren. Sonst bleibt ka Zeit mehr für Lilly und Peter. Aber es wär schon einfacher. Allein wegen der Krankenversicherung. Wenn jetzt aner von uns krank is, muass i beim Arzt an Selbstbehalt zahlen. In Zukunft geht das alles auf Krankenkasse.«

»Das hört si doch super an! Was willst denn da von mir no hören?«

»Ob du di gelegentlich um die zwei Rangen kümmern könntest, wenn einmal Not an der Frau ist.«

»Geh bitte, Lore, das ist doch selbstverständlich! Ich bin die Tante von Lilly und Peter. Und des bleib i a, selbst wenn der Schurl und du nie wieder z'sammkumman solltet.«

»Gott, da fallt ma a Stan vom Herzen. Und wie findst du meine Pläne überhaupt?«

»Grandios. Wann werdet ihr wieder ins Haus können?«

»Ungefähr in an Monat, längsten ins zwa. Bis halt der ganze Papierkrieg erledigt ist.«

»Also Weihnachten feiert ihr auf jeden Fall wieder in den eigenen vier Wänden.«

Lore nickte. »Schön, gell? Weißt eigentlich schon das Neuste?«

»Keine Ahnung. Worüber?«

»Der Meixner hat si aufg'hängt.«

»Nein!«

»Doch. Und in seinem Testament, des er schon vor zig Jahr g'macht hat, hat er alles der Grete vererbt. Und des is a Menge. Der Hof, die Pferd, a riesiges Stück Land und a Haufen Bargeld. Von den Autos gar net zu reden.«

»Na nicht schlecht, Herr Specht. Und was meint die Gretel dazu?«

»Erst wollt sie des gar net annehmen. Wir haben an ganzen Abend drüber g'redet. Und jetzt hab i sie überzeugen können, glaub i. Sie ist ja no net so alt. Sie wird's probieren. Die Leut vom Hof sind alle auf Zack. Sie muss halt einiges schnell lernen. Aber andererseits hat sie dann ka Zeit, dass sie drüber nachdenkt, wieso ausgerechnet der Hias so früh hat sterben müssen. Und sie hat wieder a Aufgab.«

»Schau an. Da kann ma nur sagen, alte Liebe rostet nicht. Das hätt i vom Meixner net erwartet.«

»Niemand. Am wenigsten die Gretel selbst. Und weißt, was des Beste is?«

»No?«

»Du kennst do den Jovan, den Vorarbeiter. Der dir g'holfen hat.«

»Na sicher. Was is mit eam?«

»Die Gretel will ihm a Teilhaberschaft anbieten. Weil er ja alles waß, was sie erst lernen muass.«

»Super! Wenn si des ana ehrlich verdient hat, dann der Jovan. Dass des dem Meixner nie eing'falln is!«

»Geh, der war immer scho a bissel komisch.«

»Lauter guade Nachrichten, Lore. Willst jetzt a Glaserl mit mir trinken?«

»Doch. Hast an Roten?«

Und als sie am Wein nippten und dazu Chips aus einer Schale naschten, kam dann doch noch die Lore durch, die sich immer um Dorlis Ehelosigkeit sorgte.

»Was is mit deine Verehrer?«

»Sag amal, Lore. Jetzt lasst du di grad scheiden, und dei größte Sorg is, mi zu verkuppeln?«

»I hab's ja wenigstens probiert. Wenn du so weit bist wie i, dann lass i di in Ruah.«

»Versprochen?«

»Oho, gibt's Pläne?«

Himmel, die Frau konnte nerven, wenn es um ihr Liebesleben ging.

»Na. Des war a rhetorische Frag.«

»Pfeif drauf. Was macht die Praxis?«

Als ob Dorli selbst das wüsste!

41

Am nächsten Morgen, als Dorli ziemlich verschlafen ins Badezimmer wankte, läutete das Telefon. Und als sie sich meldete, war ihre Schwägerin dran.

»Hast was bei mir vergessen?«, brummte Dorli.

»Na. Aber i hab vergessen, dir was zum sagen.«

»Ah ja? Hast no an Maxl auf Lager, mit dem du mi verkuppeln willst?«

»Na, ernst jetzt. Ihr seid's do an dem toten Segler aus Katzelsdorf dran, oder?«

»Ja.«

»I hab da bei ana Kundin was g'hört.«

»Und was bitte?«

»Angeblich hat ihn die Klane hamdraht, die er g'schwängert hat. Oder ihr Sippschaft.«

»Und wer sagt des?«

»Hinter vorg'haltener Hand wahrscheinlich jeder in der Umgebung. Aber waßt eh, wia des is in so an klan Dörfl. Da geht nix raus.«

»Und wieso hat des dir dann wer erzählt?«

»Weil i der alten Frau Sommer die Fiass mach, die früher in Langebichl g'wohnt hat. Jetzt lebt's bei ihrer Tochter in Katzelsdorf, und i komm alle vier Wochen zu ihr. Vorgestern war i wieder durt, und da hat's ma's erzählt.«

»Hm, danke für den Tipp, Lore.«

Dorli legte nachdenklich das Handy zurück und ging zum Badezimmerspiegel. Himmel, sie sah zum Fürchten aus. Die Haare standen ihr zu Berge, im Gesicht hatte sie Schlaffalten vom Polster, und weil das wohl noch nicht reichte, wuchs auf ihrer Nase ein riesiger gelber Pickel. Sie streckte ihrem Spiegelbild die Zunge heraus und griff sich die Zahnbürste.

Was sollte sie nur mit Lores Hinweis anfangen? Konnte man die Aussage der alten Frau Sommer ernst nehmen? Vermutlich nicht allzu sehr. Sie war laut Lore irgendwo um die fünfundachtzig Jahre alt und immer schon ziemlich schusselig gewesen. Sie verwechselte regelmäßig die Namen ihrer Kinder und Enkel, und wenn sie die Nadja meinte, dann begann der Satz garantiert mit »Rosi, Annie, Hilde, äh … Nadja …«. Und in einem Dorf wurde immer getratscht. Das war in Buchau genauso. Aber es war bei Gott nicht einmal die Hälfte davon wahr.

Außerdem fiel Dorli kein Grund ein, warum Natascha den Vater ihres Kindes und den Mann, den sie heiraten wollte, umbringen hätte sollen. Andererseits hatte sie auch gelogen, was ihre Ankunft in der Abtreibungsklinik betraf. Was nicht hieß, dass sie Smekal umgebracht hatte. Da konnte wer weiß was passiert sein. Oder sie hatte sich einfach im Datum geirrt. Eher verdächtig war der alte Bergmann. Wenn der Vater ihres Freundes seine Kleine geschwängert hatte, war das vielleicht ein Grund für ihn, vollkommen auszuzucken. Und waren Lupo und sie nicht davon überzeugt, dass Lukas seinen Vater umgebracht hatte?

Was auch immer wirklich geschehen sein mochte, man würde Natascha ihr Leben lang die Schuld an Smekals Tod geben.

Also was tun, ohne sich lächerlich zu machen? Immerhin, mit Lupo könnte sie wohl darüber reden.

Oh Gott, sie musste Lupo anrufen! Der wusste noch gar nichts von dem Termin im Stadtpolizeikommando.

Sie erzählte ihm alles auf der Fahrt vom Bahnhof Wiener Neustadt, wo sie ihn aufgelesen hatte, zum Burgplatz, dem Sitz der Stadtpolizei.

»Und warum sollen wir dort hinkommen?«, fragte Lupo.

»Ich hab keinen blassen Schimmer«, antwortete Dorli wahrheitsgemäß.

Auf dem Polizeirevier wurden sie von einer jungen Beamtin in Empfang genommen, die sie in einen Warteraum brachte.

»Bitte warten Sie hier. Ich hole Sie dann. Wenn Sie einen Kaffee möchten, bedienen Sie sich bitte.«

Sie zeigte auf ein Tablett mit Kaffee in einer Thermoskanne, daneben ein Zuckerstreuer und eine kleine Flasche mit Haltbarmilch.

Allerdings erfuhren sie auch jetzt nicht, warum sie überhaupt hier waren.

»Sehr geheimnisvoll.« Dorli sah sich in dem kleinen Raum um.

Es schien ein Büro zu sein, in dem normalerweise zwei Beamte Dienst taten. Zwei Schreibtische einander gegenüber. Hinter den Tischen jeweils ein halbhoher Kasten an der Wand und davor ein mickriger Ficus benjamini in einem viel zu kleinen Topf. Auf einem der Tische stand ein gerahmtes Foto, auf dem eine dunkelhaarige Frau mit einem kleinen blonden Jungen abgebildet war, auf dem anderen Schreibtisch dagegen ein Fläschchen mit Nagellackentferner. Der Verdacht lag nahe, dass dies der Platz einer Polizistin war.

Es dauerte fast eine halbe Stunde, und Lupo wurde schon unruhig, da kam die Beamtin von vorhin und bat sie mitzukommen. Über einen langen Gang und um mehrere Ecken gelangten sie zu einer Kammer, von der man durch ein Fenster in einen Vernehmungsraum blicken konnte.

Dort saß Lukas Smekal und ihm gegenüber Leo Bergler und eine Beamtin, die sie noch nie zuvor gesehen hatten.

Sie diktierte eben Datum und Uhrzeit der Vernehmung in ein Aufnahmegerät. Dann begann sie mit der Befragung.

»Sie haben gestern ausgesagt, Ihre Mutter hätte sie auf der Party angerufen und sie wären nach Hause gefahren. Das war gelogen. Würden Sie uns sagen, was wirklich geschehen ist?«

»Sie können mich mal! Nur weil die zwa Blindschleichen, die sich Detektive schimpfen, den Mörder meines Vaters net finden, lass ich mir das nicht in die Schuhe schieben.«

»Kein Mensch schiebt Ihnen irgendwas irgendwohin«, meldete sich Leo Bergler jetzt zu Wort. »Aber Sie benutzten Ihr Handy. Die Handydaten liegen auf. Wir wissen, wer Sie angerufen hat, wann und von wo.«

Lukas sank in sich zusammen, als wäre er ein angestochener Ballon. Seine ganze Großkotzigkeit wich mit einem Schlag und machte tiefer Niedergeschlagenheit Platz.

»Ach ja? Und was schließen Sie daraus?«

»Dass Ihre Freundin Natascha Bergmann Sie vom Boot Ihres Vaters angerufen hat. Und was immer Sie Ihnen erzählt hat, es hat gereicht, dass sie auf der Stelle zu ihr gefahren sind.«

»Ach ja, natürlich. Und dafür haben Sie mindestens siebzehn Zeugen.«

Lukas Smekal hatte sich erstaunlich schnell gefangen.

»Bevor Sie mit dem Unsinn fortfahren, will ich meinen Anwalt sprechen.«

»Ach, Sie haben schon einen Anwalt?«, fragte die Polizistin mit einem spöttischen Unterton in der Stimme.

Weder Lukas noch Leo Bergler schenkten ihr Aufmerksamkeit. Denn Leo Bergler fuhr fort mit der Befragung.

»Wollen Sie uns erzählen, wie es weiterging? Oder soll ich Ihnen erzählen, was dann passiert ist?«

»Tun Sie sich keinen Zwang an. Lassen S' Ihrer Phantasie freien Lauf«, spottete Lukas.

»Wie Sie möchten. Sie wissen vielleicht, dass Handys sich bei dem nächsten Sendemast anmelden, wenn sie in seine Reichweite kommen. Damit kann man Handys relativ gut orten.«

»Ich habe nicht telefoniert«, warf Lukas spöttisch ein.

»Nein, aber Natascha. Und da Ihr Handy nicht ausgeschaltet war, wissen wir, dass Sie sich genau dort aufhielten, wo sie auch war – in Rust.«

Lukas knickte ein. Er lehnte sich zurück, dachte nach. Dann wischte er sich über die Augen, strich mit einer müden Bewegung sein Haar aus der Stirn und begann zu erzählen.

42

Natascha hat mich angerufen und gesagt: »Es ist was passiert. Kannst mir helfen?«

Und als ich fragte, wo sie ist, sagte sie: »In der Hütte am See.«

Also bin ich hingefahren. Ich hatte ja keine Ahnung, was mich erwartet.

Ich kam in die Marina, und alles war finster. Erst dachte ich, sie hat sich einen schlechten Scherz ausgedacht. Doch dann, als ich auf der Plattform über ein Seil stolperte, hörte ich Nataschas Stimme. Sie war wirklich in der Hütte.

Sie erzählte mir, dass mein Vater der Vater ihres Kindes war. Dass er versprochen hatte, sie zu heiraten. Dass er gekniffen hatte, als er mit ihrem Vater sprechen sollte. Und dass er ihr heute Abend eröffnet habe, sie müsse zusehen, wo sie bleibe, denn er könnte sich nicht scheiden lassen und sie daher auch nicht heiraten.

Ich war wie vor den Kopf geschlagen. Der alte Hurenbock!

Sie war ausgerastet. Sie hatte ihn angesprungen, er hatte nur gelacht. Sie hatte mit den Fäusten auf ihn eingeschlagen, da hielt er sie mit beiden Händen auf Distanz. Er meinte, sie könne das Balg ja abtreiben. Und wer weiß, ob es überhaupt von ihm war. Warum sie nicht verhütet hätte. Er stieß Natascha von sich. Sie fiel, suchte Halt und fand ihn an der Reling. Dann berührte ihre Hand etwas, an dem sie sich aufrichten wollte. Das Ding löste sich aus seiner Verankerung, und Natascha stürzte auf ihren Hintern. Mein Vater hat angeblich gelacht wie blöd. Da hat sie sich das Ding gegriffen, das ihr in die Hände gefallen war, und ihn damit geschlagen. Es war der Bootshaken. An sich ein völlig harmloses Ding. Mein Vater hat sich nicht einmal gewehrt, er hat sich sogar weiter über sie lustig gemacht und ihr gesagt, sie soll ihn weglegen, bevor sie sich noch wehtut.

Und dann hat Natascha danebengehauen und das Boot getroffen. Dabei ist ein Teil des Metallstückes vom Bootshaken abgebrochen. Und mit dem Rest, der scharf war wie eine Lanze, hat sie meinen Alten in den Bauch getroffen.

»Und wo ist er jetzt?«, habe ich sie gefragt.

»Dort, wo er hingehört, bei den Fischen«, hat Nascha geantwortet.

Ich war sauer, so richtig. Nicht nur, dass sie mich betrogen hat, sie hat das auch noch mit meinem Alten getan. Ich hätte nie vermutet, dass sie ihn hätte abstechen können. Sie ist kräftig, aber mein Vater war ein gesunder Mann, durchtrainiert von der schweren Arbeit und vom Segeln. Trotzdem habe ich ihr geglaubt. Mit meinem Alten hatte ich kein Mitleid. Er war immer schon ein Schwein, was Frauen betraf. Er hat nur bekommen, was er verdient hat.

»Und warum sagst du mir das jetzt?«, habe ich Nascha noch gefragt.

»Ich wollte reinen Tisch machen. Es tut mir leid, was ich dir angetan hab.«

Dann gingen wir. Ich hatte keinen Grund, ihr nicht zu glauben. Ich fuhr wieder zur Party, und Nascha wurde abgeholt. Das war das letzte Mal, dass ich sie gesehen oder von ihr gehört habe.

43

Leo Bergler hatte ebenso wie die Polizistin aufmerksam zugehört.

»Und auf die Idee, dass Sie nach dem Boot schauen, sind Sie nicht gekommen?«

»Warum hätte ich sollen? Dass mich noch jemand sieht und dann glaubt, ich war's?«

»Hatten Sie nie den Verdacht, dass Ihre liebe Freundin Natascha Sie ganz gehörig getäuscht haben könnte?«

»Wie meinen Sie das?«, fragte Lukas mit müder Stimme.

»Fangen wir einmal damit an, dass Natascha erst ihren Vater angerufen hat, bevor sie Sie kontaktierte. Das Gespräch dauerte nur eine Minute. Er rief sie ein paar Minuten später zurück, nachdem er vorher mit seinem Vater, dem ehemaligen Mafiaboss, gesprochen hatte. Und danach meldete sich Natascha bei Ihnen. Vermutlich auf Anweisung ihres Vaters. Wir nehmen an, dass Sie ganz bewusst in die Gegend gelockt wurden, damit man Ihnen den Mord in die Schuhe schieben konnte.«

Lukas schien ein weiteres Mal zu verfallen.

»Diese gottverdammte Sau«, brüllte er dann, sprang auf und ließ sich im nächsten Moment kraftlos auf seinen Stuhl zurücksinken.

»Sie hat Sie gelinkt, oder?« In Leo Berglers Stimme schwang Mitleid mit. »Denn Natascha hat Ihren Vater nur verletzt. Umgebracht haben Sie ihn. Weil Sie ihm nicht geholfen haben, nicht den Arzt gerufen haben, ihn in den See geschmissen haben.«

Lukas schüttelte wie betäubt den Kopf. »Nein, nein, ich hab ihn doch gar nicht gesehen.«

»Das glaub ich Ihnen nicht. War es nicht vielmehr so, dass Sie sich nicht in der Hütte, sondern am Boot getroffen haben?«

»Nein! Ich sag Ihnen doch, ich war gar nicht beim Boot.«

»Ich denke, da werden wir eine etwas andere Geschichte zu hören bekommen, wenn Natascha Bergmann ihre Aussage macht. Ich bin ziemlich sicher, das wird sich so oder ähnlich anhören:

Natascha hat Sie angerufen und gesagt: »Es ist was passiert. Kannst mir helfen?«

Und als Sie fragten, wo sie ist, sagte sie: »Auf dem Boot.«

Also sind Sie hingefahren. Sie hatten ja keine Ahnung, was Sie erwartet.

Sie kamen in die Marina, und alles war finster. Erst dachten Sie, sie hat sich einen schlechten Scherz ausgedacht. Dann ließ sie eine Taschenlampe aufblitzen und sagte: »Steig nicht ins Blut!«

Dann sahen Sie es. Die ganze Plicht war rot gesprenkelt. Und mittendrin lag Ihr Vater. Mit einem Loch im Bauch. Er stöhnte, als er Sie sah, und krächzte vielleicht: »Hilf mir!«

Sie zogen sich vermutlich Schuhe, Socken und Hose aus und gingen an Bord. Setzten Segel und sahen zu, dass Sie aus der Marina kamen.

Draußen nahmen Sie einen Kübel und schöpften Wasser ins Boot, damit das Blut fortgespült wurde. Ihr Vater lebte immer noch. Und während der Fahrt erzählte Ihnen Natascha, was passiert war.

Mittlerweile war der starke Wind, der schon geblasen hatte, als Sie in Rust ankamen, zu einem richtigen Sturm geworden. Sie mussten umkehren, wenn Sie nicht auch da draußen sterben wollten. Sie waren nie so ein guter Segler wie Ihr Vater.

Gemeinsam haben Sie Ihren immer noch lebenden Vater über die Reling ins Wasser geworfen. Sie haben das Boot gewendet, und Natascha hat vielleicht eimerweise Wasser ins Boot gegossen und alles gewaschen, was noch blutig hätte sein können. Damit es nicht aussah wie nach einem Sautanz. Sie schmiss sicher auch noch den Bootshaken in den See.

Dann kämpften Sie sich durch den Sturm zur Marina. Das muss schwer gewesen sein, denn der Wind drehte und kam Ihnen vermutlich zeitweise direkt entgegen. Sie mussten aufkreuzen. Scheißschwer in dem Sturm.

Wenn es wie ein Unfall aussehen sollte, dann mussten Sie das Boot draußen lassen. Also hat Natascha die Neoprenanzüge gesucht, die Sie immer an Bord hatten für den Fall, dass Sie draußen surfen wollten. Und außerdem einen großen Nylonsack, in den Sie Ihre Kleider gesteckt haben, damit Sie nachher etwas Trockenes zum Anziehen haben.

In der Einfahrt zum Hafen haben Sie das Boot gewendet und das

Ruder belegt. Dann sind Sie ins Wasser und zu Fuß zur Hütte marschiert. Dort haben Sie sich umgezogen. Natascha hat dann irgendwo angerufen und dafür gesorgt, dass sie abgeholt wird. Sie sind zurück zur Party, wegen des Alibis.

»Sie sind ja verrückt! Ich war nicht einmal in der Nähe des Bootes. Ich könnte nicht einmal sagen, ob es sich in der Marina befand.«

Lukas' Gesicht war während der Schilderung durch Leo Bergler immer stärker eingefallen und noch bleicher geworden.

»Und wie wollen Sie das beweisen?«, fragte Bergler.

Der Junge schüttelte den Kopf. »Gar nicht. Sie müssen mir das Gegenteil beweisen.«

»Nun, ich kann Ihnen sagen, wie es jetzt weitergeht. Sie werden wegen Mordes angeklagt. Sie sind großjährig und werden lange Zeit im Gefängnis schmoren. Ihre Freundin sitzt in der relativ sicheren Schweiz und hat Ihren Vater außerdem nur verletzt. In einem begreiflichen Zustand der Erregung. Zudem ist sie nicht einmal großjährig. Sie wird vernommen werden und möglicherweise eine bedingte Strafe ausfassen. Sie wird Ihnen jede Schuld zuschieben. Vielleicht noch mit Eifersucht begründen. Und dabei wird Aussage gegen Aussage stehen. Und was glauben Sie, wem man da eher glauben wird?«

Dorli verfolgte die Vernehmung mit Interesse und Staunen. Das waren also die Methoden, mit denen die Polizei arbeitete! *Und ich hab ein schlechtes Gewissen, wenn ich Leute befrag und so tu, als wäre ich eine echte Detektivin.*

»Aber ich war's nicht! Ich war nicht einmal in seiner Nähe!«

»Sie waren in der Zeit, als genau das passiert ist, was ich Ihnen jetzt erzählt habe, vor Ort. Ob auf dem Boot oder in der Hütte, wird schwer nachzuweisen sein.«

Lukas Smekal rannen die Tränen über das Gesicht. Sein Körper wurde von krampfhaftem Schluchzen geschüttelt. »Wie kann ich Sie davon überzeugen, dass ich es nicht war?«

»Mich brauchen Sie nicht zu überzeugen«, antwortete Bergler. »Denken Sie lieber darüber nach, wie Sie die Geschworenen überzeugen wollen, dass vielleicht Männer von Nataschas Vater die Geschichte mit dem Boot erledigt haben, während Natascha Ihnen in der Hütte ihre rührselige Geschichte aufgetischt hat.«

»Oh Mann«, ächzte Lupo vor der Scheibe und blickte zu Dorli. »Diese Natascha hat mich mit jedem Wort angelogen, das sie gesagt hat.«

»Schaut so aus. Und du bist darauf reingefallen.«

»Ja, sie war sehr glaubwürdig. Die kann Schauspielerin werden. Ein herausragendes Talent. Ihre Vorstellung war reif für den Oscar.«

»Aber ich habe recht behalten. Erinnerst du dich daran, dass ich gesagt hab, dass der Lukas irgendwie der Gefickte in der Geschichte ist?«

»No na. Dass du solch wenig damenhafte Ausdrücke überhaupt in den Mund nimmst! Aber es ist richtig. Weder Bergmann noch seinem Früchtchen von Tochter wird man beweisen können, dass Bergmann im Hintergrund die Fäden gezogen hat oder sogar seine Männer Erich Smekal beseitigt haben. Telefonieren ist ja noch nicht strafbar. Und mehr kann man denen sicher nicht nachweisen. Lukas ist auf die Schmierenkomödie der Kleinen reingefallen und bleibt übrig.«

»Wenn er nicht so ein Scheißkerl wär, könnt man fast Mitleid mit ihm haben.«

»Na ja, Dorli, auch wenn er nach Strich und Faden manipuliert wurde, hat er doch lautstark verkündet, dass sein Vater nur bekommen hat, was er verdient. Mein Mitgefühl hält sich in Grenzen.«

Lupo blickte nochmals durch die Scheibe in den Vernehmungsraum. Dort wurde Lukas eben abgeführt.

Kurz darauf trat Leo Bergler zu ihnen.

»Gratulation. Ihr beide habt den Mordfall so gut wie aufgeklärt. Hätte der Segelfreund nicht an der Unfallversion gezweifelt und wärt Ihr nicht so hartnäckig am Ball geblieben, wär der Burschi mit dem Mord an seinem Vater durchgekommen.«

»Wenn es so war, wie Sie es jetzt dargestellt haben. Was, wenn er es wirklich nicht war?«, fragte Dorli.

»Schwer zu sagen. Aber wenn von den Bergmanns keiner ein Geständnis ablegt, was wahrscheinlich nicht geschehen wird, dann muss Lukas ziemlich sicher mit einer Verurteilung wegen Mordes an seinem Vater rechnen.«

Leo Bergler reichte erst Dorli und danach Lupo die Hand.

»Wieso wollten Sie uns eigentlich dabeihaben?«, fragte Lupo.

»Falls der Junge sich bockig gestellt hätte, hätte ich vielleicht noch die eine oder andere Aussage von euch beiden brauchen können. Aber das war ohnehin nicht mehr nötig.«

»Dann können wir jetzt gehen?« Dorli blickt von Leo Bergler zu Lupo und wieder zurück.

»Jemand muss die Witwe benachrichtigen. Wollen Sie das übernehmen?«, antwortete Bergler.

»Wie wäre es mit gemeinsam?«, fragte Dorli.

»Meinetwegen«, entgegnete Bergler.

Dorli schauderte. Es würde nicht leicht werden, der gebrochenen Frau mitzuteilen, dass ihr Sohn des Mordes an seinem Vater angeklagt werden würde. Gerne hätte sie sich jetzt ausgeblendet. Doch das ging nicht. Sie war auf eigenen Wunsch von Anfang an bei diesem Fall dabei gewesen. Sie musste ihn gemeinsam mit Lupo zu Ende bringen.

44

Auf dem Weg zu Anja Smekal läutete Dorlis Handy. Lupo ging dran, weil Dorli das Auto lenkte und keine Freisprecheinrichtung besaß. Er meldete sich mit »Schatz?«, sah ratlos drein, murmelte etwas, das sich wie ein Schimpfwort anhörte, und legte auf.

»Wer war's denn?«, fragte Dorli.

»Wieder so ein Scherzkeks, der sagte, er sei nicht mein Schatz.«

»Na wundert's dich?«

Lupo grummelte Unverständliches, als das Telefon erneut klingelte.

»Noch dazu, wenn du mein Handy abhebst!«, schickte Dorli noch hintennach.

Diesmal schien es zu klappen. Das Gespräch dauerte etwas länger.

»Und?«

»Bergler. Er muss zurück. Sie haben ein Problem in der Dienststelle. Wir sollen ihn nachher informieren, wie es gelaufen ist.«

Na prima! Der Einzige, der mit so einer Situation vielleicht professionell umgehen konnte, machte sich aus dem Staub. Dorli, ohnehin schon frustriert, schlug mit der Hand aufs Lenkrad. Ihre Hände waren feucht vor Nervosität.

»Scheißkerl! Auf den Job hätt ich liebend gern verzichtet.«

»Du kannst ja im Auto bleiben, während ich es der Witwe schonend beibringe.«

»Ich kneife sicher nicht!«

Die letzten Kilometer legten sie schweigend zurück. Doch als sie ausstiegen, blieb Dorli stehen.

»Was ist? Hast du es dir anders überlegt?«

»Nein. Aber ruf Beat Eberli an. Anja wird jemanden brauchen, der ihr zur Seite steht.«

»Gute Idee.«

Lupo tätigte den Anruf, und dann gingen sie zum Haus.

Dorli sah ihn von der Seite an. »Hältst du es für möglich, dass uns Beat auf eine falsche Fährte locken wollte? Und vielleicht er der Mörder war, weil er in Anja verliebt ist?«

»In dem verdammten Fall halte ich schon fast alles für möglich. Wäre ja kein Wunder, wenn Anja genug von den jahrelangen Demütigungen durch die außerehelichen Aktivitäten ihres Mannes gehabt hätte. Aber Beat? Ich weiß nicht. Und wie groß ist die Wahrscheinlichkeit, dass uns dann ausgerechnet er engagiert? Dann hätte er es doch sicher dabei belassen, dass es ein Unfall war, wie die Polizei festgestellt hatte. Hätte ein paar Monate der Trauer verstreichen lassen und dann einfach die Witwe geheiratet.«

Das hatte was für sich. Dorli fiel jeder Schritt Richtung Haus der Smekals schwer. Sie kam sich vor, als schiebe sie sich durch eine dicke, klebrige Masse. Endlich erreichten sie die Haustür, und Lupo klingelte.

Anja Smekal sah besser aus als beim letzten Mal. Sogar ein wenig Hausputz dürfte sie betrieben haben, und der Saustall im Wohnzimmer war einer normalen Unordnung gewichen, die in bewohnten Räumen üblicherweise herrscht, wenn man nicht gerade Besuch erwartet.

Auch aus diesem Grund tat es Dorli besonders leid, dass sie Anja Smekal den nächsten Tiefschlag versetzen mussten. Anja vielleicht wieder in ihre tiefe Depression zurückstießen.

Lupo begann damit, die letzten Erkenntnisse zusammenzufassen. Anja hörte zu. Völlig gelassen. Zu ruhig, wie Dorli befand. Doch sie schüttelte ununterbrochen den Kopf.

Als Lupo seinen Bericht beendet hatte, blickte sie ihn direkt an. »Warum wollen Sie mir eigentlich nicht glauben, dass Erichs Tod meine Schuld war?«

»Weil alle Indizien dagegen sprechen. Und weil Ihr Sohn mittlerweile auch teilweise gestanden hat.«

»Lukas will nur mich schützen.«

»Das glauben Sie doch selber nicht!« Dorli wollte eigentlich nur zuhören, doch diese Bemerkung Anjas brachte sie in Rage.

»Ich brauche nichts zu glauben. Ich weiß es.«

Anja zupfte ein Taschentuch aus der Box auf dem Tisch.

»Bevor Natascha Lukas angerufen hat, hat sie mich kontaktiert.

Hat mir erzählt, was geschehen ist. Und wissen Sie, was ich gesagt habe?«

Dorli und Lupo schüttelten beide ungläubig den Kopf.

»Lass den alten Hurenbock verrecken und hau ab. Dann hab ich aufgelegt.«

Nun liefen Anja doch wieder Tränen über die Wangen.

»Aber wir haben kein Telefonat von Nataschas Handy zu Ihnen registriert«, hielt Lupo dagegen.

»War ja auch von Erichs Telefon«, entgegnete Anja.

Hatte das niemand überprüft? Dorli war verunsichert. Was, wenn Anja die Wahrheit sagte?

»Aber warum hat Natascha nachher nicht weiter Erichs Telefon benutzt, sondern Lukas von ihrem Handy angerufen?«, fragte sie.

»Was weiß ich?« Anja wischte sich über die Augen. »Vielleicht war der Akku leer. Erich hat ja immer das Aufladen vergessen. Dafür war ich zuständig. Wie für alles, was nicht direkt seine Weiber betraf.« Ihre Stimme klang brüchig.

Möglich. Oder Natascha wollte, dass man später herausfand, dass sie Lukas angerufen hatte. Um ihm die Tat in die Schuhe zu schieben? Dorli schluckte. Sie mussten zurück in die Polizeidirektion. Dass Anja an dem Drama mitbeteiligt war, war ja eine ganz neue Erkenntnis.

»Wir haben Beat Eberli angerufen, dass er Ihnen jetzt beisteht«, sagte Lupo.

Anja murmelte zwar »Jaja«, reagierte aber nicht wirklich darauf und schien sie nur möglichst schnell loswerden zu wollen.

Dorli und Lupo verabschiedeten sich.

»Hältst du die Geschichte von Anja für wahrscheinlich?«, fragte Dorli auf dem Weg zum Auto.

»Warum nicht? Sie muss von ihrem Alten ja mehr als ang'fressen gewesen sein.«

Als Dorli das Auto aufschloss, sahen sie Beat Eberli daherstürmen. Er blieb stehen und wollte wissen, was los war.

Doch zu einer Antwort kam es nicht mehr, denn im Haus fiel ein Schuss.

»Haben Sie einen Schlüssel?«, fragte Lupo Eberli.

»Nein!« In Eberlis Gesicht stand das Entsetzen.

»Dorli, ruf Polizei und Rettung! Und wir brechen die Tür auf. Oder schlagen ein Fenster ein.«

Sie liefen zum Haus. Die Eingangstür widersetzte sich ihren Tritten. Doch mit Hilfe einer Gartenbank konnten sie ein Fenster im Erdgeschoss einschlagen.

Für Anja kam jedoch jede Hilfe zu spät. Sie hatte sich den halben Kopf weggeschossen.

45

Kurz nachdem Polizei und Notarzt eingetroffen waren, standen Dorli und Lupo mit Eberli vor dem Haus.

Beat Eberli war bleich und hatte Ringe unter den Augen.

»Ich mach mir söttigi Vorwürf! Hätt ich Sie nöd engagiert, denn würdi d'Anja no läbe und de Lukas nöd im G'fängnis sitze. Und de Erich wird vo beidem nöd wieder lebändig.«

»Das konnten Sie doch nicht ahnen«, entgegnete Lupo. »Und Sie hatten ja recht, dass Erich Smekal nicht beim Sturm über Bord gegangen war. Wer wäre denn auf die Idee gekommen, wie sich diese Geschichte entwickelt?«

»Trotzdem. Ich fühl mi so schuldig.«

Das fühlte sich Dorli auch. Hätten sie die Arbeit eingestellt, als Beat den Vertrag aufkündigte, würde Anja noch leben. Aber vielleicht auch nicht. War sie nur deswegen so ruhig gewesen, weil sie geplant hatte, ihrem Leben ein Ende zu setzen? War deswegen das Haus geputzt? Sie wäre der Typ dafür, der das getan hätte, nur damit sich die Leute nicht das Maul zerrissen. Hatte sie das alles nicht mehr wirklich berührt?

»Ich lueg jetzt noch emene guete Anwalt für de Lukas«, rief ihnen Beat Eberli noch zu, als er sich ins Auto setzte.

Den würde der Junge zweifelsohne brauchen.

Dorli zitterte wie Espenlaub, als sie hinter das Lenkrad rutschte.

»Wir müssen nach Wiener Neustadt zur Polizei. Leo Bergler muss zumindest überprüfen, ob es den Anruf überhaupt gab.«

Lupo nickte. Auch er wirkte angegriffen.

Bergler erwartete sie bereits.

»Tut mir leid. Ich bekam einen Funkspruch rein. War dringend. Wie ist es gelaufen?«

Lupo berichtete in dürren Worten.

»Ach du heilige Scheiße!« Bergler blickte verdattert drein. »Glaubt ihr, dass sie die Wahrheit gesagt hat?«

»Ich kann mir nicht vorstellen, dass eine Frau, die vorhat, sich den Schädel wegzupusten, noch lügt.« Dorli schlug mit der Faust auf den Tisch. »Könnt ihr das?«

»Nicht einmal, um ihren Sohn zu retten?«, hielt Leo Bergler dagegen.

Lupo räusperte seine Kehle frei. »Die Wahrheit werden wir vielleicht nie erfahren. Aber Sie könnten wenigstens überprüfen, ob es diesen Anruf von Erichs Handy auf die Festnetznummer der Smekals gegeben hat.«

»Und warum hat Natascha dann nicht mit Smekals Handy weitertelefoniert?«, fragte Bergler.

»Das habe ich Anja auch gefragt.« Dorli wischte sich über die Stirn. Sie hatte das Gefühl, dass ihr ein Dampfhammer von innen gegen das Hirn wummerte. »Sie meinte, vielleicht war der Akku leer. Was eine logische Erklärung wäre.«

»Oder reine Phantasie«, meinte Lupo.

»Den Gedanken hatte ich auch.« Dorli wischte sich über die Augen. »Vielleicht kam der Anruf für Lukas ganz bewusst von ihrem eigenen Handy. Um ihn verdächtig zu machen.«

Bergler schüttelte den Kopf. »Vielleicht war alles auch ganz anders. Und der Anruf von Erichs Handy, so der denn wirklich stattfand, war auch nur Taktik im großen Rachefeldzug der Bergmanns gegen die Smekals. Tolle Schauspieler, herausragende Inszenierung.«

»Geht's noch verwirrender?« Dorli war einfach fertig und wollte nur mehr nach Hause. »Wenn das der Plan der Bergmanns war, dann ist er richtig gut aufgegangen.«

»Allerdings. Ich werde tun, was ich kann, um Licht ins Dunkel zu bringen«, versprach Bergler.

»Vielleicht könnten Sie auch herausfinden, wo Erich Smekal normalerweise seinen Bootshaken auf dem Schiff verwahrte«, schaltete sich Lupo ein. »Bei unseren Freunden ist er so montiert, dass er nicht einfach mit einem Handgriff heruntergerissen werden kann. Man muss schon wissen, wie das geht.«

»Das ist wahr«, assistierte Dorli. »Wenn der so angebracht wäre wie bei Peters Boot, dann könnte man da bei Natascha schon einen Vorsatz zur Tat sehen und nicht nur *begreifliche Erregung.*«

»Wie gesagt, wir werden alles auf Herz und Nieren prüfen. Wir werden auch feststellen, ob sich die Neoprenanzüge in Smekals Boot befinden oder nicht. Wenn sie fehlen, würde das nichts darüber aussagen, wer sie zuletzt getragen hat. Befinden sie sich an Bord, stützt das eher die Version von Lukas. Es ist ja nicht so, dass der Fall jetzt klar auf der Hand liegen würde.«

»Danke.« Lupo stand auf. »Wir fühlen uns irgendwie mitschuldig an Anjas Tod.«

»Und daran, dass Lukas jetzt im Gefängnis sitzt«, ergänzte Dorli.

»Blödsinn«, widersprach Bergler. »Ihr habt doch nur die Fakten ausgegraben.«

»Wenn wir das nicht hätten, würde die Frau noch leben.«

»Wer weiß!« Bergler nickte Lupo zu. »Sie wissen überhaupt nicht, wann sie den Entschluss gefasst hat, ihrem Leben ein Ende zu setzen. Oder was der Auslöser dafür war.«

Dorli reichte es jetzt. Sie sprang auf. »Komm, Lupo, gehen wir. Ich will nur mehr heim. Ich kann einfach nicht mehr.«

»Der Prozess wird spannend werden. Ihr werdet auf jeden Fall als Zeugen aussagen müssen.« Bergler erhob sich ebenfalls.

Lupo nickte. »Ist klar.«

Dorli guckte verschreckt.

»Ist nicht so wild. Ihr müsst nur die Wahrheit sagen.«

Zum Beispiel, dass sie gar keinen Auftrag mehr gehabt hatten? *Oh mein Gott!* Dorli schluckte schwer. Dann nickte sie.

Als Dorli Lupo beim Bahnhof absetzte, fragte sie ihn das, was ihr die ganze Zeit auf der Seele gebrannt hatte.

»Denkst du, wir hätten Anjas Selbstmord verhindern können, wenn wir aufgehört hätten zu ermitteln, als Beat uns den Auftrag entzogen hat?«

»Ehrlich, Dorli, ich weiß es nicht. Aber im Moment wünschte ich, wir hätten's getan. Ich fühl mich beschissen.«

»Geht mir genauso.«

»Versuch zu schlafen. Wenn es nicht klappt, nimm heute eine Schlaftablette. So was kann einen wochenlang bis in die Träume verfolgen.«

Dorli nickte. Dann raffte sie sich noch einmal auf.

»Ich habe noch ein paar Urlaubstage übrig. Morgen will ich einen Ruhetag, ich muss mich erfangen, abschalten. Aber das Wochenende und den Montag habe ich noch frei. Soll ich dich anrufen?«

Zum ersten Mal seit Stunden huschte der Anflug eines Lächelns über Lupos Gesicht.

»Ich bitte darum. Vielleicht könnten wir zur Abwechslung mal was Erbauendes unternehmen.«

46

Samstagmittag saßen Dorli und Lupo in einem Sprudelbecken der Linsberg-Asia-Therme und ließen den Fall Smekal noch einmal Revue passieren. Ob sie Anjas Selbstmord hätten verhindern können? Vielleicht ja, vielleicht nein. Aber sie waren sich darin einig, dass sie den oder die Mörder von Erich Smekal nicht davonkommen lassen wollten. Seien nun Natascha Bergmann und ihr Clan oder nur sie mit oder ohne Lukas' Beteiligung die wahren Mörder gewesen.

»Und jetzt vergessen wir den Fall.« Lupo lächelte Dorli an. »Sonst vertust du den kümmerlichen Rest deines Urlaubs auch noch mit den Smekals und Bergmanns.«

»Du hast recht.« Dorli streckte sich genüsslich im warmen Wasser. Der Ruhetag hatte ihr gutgetan. Sie war stundenlang mit Idefix durch den Wald gelaufen. Hatte Körper und Seele ausgelüftet. Jetzt spürte sie wieder Energie und Lebenslust zurückkehren.

»Wer zuerst am anderen Beckenrand ist?«, rief Lupo.

»Was ist dann?«

»Der bekommt vom Verlierer einen Drink spendiert.«

»Okay!«

»Auf die Plätze, fertig, lo… Du schummelst, Dorli. Na wart nur! Gleich hab ich dich.«

Dorli kicherte. »Nie im Leben! Bei deinem ausgeprägten Gössermuskel kannst di anstrengen, dass i di auf zwei Längen nicht um eine abhänge.«

Fünf Tempi weiter sah Lupo aus dem Augenwinkel, dass ein kleiner Bub Anlauf nahm und Richtung Becken rannte. Er sprang mit einem weiten Satz ins Wasser. Seine Ferse krachte Dorli an die Schläfe, worauf sie lautlos versank. Der Junge schrie und strampelte. Schluckte Wasser, hustete. Lupo fischte ihn aus dem Becken und setzte ihn an den Rand. Der Bademeister kam angerannt, nahm direkten Kurs auf den Kleinen und brüllte irgendwas.

Doch Lupo hatte keine Zeit für ihn. Dorli war immer noch nicht aufgetaucht. Wo war sie?

Lupo schwamm eine Runde unter Wasser, dann entdeckte er Dorli auf dem Grund des Beckens. War sie bewusstlos? Lupo tauchte und zog Dorli nach oben. Dort nahm er sie von hinten um die Taille und hieb ihr mit beiden Händen in den Magen. Gurgelnd gab sie eine Wasserfontäne von sich.

»Bist deppat?«, fuhr sie ihn an, kaum dass sie wieder Luft bekam. »Was machst denn?«

Sie weilte also wieder unter den Lebenden.

»Nix Besonderes. Nur dein Leben retten.«

»Na klar!« Dorli strampelte sich frei.

»Du wolltest mich beim Wettschwimmen besiegen. Dabei bist abg'soffen.« Lupo grinste diabolisch und verschwieg wohlweislich, dass daran ein kleiner Junge maßgeblich beteiligt gewesen war.

»Des glaub i net.«

»Dann frag die Leut da.«

Lupo deutete nach oben. Am Beckenrand hatte sich mindestens dreißig andere Badegäste versammelt und schrien durcheinander.

»Wie geht's Ihnen?«

»Eh wieder alles in Ordnung?«

»Brauchen S' Hilfe?«

War sie wirklich abgesoffen? Dorli fühlte sich mau, und ihr Schädel schmerzte schon wieder.

In dem Moment kam der Bademeister zu der Stelle, wo Lupo mit Dorli aufgetaucht war, mit einem etwa zehnjährigen Buben und einer jammernden Frau im Schlepptau, vermutlich der Mutter.

»Und jetzt entschuldigst dich bei der Dame«, raunzte der Bademeister den Knaben an.

»Sonst setzt's was!«, legte die Mutter nach.

Der nuschelte mit gesenktem Kopf ein paar unverständliche Worte in Richtung Dorli.

Der Bademeister fuhr ihn an: »Und wenn i di no amoi vom Beckenrand springen siech, dann fliagst ausse!«

Dorli drehte sich zu Lupo.
»Soso, abg'soffen bin i also.«
Er grinste hinterhältig. »Mit a bisserl Nachhilfe halt.«
Dorli sprang ihn an, tauchte seinen Kopf unter Wasser und hielt ihn dort fest. Spuckend kam er wieder nach oben.
»Aber i hab di do …« Schon war er wieder untergetaucht.
»… rauszogen!«, ergänzte er, als er erneut auftauchte und verzweifelt nach Luft schnappte.
»Das wollte ich dir auch geraten haben. Was würdest denn ohne mi machen?«

Das war eine gute Frage. Lupo hatte sie sich auch schon gestellt. Mehrfach. Und war zu der Überzeugung gekommen, dass er ohne Dorli gar nichts mehr tun wollte. Die Frage war nur: Wie konnte er sie davon überzeugen, dass er sie den Rest seines Lebens an seiner Seite haben wollte? Oder, noch wichtiger, sie zur Erkenntnis bringen, dass sie das auch mit ihm wollte?
»Na was schaust denn jetzt so betropetzt?«, fragte Dorli ungeduldig. »Hab i was Falsches g'sagt?«
Lupo zog sie aus dem Becken und reichte ihr ein Handtuch. Rubbelte ihr mit einem zweiten zärtlich über den Kopf.
»Oh nein. I wüsste wirklich nicht, was i ohne dich anfangen tät. Und jetzt komm, i spendier dir einen Drink. Und vielleicht ein Aspirin, damit dein Kopf wieder klar wird.«
Wobei, eine Dorli, die nicht ganz so klar denken konnte, war eigentlich auch ganz angenehm. Es war nur vermutlich seiner Gesundheit wesentlich zuträglicher, wenn er das für sich behielt.

47

In der Zelle war es fast dunkel. Lukas Smekal lauschte, ob sich irgendetwas rührte. Außer einem leisen Stöhnen aus der Zelle nebenan war nichts zu hören. Er stand auf, ging zu seinen Kleidern, die über dem einzigen Stuhl hingen, und nestelte daran herum. Nach einiger Zeit war es ihm gelungen, Hemd und Hose miteinander zu verknoten. Dann drehte er sie zusammen wie einen Strick, schob den Sessel unter das Fenstergitter und schlang das provisorische Tau um das Gitterkreuz. Er legte sich die Schlinge, die er gebildet hatte, um den Hals, stieß den Stuhl mit den Füßen weg und baumelte zuckend in dem Kleiderseil. Nach einer Weile wurden die Bewegungen langsamer und hörten dann ganz auf. Auf dem Tisch lag ein weißer Zettel, auf dem in Großbuchstaben stand: »ICH WAR'S NICHT«.

Dorli erwachte mit einem Schrei. Sie war klitschnass geschwitzt, und ihr Puls raste. Was hatte sie geträumt?

Es war dunkel im Schlafzimmer. Sie knipste die Nachttischlampe an. Heute war Dienstag, und sie musste wieder ins Amtshaus. Ein Blick auf den Wecker zeigte ihr, dass es halb acht war. Mist! Um acht sollte sie ihren Dienst antreten.

Dann fiel ihr ein, was sie geträumt hatte, bevor sie aufgeschreckt war. Oh Gott! Was, wenn Lukas wirklich unschuldig war?

Sie musste Lore anrufen. Wie hieß noch gleich die alte Dame, die ihr erzählt hatte, dass ganz Katzelsdorf und Umgebung wusste, dass die kleine Bergmann Erich Smekal umgebracht hatte? Sie musste mit ihr sprechen. Dringend.

Zum Glück hob Lore ab. Um diese Zeit brachte sie die Kinder zur Schule, und im Auto ging auch sie nicht ans Telefon.

»Ich brauch dich. Und die Frau, die dir das über die Bergmanns erzählt hat.«

»Die alte Frau Sommer. Was willst denn von ihr?«

»Kann ich noch nicht sagen. Auf jeden Fall mit ihr reden. Kannst du das arrangieren?«

»Wann?«

»Am besten sofort.«

»Muss ja dringend sein. I ruaf di an, sobald i sie erreicht hab.«

In der Zwischenzeit war Dorli in die Küche getrabt, hatte Idefix gefüttert und Kaffee aufgestellt. Dann flitzte sie blitzschnell in die Dusche und riss sich das verschwitzte Nachthemd vom Leib. Lauwarm geduscht, Haare geföhnt und den Bürgermeister angerufen.

»Tut mir leid, aber ich komme erst morgen.«

Sein »Wie stellen Sie sich das eigentlich vor, Frau Witzling?« hatte sie nicht beantwortet, sondern gleich wieder aufgelegt.

»Witzling« war seine neueste Verballhornung für ihren Namen. Dafür allein gebührte ihm ein weiterer Tag allein mit der Schöne!

Dorli biss eben in ihr Butterbrot, als sich Lore wieder meldete.

»Wenn du willst, kannst du gleich zur Frau Sommer fahren.«

Dorli schluckte den halb gekauten Bissen hinunter und unterdrückte mühsam den Würgereiz, als ihr der Brocken im Hals stecken zu bleiben drohte.

»Gut. Danke.«

Sie ließ sich von Lore die Adresse geben, trank noch einen Schluck Kaffee und raste los.

Frau Sommer wohnte bei ihrer Tochter. Ein altes Haus, aber wunderbar renoviert. Die alte Dame hatte eine eigene kleine Wohnung im Erdgeschoss, bestehend aus einer Wohnküche, einem kleinen Schlafraum und einem Bad. Es roch nach Kaffee und frisch gebügelter Wäsche.

»Griass di, Dorli«, begrüßte Frau Sommer sie. Und als Dorli sie sah, wusste sie, dass sie sich kannten. Frau Sommer war zu ihrer Zeit Deutschprofessorin am Gymnasium gewesen. Nicht in ihrer Klasse, aber sie hatten einander öfter mal auf dem Schulgelände gesehen. Allerdings hatte sie damals anders geheißen. Wie, daran konnte Dorli sich nicht erinnern. Aber sicher nicht Sommer. Sie musste später noch einmal geheiratet haben.

»Frau Sommer, Sie haben meiner Schwägerin Lore erzählt, dass hier jeder weiß, dass die Bergmanns den Erich Smekal auf dem Gewissen hätten. Wie kommen Sie zu dieser Annahme?«

»Langsam, Kinderl. Ich bin eine alte Frau, ich kann nimmer so schnell denken wie ihr.«

»Frau Professor Sommer, wenn ich in Ihrem Alter annähernd noch so gut beisammen bin, dann kann i dem Herrgott nur danken.«

Frau Sommer lächelte.

»Schmeichlerin. Aber bevor ich mich mit Nachdenken plag, möchte ich wissen, warum ich dir das erzählen sollte.«

Ein begreiflicher Wunsch.

»Ein befreundeter Detektiv und ich haben in diesem Fall mit der Polizei zusammengearbeitet. Letztendlich wies alles auf Lukas Smekal als den Mörder seines Vaters hin. Er sitzt jetzt in Untersuchungshaft.« Dorli überlegte, was sie ihr noch sagen sollte.

»Und weiter?«

»Ich glaube nicht, dass er's war. Es könnte auch sein, dass die Bergmanns ihn gelinkt haben. Dass sie nur alles so arrangiert haben, dass es zwangsläufig auf Lukas weist. Aber ich habe null Beweise dafür.«

»Na gut, Kindchen. Schauen wir, was wir miteinander zusammenkriegen. Wann ist der Smekal gestorben?«

»Am 18. September, kurz vor Mitternacht.«

»Interessant. Am neunzehnten sind die Bergmanns auf Urlaub gefahren.«

»Und die Tochter wurde erst in der Abtreibungsklinik deponiert und danach in einem Schweizer Internat.«

»Weiß du, wo die auf Urlaub waren?«

»Nein, wie sollte ich?«

»Na, wenn du schon Detektiv spielst, dann richtig.«

Dorli nickte ein wenig beschämt.

»Die haben eine Jacht in Porto San Rocco liegen.«

»Die haben ein Boot? Vielleicht sogar ein Segelboot? Und wo ist dieser Hafen?« Aufgeregt schoss Dorli ihre Fragen an Frau Sommer ab.

»Nicht so schnell. Eines nach dem andern. Also, ich glaube gehört zu haben, dass es sich um eine Segeljacht handelt, und der Hafen liegt in Triest. Scheint eine mondäne Anlage für reiche

Säcke zu sein. Es ist also nicht sehr weit. Ein Mann bleibt das ganze Jahr auf dem Boot, und der Kapitän und der Steuermann gehören zu den Bergmann'schen Angestellten. Vom alten Bergmann.«

»Der alte Bergmann ist der mit der Schönheitsklinik?«

»Nein, der Gangster. Der Vater von dem mit der Klinik.«

»Okay. Das heißt, der Bergmann hatte jemand zur Hand, der Smekal erledigen und ihn auf dem Neusiedler See entsorgen konnte, und dann ist die Familie auf Urlaub ans Meer gefahren. Sie hätten ein Motiv, die Gelegenheit und die Mittel gehabt. Und mit Nataschas Hilfe konnten sie noch Lukas die Schuld zuschanzen. Brillant. Die Frage ist, wie kann ich es beweisen?«

»Das wird schwierig.«

»Ich weiß, aber ich muss es versuchen.«

Sobald Dorli wieder im Auto saß, rief sie Leo Bergler an. Sie sprudelte ihre Geschichte nur so ins Handy.

»Sie müssen mir helfen!«, schloss sie ihre Ausführungen.

»Jetzt einmal langsam mit den jungen Pferden. Nur weil so eine Alte da was daherfaselt, das Sie beim ersten Mal auch nicht ernst genommen haben, kann ich doch nicht eine ganze Armada ausschicken, damit die eine Marina in Triest überprüft. Dazu brauch ich Fakten! Das sollten Sie schön langsam wissen.«

»Wir haben einen Obduktionsbericht, aus dem eindeutig hervorgeht, dass es Mord war.«

»Und wir haben den Mörder, nur so ganz nebenbei. Und wieso ist der Obduktionsbericht nicht auf meinem Tisch gelandet?« Berglers Stimme hatte einen harten Klang angenommen.

Dorli schwieg. Was hätte sie auch sagen sollen? Doch sie brauchte Berglers Hilfe.

»Sie wollen mir also nicht helfen?«

»Ich kann nicht. Wieso kommen Sie jetzt mit einem neuen Verdächtigen daher? Lukas sitzt in Untersuchungshaft. Und es ist gibt ausreichend Indizien, dass er seinen Vater erledigt hat. Was soll ich mit einem neuen Verdächtigen, gegen den es nicht ein Indiz, geschweige denn einen Beweis gibt?«

»Aber Lukas war's nicht!«

»Mein Gott, Dorli. Nur weil er leugnet? Das ist sein gutes Recht, so lange zu lügen, bis wir ihm das Gegenteil beweisen.«

»Nein. Ich glaube nicht, dass er lügt. Ich glaube, er wurde benutzt.«

»Schön. Dann liefern Sie mir Beweise. Auf Ihr Bauchgefühl hin kann ich die Kavallerie nicht losschicken.«

»Herrgott, wofür ist die Polizei denn eigentlich da?«

»Jetzt seien Sie doch nicht so naiv, Dorli. Ich kann nicht einfach auf Zuruf von Frau Wiltzing eine Privatarmee aufstellen. Ich hätte auch gar keine Leute dafür.«

»Na gut, dann muss ich das allein durchziehen. Ich fang im Schloss der Bergmanns an.«

Wütend knallte Dorli das Handy in den Becherhalter. Da hatte sie dem Kerl einen hoffnungslosen Fall auf dem Silbertablett serviert, wofür er sicher auch Lob einheimste, weil sich ein angeblicher Unfall in Wirklichkeit als Mord herausstellte, und dann wollte er ihr nicht helfen, die wahren Mörder zu finden. Erbärmlicher Sauhaufen! Kein Wunder, dass die Leute immer weniger Vertrauen in die Polizei hatten.

Kurz durchzuckte der Gedanke ihr Hirn, dass es vernünftig wäre, wenigstens Lupo einzubinden. Doch der saß in Wien und hatte im Moment nicht mal einen Führerschein. Sogar für den Besuch in der Therme hatte sie ihn vom Bahnhof in Wiener Neustadt abholen müssen. Bis der hier eintreffen würde, vergingen Stunden. Aber sie war im Nachbarort. Nein, sie wollte Bergmanns Reaktion sehen. Und zwar gleich.

Lupo würde sie eine SMS schicken. Nur für alle Fälle. Dann wusste er, wo sie war, falls was passierte. Aber er würde nicht versuchen, sie von ihrem Plan abzubringen. Denn sie wusste aus Erfahrung, dass er die Nachricht nicht gleich ansehen würde. Er dachte, er bekäme ohnehin nur immer unerwünschte Reklame.

48

Oberleutnant Leo Bergler schüttelte den Kopf. *Dieses verrückte Huhn! Hat einfach aufgelegt.* Die war imstande, dort allein hinzufahren. Und was, wenn es ihr dann wie im Sommer beim Pechermord erging, wo sie der Mörder fast auch noch liquidiert hätte? War sie überhaupt allein? Oder war der Wiener Lahmarsch bei ihr?

Wütend suchte er sich die Nummer des Wolfgang Schatz aus dem Netz. Wie kam er eigentlich dazu, für dieses unmögliche Wesen dauernd Feuerwehr und Rettung in Personalunion zu spielen?

Er wählte.

Natürlich meldete sich der Heini wieder mit »Schatz?«.

»Hat Ihnen schon mal wer gesagt, dass Sie sich wie ein normaler Mitteleuropäer melden sollten?«

»Und wer will das wissen?«, grantelte Lupo ihn an.

»Oberleutnant Leo Bergler. Sind Sie mit Ihrer Partnerin unterwegs?«

»N… nein. Wieso fragen Sie?«

»Weil sie womöglich gerade wieder dabei ist, ihr Leben aufs Spiel zu setzen.«

»Nicht schon wieder!« Er hörte den Typen stöhnen. »Was hat sie denn jetzt ausgegraben?«

»Eine komische Alte, die ihr einen Floh ins Ohr gesetzt hat, dass die Bergmanns eine Segeljacht besitzen, die in Triest liegt, und es seltsam ist, dass sie einen Tag, nachdem Erich Smekal ermordet wurde, einen Segeltörn im Mittelmeer angetreten haben.«

»Ach nein. Und was wollte Dorli von Ihnen?«

»Dass wir mit Blaulicht und Hundertschaft ausrücken, um den Bergmann zu verhaften. Ich tät ja nichts lieber als das. Aber die Vermutung einer Alten, die vielleicht unter Alzheimer leidet, ist mir dafür zu wenig.«

»Das haben S' der Dorli gesagt?«

»Natürlich. Dazu bräuchte ich wenigstens *einen* Beweis.«

»Und jetzt ist sie allein losgezogen. Hat sie Ihnen gesagt, wohin?«

»Ja. Sie wollte zu den Bergmanns in Eichbüchl. Den einen Beweis ausgraben.«

»Mist!«

»Halten Sie sie auf. Ich will nicht, dass wir sie wieder suchen müssen.«

»Das hätten Sie sich auch früher überlegen können. Wie soll ich das denn tun? Ich brauch doch mindestens eine Dreiviertelstunde, bis ich dort bin.«

»Versuchen Sie es schneller.«

Lupo versuchte, Dorli auf ihrem Handy zu erreichen. Doch er kam nur auf die Mailbox. Bei der Gelegenheit entdeckte er ihre SMS. Sie war wirklich allein in die Höhle des Löwen gegangen. Verdammt!

Der Kieberer hatte leicht reden.

Lupo wischte sich mit dem Handrücken den Schweiß von der Stirn. Er war erst vor zehn Minuten von zu Hause losgelaufen. Er hatte sein Lauftraining ohnehin schon wieder schleifen lassen. Weit war er noch nicht gekommen. Aber selbst wenn er sofort heimrannte, brauchte er wieder zehn Minuten zurück. Und dann eine gute halbe Stunde oder länger nach Eichbüchl, je nach Verkehrslage. Und dass er im Moment nicht einmal einen Führerschein besaß, daran durfte er gar nicht denken.

Dabei hätte Dorli heute eigentlich ihren ersten Tag im Büro sitzen sollen.

Die Frau brachte ihn um das letzte bisschen Verstand.

Lupo rannte nicht, er flog nach Hause. Sparte sich die Dusche, riss sich nur das verschwitzte Leiberl vom Leib und zog ein anderes über, sprang ins Auto und raste unter Nichtbeachtung aller möglichen Ampelfarben auf die Autobahn. Dort trat er seinem alten Polo das Gaspedal gnadenlos ins Bodenblech. Das Auto zitterte und bockte, aber mehr als hundertdreißig, bergab und mit Rückenwind, holte er aus der alten Karre nicht raus.

In Eichbüchl parkte er direkt vor der Einfahrt.

Er klingelte.
»Wer ist da?«
»Schatz.«
»Wie bitte?« Der Mann am anderen Ende der Gegensprechanlage klang indigniert.
»Wolfgang Schatz vom Detektivbüro Schatz.«
»Ja und?«
»Ich muss zu Dr. Bergmann.«
»Der ist nicht da«, antwortete die blecherne Stimme.
»Und wo ist Frau Wiltzing?«
»Wer soll das sein?«, kam die Gegenfrage.
»Meine Partnerin.«
»Keine Ahnung. Hier nicht.«
»Sie wollte aber zu Dr. Bergmann«, insistierte Lupo.
»Dann hat sie es sich vermutlich anders überlegt. Denn keiner von beiden ist hier.«
Lupo hörte, wie der Typ am anderen Ende die Sprechanlage abschaltete. Er glaubte ihm kein Wort.
Was sollte er jetzt tun? War Dorli wirklich nicht da? Aber wo war sie dann? Oder hielten die sie hier irgendwo fest? Machte es Sinn, die Einfahrt zu blockieren?
Lupo fischte sein Telefon aus der Hosentasche. Er versuchte nochmals Dorli zu erreichen, doch er landete wieder nur auf der Mailbox. Dann drückte er auf die Rückruftaste. Leo Bergler meldete sich fast sofort.
»Na, haben Sie Ihre Partnerin gefunden?«
»Nein. Und angeblich ist sie nie hier gewesen.«
»Gefällt mir gar nicht.«
»Mir auch nicht. Auf dem Handy ist sie auch nicht erreichbar.«
»Ich werde versuchen, es orten zu lassen. Wo sind Sie jetzt?«
»Vor der Einfahrt der Bergmanns.«
»Gut, bleiben Sie dort. Ich rufe Sie zurück, sowie ich was weiß.«
Lupo dachte ohnehin nicht daran, sich von hier wegzubewegen. Nicht ohne Zwang. Nicht ohne Dorli.
Ein älterer Wagen, der Größe nach irgendein amerikanisches Schlachtschiff, näherte sich der Ausfahrt. Sah, dass sie blockiert

war, wendete und fuhr zurück zum Haus. Dort verschwand es um eine Ecke.

»Genau, du Blödmann. Da kommt jetzt keiner raus«, murmelte Lupo.

Was er nicht ahnte, war, dass das Auto kurz darauf das Grundstück über den Hintereingang verließ und rasch Fahrt aufnahm.

49

Dr. Bergmann hatte Dorli freundlich empfangen.

»Sie haben noch Fragen?«

»Nur eine. Warum musste Lukas Smekal auch noch in die Geschichte hineingezogen werden? Reichte es nicht, dass sein Vater von Ihren Leuten umgebracht wurde und seine Mutter in den Selbstmord getrieben?«

»Gnädigste, Sie sprechen in Rätseln.«

»Ach! Und warum musste das Fräulein Tochter dann möglichst weit weg vom Zugriff der österreichischen Exekutive geparkt werden?«, versuchte Dorli ihn zu provozieren.

»Frau Rosi«, rief Dr. Bergmann, »die Dame möchte gehen.«

»Die Dame findet auch allein hinaus«, entgegnete Dorli mit zornfunkelnden Augen. »Wir sehen uns wieder.«

»Das möchte ich doch stark bezweifeln.«

Der Hurensohn lächelte noch dabei! Dorli hätte ihn am liebsten in seine blöde Visage gedroschen.

Sie beeilte sich, aus dem Haus zu kommen. Als die Haustür hinter ihr zukrachte, wandte sie sich jedoch nicht Richtung Ausgang, sondern bog links um die Hausecke. Sie hatte vor, sich ein wenig umzusehen. Sie schlich an der Hausmauer entlang, bis sie zu einer niedrigen Hecke kam. In deren Schatten tauchte sie ein und versuchte, sich darin unsichtbar zu machen. Hinter dem Haupthaus befanden sich zahlreiche Nebengebäude. Ein älteres Herrenhaus, vielleicht das Wohnhaus von Bergmann senior. Dahinter ein weitläufiges Gebäude, etwas heruntergekommen, das Dorli unangenehm an die Unterstufe ihres Gymnasiums erinnerte. Vielleicht waren hier die Wohnungen der Angestellten untergebracht. Anschließend eine Scheune mit weit offenem Tor. Drinnen stand ein Traktor. Mehr konnte Dorli in dem dunklen Raum nicht ausmachen. Irgendwo in der Nähe krähte ein Hahn.

Daneben ein weiterer Bau, der mit seinen riesigen verschlossenen Toren einen abweisenden Eindruck machte.

Was such ich da eigentlich?

Dorli machte sich keine Illusionen. Ihr Plan war auf allen Linien gescheitert. Sie wollte Bergmanns Reaktion auf ihre Anschuldigungen sehen. Doch es gab keine. Vermutlich war der Kerl so abgebrüht, dass ihn so kleine Nadelstiche von unbedeutenden Menschen wie ihr nicht einmal im Entferntesten berührten. Sie beschloss, ihre Erkundigungen aufzugeben, das Grundstück zu verlassen und Lupo anzurufen. Vielleicht hatte er eine Idee, was sie weiter unternehmen sollten.

Sie drehte sich um und schrie leise auf. Hinter ihr stand ein Riese. Und während sie noch überlegte, wie lang er sie wohl schon beobachtete, krachte etwas auf ihren Hinterkopf. Kurz fuhr die ganze Gegend Karussell, dann gingen die Lichter aus.

50

Leo Bergler meldete sich dreißig Minuten später. Lupo kamen sie wie eine halbe Ewigkeit vor.

»Was dauert denn da so lang, ein Handy zu orten?«

»Guter Mann, wir sind nicht CSI Miami. Und es gibt auch noch so etwas wie einen Amtsweg, der eingehalten werden muss.«

»Darauf geschissen! Haben Sie sie gefunden?«, schrie Lupo ungeduldig ins Telefon.

»Nein. Das Handy ist ausgeschaltet. Aber zuvor hat es sich in Eichbüchl eingeloggt. Dorli war also definitiv dort.«

»Sie dreht doch nicht ihr Handy ab!«, rief Lupo aus. »Noch dazu bei so einem heiklen Einsatz.«

»Da sind wir ausnahmsweise mal einer Meinung. Bleiben Sie, wo Sie sind. Ich such mir eine Handvoll Leute zusammen und komme zu Ihnen. Wenn möglich, blockieren Sie die Ausfahrt des Grundstückes so, dass es niemand verlassen kann. Und bitte keine Alleingänge. Es reicht, wenn ich einen von euch suchen muss.«

»Na klar. Hacken S' nur auf mir rum. Als könnte ich was dafür, dass die Dorli da allein rein ist. Ich dachte, sie ist im Gemeindeamt. Aber Sie wussten, dass sie hier ist und es wieder nicht lassen kann, Miss Marple zu spielen.« Und er hätte es auch gewusst, würde er immer seine SMS lesen. Das schlechte Gewissen bescherte ihm noch mehr Magenschmerzen.

»Für Schuldzuweisungen haben wir jetzt keine Zeit. Ich bin in einer halben Stunde bei Ihnen.«

Bis dahin konnte Dorli längst tot sein. Er musste sie finden! Was würden die Kerle mit ihr anstellen, wenn sie ihnen auf die Schliche kam und auf ihren Nerven herumtrampelte? Dorli war zuzutrauen, dass sie dem Bergmann einfach an den Kopf geworfen hatte, dass sie ihn für einen Mörder hielt. Und wenn er nicht wusste, dass sie gar nichts gegen ihn in der Hand hatte, musste er sie zwangsläufig aus dem Verkehr ziehen, wenn er unbeschadet aus der Geschichte herauskommen wollte. Dass Dorli schon tot war, glaubte Lupo nicht. Mit den heutigen Methoden der Spurensicherung war ein Tatort relativ sicher nachzuweisen, auch wenn man als Laie gar nichts erkennen konnte. Und das wusste dieses Lumpenpack sicher auch. Eher hatten sie Dorli betäubt, hielten sie irgendwo im großen Haus verborgen und würden sie vermutlich in der Nacht davonschaffen. Vielleicht aufs Boot, und mitten auf dem Meer ging sie dann mit Betonpatscherln über Bord.

Lupo schüttelte den Kopf. Er musste seine tiefschwarze Phantasie einbremsen. Sonst drehte er durch. *Dorli, wo bist du schon wieder?*

Bald darauf kam ein Polizeiwagen angebraust. Leo Bergler, die Dame von der Stadtpolizei in Wiener Neustadt, die sie bei Lukas Smekals Verhör in Empfang genommen hatte, und zwei ziemlich grüne Jungs, vermutlich frisch von der Polizeischule.

Oh Gott! Und mit dieser kümmerlichen Truppe sollten sie gegen die kriminelle Bande antreten?

51

Dorli erwachte mit einem ordentlichen Brummschädel. Die Welt schwankte unerträglich. Es war zappenduster. Sie versuchte sich aufzurichten und knallte mit dem Kopf gegen Blech. Das tat höllisch weh. Ihr war übel, und der Kopf schmerzte auch schon ohne Rums an der niedrigen Decke. Verdammt, wo war sie? Als Nächstes registrierte sie, dass von unten Rollgeräusche kamen. Sie tastete den Boden rund um sich ab und stellte fest, dass sich unter ihr eine Art Teppichboden befand. Gleich darauf wurde sie auf die andere Seite geworfen. Und da endlich begriff sie, dass sie im Kofferraum eines fahrenden Autos stecken musste.

Ihr schöner Plan hätte nicht mehr aus dem Ruder laufen können. Keine neuen Erkenntnisse, dafür gefangen und auf dem Weg in eine vermutlich ziemlich ungemütliche Zukunft. Wohin würden die sie bringen? Und dann? Sollte sie ermordet werden?

Ich hätte Lupo doch anrufen sollen. Bergler wird gar nix tun, und Lupo weiß wahrscheinlich noch nicht einmal, wo ich war, als ich entführt wurde. Gott, er ahnt nicht einmal, dass ich entführt wurde! Wer weiß, wann er das nächste Mal sein Handy braucht und meine Nachricht entdeckt! Sie hatte sich wieder mal schön in die Scheiße geritten!

Dorli tastete nach ihrem Telefon. Weg, na klar. Ebenso die Handtasche. Alles andere hatte sie noch, außer den Autoschlüsseln. *Vermutlich haben die Arschgesichter auch mein Auto beseitigt.*

Schön langsam wuchs ihr Grant auf sich und die Bergmanns ins Unermessliche. Auf sich selbst, weil sie so blöd war, allein in die Höhle des Löwen zu laufen. Auf die Bergmanns, weil sie mit ihrer vollendet inszenierten Rache an der Familie Smekal nun vermutlich durchkommen würden. Und nochmals auf sich selbst, weil die sie mit Sicherheit umbringen würden. Und was wurde dann aus Idefix?

Sie musste hier raus. Idefix war kein Hund fürs Tierheim. Er liebte die Freiheit, den Wald und sie. Und sie hatte ihn auch ins

Herz geschlossen. Und, Hand aufs Herz, Lupo würde sie sicher auch vermissen. Na ja, wahrscheinlich.

Dorli überlegte krampfhaft, ob es eine Möglichkeit gab, sich aus dem Kofferraum zu befreien. Sie tastete den Inhalt aller Hosen- und Jackentaschen ab. Da war der Wohnungsschlüssel, der hatte einen kleinen Anhänger mit Licht. Das war schon mal gut. Dann eine Packung Taschentücher, einen Euro, den sie immer bei sich trug, für die Einkaufswagerln. Ein kleines Schweizer Messer, das Streichholzbriefchen eines Cafés. Außer dem Lämpchen und dem Schweizer Messer eher unbrauchbare Dinge. Es wunderte sie, dass sie nicht gefesselt war. Warum eigentlich?

Gleich darauf hörte sie leise Stimmen. Sie strengte sich an, zu hören, was sie sagten. Doch sie verstand nichts. Nur Gemurmel. Sie drückte ihr Ohr an die Rückwand der hinteren Sitze. Die fühlte sich seltsam kühl an. Das war keine gepolsterte Rückbank. Hier trennte eine Metallwand den Bereich des Kofferraumes vom Fahrgastraum. War das bei irgendeinem Auto serienmäßig? Immerhin verstand sie nun, was die beiden Männer im vorderen Teil sprachen.

»Die Alte is munter.«

»Dann hau ihr noch eine Dosis rein.«

Woher wussten die, dass sie munter war? Hatten die Infrarotüberwachung im Kofferraum? Dorli hörte es kurz zischen, dann entfernten sich die Geräusche, und die Welt versank wieder im Nichts.

52

»Stürmen wir die Bude mit dem mickrigen Haufen?«, fragte Lupo.

Bergler schüttelte den Kopf. »Ohne ausreichende Verdachtsmomente bekomme ich keinen Durchsuchungsbeschluss. Und ohne den können wir nur freundlich fragen. Und wenn sie uns nicht antworten, mit eingezogenem Schwanz wieder abziehen.«

»Verdammt! Und was tun wir jetzt?«

»Freundlich fragen.«

Blöder Fatzke! Als ob das was bringen würde! Lupo fiel von einer Verzweiflung in die nächste.

Leo Bergler läutete, sie wurden eingelassen, und die Haushälterin griff zum Telefon, als die Polizeibeamten ihr mitgeteilt hatten, was sie wünschten. Wunderbarerweise erteilte der Chef des Hauses die Erlaubnis, dass sie sich im Haus umsehen durften. Abschließend sollten sie ihn in der Bibliothek aufsuchen.

Dann war der Arsch die ganze Zeit da gewesen. Und vor ihm hatte er sich verleugnen lassen! Lupo kochte.

Bergler teilte seine Leute ein, wer wo suchen sollte. Er selbst wollte sich den parkartigen Garten vornehmen, Lupo die Nebengebäude.

»Wir werden nichts finden, das ist Ihnen doch klar?«, fragte Bergler Lupo.

»Und warum suchen wir dann trotzdem?«

»Wegen der unwahrscheinlich kleinen Restchance, dass wir auf einen Hinweis stoßen.«

»Dorli war mit dem Auto hier. Das kann sich doch nicht in Luft auflösen.«

»Nein. Aber jemand kann es weggebracht haben.«

»Wie denn? Ich bin die ganze Zeit mit meiner Karre in der Einfahrt gestanden und hab sie versperrt.«

»Haben Sie kontrolliert, ob es eine weitere Einfahrt gibt?«

»Und wie hätt ich das Ihrer Meinung nach tun sollen? Mit meinem unsichtbaren Zwilling?«

»Cool down! Das war doch nur eine ganz einfache Frage.« Bergler schüttelte den Kopf.

Lupos Grant auf den Kripofatzke stieg ins Unermessliche.

Sie schwärmten aus, durchstöberten jede winzige Kammer und fanden – nichts. Zuletzt trafen Lupo und Leo Bergler bei der Scheune wieder zusammen. Darin stand ein Traktor. Mehr sah man von außen nicht, denn das Innere lag im Dunkeln. Es war sehr still. Man hörte nur das Summen von Insekten und irgendwo in der Nähe das Gackern von Hühnern.

Das Gebäude daneben, mit den großen abgeschlossenen Toren, war vielleicht eine Garage. Lupo ging zu einem der Seiteneingänge und rüttelte am Türgriff. Und zu seinem größten Erstaunen war diese Tür nicht versperrt. Er trat ein, Bergler klebte an seinen Fersen. Er konnte das Rasierwasser des Kerls riechen. Nicht einmal unangenehm, musste er zugeben. Und das machte ihn noch zorniger. Warum konnte der geleckte Pimpf nicht irgendeine furchtbare Schwachstelle haben? Wenigstens eine schiefe Nase oder eine Million Schuppen? Gegen den Superbullen, der aussah wie ein nordischer Gott in Armani, würde er nie eine Chance haben.

Als ob das jetzt nicht wurscht wäre. Er musste Dorli erst einmal finden!

In dem riesigen Schuppen standen sechs Oldtimer in den verschiedenen Stadien der Wiederbelebung. Lupo sah, dass Bergler seine Hand über die schöne rote Karosserie eines alten Ford Mustang gleiten ließ. Ja, der würde ihm auch gefallen.

»Der Wagen, der vorne rauswollte, fehlt.« In Lupos Stimme klang Resignation mit.

»Sag ich doch. So riesige Liegenschaften haben meistens mehr als einen Eingang.«

Lupo schenkte dem Beamten einen Blick, der den Boden in Brand gesetzt hätte, wäre er nicht aus Beton gewesen.

Lupo scannte jeden Zentimeter dieses Bodens mit Argusaugen. Wenn Dorli von hier weggeschafft worden war, dann sicher in einem Auto. Und da sie sonst keine Garage gesehen hatten, war der Wagen vermutlich hier geparkt gewesen. Er wollte schon aufgeben, da sah er aus dem Augenwinkel ein kleines dunkles Viereck unter einem Auto hervorlugen. Er bückte sich und hob das Ding auf. Es war die Hülle von Dorlis Handy!

»Hier!«, rief er Bergler zu. »Hier ist was.«

»Und wie kommen Sie darauf, dass es Dorlis ist? Solche Dinger gibt es wie Sand am Meer.«

»Ja, aber keine, auf der sich ihr Neffe mit Kuli verewigt hat.«

Er zeigte Bergler die kleinen Vertiefungen, wo Peter seinen und Lillys Namen mit Kuli auf die dunkelblaue Lederhülle geschrieben hatte.

»Das reicht. Wir sollten dem Herren des Hauses einen Besuch abstatten.«

Der blieb bei seiner Aussage, dass er Dorli nicht gesehen hatte.

Leo Bergler drückte das Kreuz durch, richtete sich zu seiner vollen Größe auf und erklärte: »Wenn das so ist, dann sollten Sie alle Angestellten zusammenrufen.«

»Und warum?«

»Weil Frau Wiltzing definitiv hier war. Wir haben etwas gefunden, das ihr gehört. Also wird sie ja irgendjemand gesehen haben.«

Bergmann zuckte nicht einmal mit einer Wimper.

»Und wer sagt, dass sie das, was Sie gefunden haben, nicht verloren hat, als sie schon mal hier war?«

»Weil wir wissen, dass sie es bis heute in ihrem Besitz hatte.«

Lupo wusste das keineswegs, er bluffte. Aber andererseits konnte er sich nicht erinnern, Dorlis Handy je ohne die Hülle gesehen zu haben.

Bergmann lächelte wie ein Hai.

Kalt bis in seine Scheißseele, dachte Lupo.

»Frau Rosi, rufen Sie die Leute zusammen. Sie sollen in die Halle kommen.«

Zehn Minuten später schritt Bergmann, gefolgt von vier Polizisten und Lupo, über die Treppe in die Eingangshalle.

»Wer fehlt?«, fragte Bergler.

Die Haushälterin meldete sich zu Wort. »Fritz Engelhofer und Matti Kranz.«

»Was ist mit den beiden Herren?«, erkundigte sich Bergler.

Die Hausdame blickte hilfesuchend zu Bergmann.

»Die beiden holen eine nicht gehfähige Patientin und bringen sie in die Klinik.«

»Wann werden sie dort eintreffen?«

Bergmann warf einen genervten Blick auf seine Breitling. »Irgendwann in der nächsten Stunde, schätze ich.«

»Okay, dann sorgen Sie bitte dafür, dass sie sich bei mir melden, sobald sie in der Klinik angekommen sind.« Und ohne eine Reaktion des Hausherren abzuwarten, wandte sich Bergler an die versammelten Hausangestellten.

»Wir vermissen die Kollegin des Detektivs.« Bergler deutete auf Lupo. »Sie waren beide schon einmal hier. Vielleicht haben Sie sie damals gesehen. Noch wichtiger für uns ist, ob Sie sie heute gesehen haben. Und zwar hier auf dem Grundstück. Wir wissen, dass sie hier war. Wir haben ein Beweisstück gefunden.«

Die versammelten Frauen und Männer blickten unbehaglich zwischen Bergler, Lupo und ihrem Brötchengeber hin und her.

»Überlegen Sie gut. Denn wenn Sie uns etwas verschweigen und Frau Wiltzing etwas zustößt, dann machen Sie sich möglicherweise der Beihilfe zu Entführung und Mord schuldig.«

»Ich bitte Sie!«, mischte sich Bergmann mit einem abfälligen Ton in der Stimme ein. »Wer sollte denn hier eine Frau entführen?«

»Jemand, der schon einen Mann umgebracht hat«, knurrte Lupo.

Die Leute sahen zu Boden, zum Fenster hinaus oder auf ihre Fingerspitzen. Keiner sagte ein Wort.

»Na gut. Und wo sind Ihr Vater und seine Männer?«, wandte sich Bergler barsch an den überheblichen Schönheitschirurgen.

»In Italien.«

»Seit wann?«

»Jedenfalls länger, als Sie die Detektivin vermissen.«

»Kann das jemand bestätigen?« Berglers Wut war fast greifbar.

Lupo war sich nur nicht sicher, wem sie galt. Den Leuten hier, die wie die drei Affen waren. Nichts sehen, nichts hören, nicht sprechen. Oder Dorli, die ihn dazu zwang, etwas zu unternehmen, was er nicht wollte. Oder der Situation ganz allgemein. Weil den Bergmanns wieder nichts zu beweisen war.

»Schön, wie Sie wollen. Dann komme ich später wieder. Mit einem Durchsuchungsbefehl, einem Trupp Polizisten, mit Spürhunden, und Sie alle begleiten uns auf die Wache, damit Sie dort Ihre Aussage machen.«

Bergler pokerte hoch. Doch sein Gegner stand ihm in nichts nach.

»Wie Sie meinen.«

Er drehte sich um und entließ seine Bediensteten mit einer eleganten Handbewegung. Dann stieg er langsam die Treppe hinauf.

»Frau Rosi, begleiten Sie die Herrschaften hinaus.«

Frau Rosi hatte hochrote Backen und eilte geschäftig vor ihnen her zum Eingang. Sie kam mit vor die Tür und gab Lupo zum Abschied die Hand. Bevor er sich noch wundern konnte, fühlte er einen gefalteten Zettel. Er schloss die Finger darum und steckte die Faust in die Sakkotasche.

Sie verließen das Grundstück. Draußen holte Lupo das Stück Papier heraus und entfaltete es. »Sie war um zehn Uhr hier« stand in ungelenken Buchstaben auf dem zerknüllten Blatt.

Wortlos reichte Lupo es an Leo Bergler weiter.

»Woher haben Sie das?«, fragte der mit zornbebender Stimme.

»Von der Haushälterin.«

»Aber gesagt hat sie nichts!«

»Die haben alle Angst«, flüsterte die Polizistin heiser. Dann nieste sie viermal hintereinander. Ihre Augen tränten.

»Sie gehören ins Bett«, stellte Lupo fest.

Sie winkte ab. »Bin nicht verkühlt. Allergie.«

Bergler wandte sich zu ihr: »Dann nimm ein Antihistamin und rotz uns nicht was vor.«

Toller Kollege. Dieser Bergler war doch echt ein Arsch. Was Dorli nur an dem Kotzbrocken fand?

»Und was jetzt?«, fragte Lupo, innerlich angespannt wie eine Saite kurz vor dem Reißen. »Dorli war definitiv hier. Jetzt ist sie wahrscheinlich schon weg. Vielleicht sogar in der Karre, die wegen mir vorne nicht rauskam und gewendet hat und die nirgends in der Garage oder auf dem Grundstück zu sehen war. Das mit dem Durchsuchungsbeschluss war ja auch nur eine leere Drohung, oder?«

Bergler nickte. »Mit dem, was wir in der Hand haben, nämlich ein paar unausgegorenen Vermutungen, beantragt mir kein Staatsanwalt einen Durchsuchungsbeschluss, und kein Richter stellt ihn aus. Aber jetzt zu dem Wagen. Was war das für ein Modell, welches Kennzeichen?«

Lupo zuckte schuldbewusst zusammen. »Ich weiß es nicht«, antwortete er kleinlaut. »Irgendein älterer Amischlitten. Und das Kennzeichen konnte ich nicht erkennen. Ich habe mich auf das Wageninnere konzentriert. Als mich der Fahrer sah, hat er in einem Bogen gewendet und war sofort außer Sicht.«

»Und Sie sind Detektiv?« Bergler schüttelte den Kopf.

»Mhm. Und ob Sie es glauben oder nicht, weder allwissend noch um Ecken sehend, noch kann ich übers Wasser gehen.«

»Aber ang'rührt.«

»Verdammt, haben Sie außer blöden Sprüchen sonst was im Repertoire?« Lupo schrie fast vor Frust.

»Erst mal fahren wir von hier weg. Wir treffen uns in Katzelsdorf, am Parkplatz vom griechischen Restaurant. Dort halten wir Kriegsrat.« Bergler wandte sich an die Jungspunde. »Einer von euch bleibt hier und überwacht unauffällig die Einfahrt, der andere übernimmt den Hintereingang. Und ich will wissen, ob da wer raus- oder reinfährt, und wenn ja, wer.«

Die jungen Männer verschwanden.

53

Als Dorli wieder aufwachte, war ihr kotzübel. Das Auto fuhr noch immer. Sie hatte keine Ahnung, wie lange sie schon in diesem stinkenden Kofferraum lag. Stunden? War noch Tag oder schon Nacht? Mussten die Arschlöcher nicht irgendwann tanken? Oder wenigstens pinkeln? Ihre Blase jedenfalls fühlte sich an, als würde sie gleich platzen. Vielleicht hatten die Scheißkerle getankt, als sie bewusstlos war.

Ihr fiel ein, dass die Entführer irgendwie mitgekriegt hatten, dass sie wach war. Wie das möglich war, entzog sich ihrer Kenntnis. Es galt also, sich so unauffällig zu bewegen, dass sie nichts merkten. Dorli blieb reglos liegen und tastete im Zeitlupentempo mit einer Hand den Teppichboden des Wagens ab. Nichts. Außer ihr lag offenbar gar nichts im Auto. In der nächsten Kurve ließ sie sich auf die andere Seite rollen, sodass sie die Fahrerseite überprüfen konnte. Auch nichts. Doch dann erstarrte Dorli. Ihre Fingerspitzen ertasteten unter dem Teppich eine gerade Linie. Was war das? Es kam mit einer Gummitülle durch die Metallwand, die den Kofferraum gegen die Rücksitze abtrennte, und führte zur Innenverkleidung. Dorli fuhr langsam mit den Fingern hinterher. In jeder Kurve verlor sie den Kontakt und musste wieder von vorne beginnen. Aber eines war sicher: Hier verlief eine Leitung. Sie folgte der kleinen Erhebung mit den Fingerspitzen. In ihrem dröhnenden Kopf keimte eine klitzekleine Hoffnung auf. War das irgendetwas, das sie nutzen konnte?

Plötzlich wurde der Wagen langsamer. Dorli erstarrte. Waren sie am Ziel? Wurde sie jetzt umgebracht? Sie hörte Gemurmel von vorne. Dann stoppte der Wagen. Etwas klapperte, und sie vernahm deutlich die typischen Geräusche, als der Tankstutzen in den Tank gehängt wurde und Treibstoff hineingluckerte. Also noch nicht am Ziel und sie nicht am Ende jeder Hoffnung. Kurz überlegte sie, ob sie sich irgendwie bemerkbar machen sollte. Doch dann siegte die Vernunft. Sie wusste ja nicht einmal, ob Tag oder Nacht war. Was, wenn keine Menschenseele außer den Gangstern in der Nähe war? Sie würden ihr nur umgehend die nächste Dosis des betäubenden Gases verpassen. Sie musste auf die nächste Gelegenheit warten und diese komische Leitung weiter erkunden.

Der Tankvorgang war beendet. Das Auto setzte sich wieder in Bewegung. Allerdings beschleunigte es nicht besonders. Gleich darauf hielt es wieder an. Der Motor ging aus. Was hatten die vor?

Die Türen schlugen zu. Sie hörte einen den anderen fragen: »Bist du sicher, dass die Alte noch weggetreten ist?«

»Logo«, kam es zurück. »Beim ersten Mal hat sie wahrscheinlich nicht die volle Dröhnung gekriegt.«

Schritte entfernten sich. Die gingen weg! Vielleicht war hier eine Raststation.

Dorli richtete sich auf, tastete nach ihrem Schlüssel mit der angehängten LED-Lampe. Sie drückte auf den Einschaltknopf. Nichts geschah. Mist! Ausgerechnet jetzt gab dieses Zeug seinen Geist auf. Einen blöderen Zeitpunkt konnte sie sich kaum vorstellen. Egal, sie musste im Dunkeln tasten, wohin die Leitung führte. Jetzt, da sie nicht mehr durch die Gegend rollte, fiel es ihr um einiges leichter. Ihre Finger erspürten den Übergang von der Verkleidung der Seitenwand zum Heck. Nun wurde es spannend. Fast hätte Dorli aufgeschrien. Die Leitung führte zum Kofferraumschloss! Wenn das ein Auto war, das eine Fernöffnung mit Hebel für den Kofferraum besaß, dann musste sie das Anziehen dieses Hebels simulieren.

Dorli benutzte ihren Hausschlüssel und versuchte die Verkleidung anzuheben. Wieder und wieder rutschte sie ab. Fuhr sich schmerzhaft über die Fingerknöchel, spürte es warm auf der Haut, als sie sich eine blutende Wunde riss. Egal, es wäre sicher weit schmerzhafter, was die mit ihr vorhatten, wenn sie es nicht schaffte, sich zu befreien.

Endlich gelang es ihr, die Verkleidung wegzuheben und die Leitung zu fassen zu bekommen. Als sie eben daran ziehen wollte, hörte sie Stimmen und Schritte. Verdammt, zu spät! Die Männer kamen zurück.

54

Lupo saß in Berglers Wagen und musterte den aufgeputzten Gockel. Der hing mit dem Telefon am Ohr über dem Lenkrad und tippte gleichzeitig irgendwas in ein Notebook.

Na klar, der Pimpf konnte auch noch drei Sachen auf einmal erledigen. Aber Dorli finden, das konnte er nicht.

Seit sie verschwunden war, waren fast vier Stunden vergangen. Da ihr Auto auch nicht aufzufinden war, hatte Bergler es zur Fahndung ausgeschrieben. Dorlis Beschreibung war ebenfalls an alle Polizeidienststellen gesandt worden. Doch es gab nicht die geringste Spur. Weder von ihr noch von ihrem Octavia noch von ihrem Handy.

»Ist denn die Klinik durchsucht worden? Nichts leichter, als jemanden in einem Krankenhaus verschwinden zu lassen«, fauchte Lupo Leo Bergler an.

»Wir haben die Dame am Empfang befragt. Mehr können wir nicht tun.«

»Verdammt noch einmal, was können Sie denn eigentlich tun? Wozu kriegt ihr Heinis eigentlich euer Gehalt?«

»Nur die Ruhe«, meldete sich die Beamtin vom Revier in Wiener Neustadt. »Wir unternehmen, was wir können. Aber Sie wissen sicher, dass eine Vermutung noch lange kein Beweis ist, nicht einmal ein Indiz.«

»Sie haben leicht reden. Nur die Ruhe! Vielleicht ist Dorli gar nicht mehr am Leben. Und Sie sind schuld!«, schrie Lupo Bergler an.

»So, jetzt hören Sie mir einmal zu!«, entgegnete dieser mit gefährlich leiser Stimme. »Nicht ich habe Dorli dazu gebracht, Detektiv zu spielen. Das waren schon Sie. Und im Gegensatz zu zwielichtigen Detektiven muss ich mich an Gesetze halten.«

Lupo setzte zu einer lautstarken Entgegnung an.

»Stopp!«, fuhr die Polizistin dazwischen. »Hört auf, euch zu befetzen! Wenn wir Frau Wiltzing finden wollen, dann sollten wir alle unsere Energie ausschließlich darauf verwenden.«

Bergler nickte. »Sie haben vollkommen recht. Wo könnte sie sein? Im Haus vermutlich nicht mehr. Denn die Beamten dort haben keinerlei Anzeichen dafür bemerkt, dass jemand das Haus hätte verlassen wollen. Und Bergmann und seine Handlanger können nicht wissen, ob wir nicht doch mit einem Durchsuchungsbefehl zurückkehren. Das würde er nicht riskieren.«

»Die alte Dame hat doch was von einem Boot in Italien gesagt.« Lupo hatte sich relativ schnell gefasst. Den LKA-Schnösel niedermachen konnte er immer noch, wenn Dorli etwas zugestoßen war. Und Sandra, so hieß die Polizistin, hatte recht. Sie sollten ihre Energie bündeln, um Dorli zu finden.

»Ja, in Triest. Aber auch wenn es keine Kontrollen mehr an den EU-Grenzen gibt, ist es doch nicht so einfach, mit einer Geisel in ein anderes Land zu fahren.« Leo Bergler kratzte sich am Kinn.

Ich hoff, du kriegst dort die Krätze! Lupo schüttelte den Kopf. »Und wenn sie Dorli betäubt haben? Oder schon umge…« Nein, daran durfte er nicht einmal denken.

Bergler rief einen Plan in seinem Notebook auf. »Wenn sie nach Triest wollen, müssen sie bei Tarvis über die Grenze.«

»Und was ist, wenn sie über Ljubljana fahren? Das ist doch viel kürzer.«

»Dann müssen sie über Slowenien.«

»Na und? Dafür sind sie schneller da.«

»Okay. Wir werden verschärfte Kontrollen an den Grenzübergängen Spielfeld und Tarvis anfordern.« Bergler schlug entnervt auf das Lenkrad. »Wenn wir nur eine Ahnung hätten, was wir suchen. Wie das Auto aussieht, wohin sie fahren, wer die Typen sind. Wir agieren wie Blinde in einem dichten Wald.«

Wie die Polizei halt immer, setzte Lupo stumm hinzu. Gleichzeitig wusste er, dass er dem Mann unrecht tat. Der geschniegelte Affe war ihm zwar von Herzen unsympathisch, aber er hatte wirklich alle möglichen Hebel in Bewegung gesetzt, um Dorli zu finden. Und er selbst war es, der sie in eine unmögliche Situation gebracht hatte. Er hätte damit rechnen müssen, dass sie wieder Extratouren unternahm. Damit nicht genug, hatte er nicht einmal den Wagen näher beschreiben können, der sie möglicherweise fortgebracht hatte.

»Okay. Und was machen wir jetzt?«, fragte Lupo ziemlich kleinlaut. Untätig auf seinem Arsch sitzen bleiben und warten, ob Dorli wieder von alleine auftauchte, konnte er nicht. »Ach was, egal, was ihr macht, ich fahr nach Spielfeld.«

»Und tun dort genau was?«, fragte Bergler zynisch. »Darauf warten, dass Sie jemand freiwillig in den Kofferraum schauen lässt? Bis Sie dort ankommen, sind die längst über alle Berge.«

Sein Telefon klingelte, er nahm ab. Nach einem kurzen Gespräch grinste er. »So, jetzt sind die italienischen Kollegen auch informiert. Aus dem Hafen in Triest kommt nicht einmal eine Maus raus, ohne sich zu identifizieren. Das Schiff heißt *Aphrodite* und liegt im Hafen. Sobald es Anstalten macht, diesen zu verlassen, wird es eine Routinekontrolle geben.«

»Das glauben Sie doch selber nicht. Die Itaker, also ich meine die italienische Polizei, ist ja noch lahmarschiger …« Lupo verlor den Faden. Mit jedem zweiten Wort beleidigte er seinen einzigen Verbündeten.

Bergler verzog sein Gesicht, als hätte er Zahnschmerzen.

»Ich weiß, was Sie von uns halten. Im Fall Smekal hatte das ja auch eine gewisse Berechtigung. Aber ich vertraue darauf, dass die italienischen Kollegen bei einer Entführung genauso rasch und effizient handeln wie die Österreicher.«

Dein Wort in Gottes Gehörgang! Lupos Stimmung schwankte zwischen schuldbewusst, verzweifelt und saugrantig. Mittlerweile wusste er nicht einmal mehr, auf wen er böse sein sollte. Auf sich, weil er Dorli da hineingezogen hatte. Auf Bergler, weil er sie nicht fand. Oder auf Dorli, die aus ihrem letzten lebensgefährlichen Abenteuer anscheinend nichts gelernt hatte.

»Wir fahren jetzt zu mir, und ich mach uns eine Kleinigkeit zu essen«, bestimmte Sandra. »A leerer Sack steht net.«

55

Dorli, die in einer absolut unbequemen Stellung verharrte, konnte die abgelöste Verkleidung kaum mehr halten. Ihre Finger schmerzten, ein Krampf im Unterarm kündigte sich an. Zum Teufel, was taten die so lange da draußen?

Sie hörte ein Feuerzeug klicken. Und dann eine weibliche Stimme, die aus einiger Entfernung quengelte: »Komm endlich! Oder glaubst du, ich will auf diesem Drecksparkplatz meine Jugend verbringen?«

Das sind gar nicht die Entführer! Vor lauter Erleichterung hätte sie fast die Plastikverkleidung des Drahtes losgelassen. Jetzt konnte sie versuchen, die Leitung anzuheben. Was sich wesentlich einfacher anhörte, als es tatsächlich war. Aber irgendwann hatte sie das dünne Kabel vom Blech losgelöst. Jetzt wurde es spannend. Mit einem energischen Ruck zog sie daran. Es passierte – nichts. Hatte sie sich getäuscht? Zu wenig kräftig gezogen? Sie nahm den Hausschlüssel wieder zu Hilfe, steckte ihn unter den Draht und zog jetzt kräftig an beiden Enden des Schlüssels.

Knack! Die Heckklappe sprang auf. Dorli seufzte erleichtert. Sie hatte vielleicht eine Saumas'n! Sie robbte zu dem Schlitz und spähte hinaus. Es war noch hell, ein verwaschenes Grau lag über dem Parkplatz. Kein Mensch weit und breit. Sie konnte nur in eine Richtung blicken, und die Raststation lag vermutlich auf der anderen Seite. Sie musste es einfach riskieren.

Dorli drückte den Kofferraumdeckel auf und wollte hinausspringen. Doch ihre seit Stunden minder durchbluteten Gliedmaßen und der scheußlich schmerzende Kopf bremsten ungeheuer. Auf allen vieren kroch sie zum Kofferraumrand, schwang mühevoll ein Bein nach draußen, danach das zweite. Ein Stück weiter spielten zwei Kinder neben einem Auto. Eines blickte zu ihr rüber, lachte, sagte etwas zum anderen Kind, und dann schauten sie mit offenem Mund zu, was sie tat. Zeit, abzuhauen! Dorli zog den Kofferraumdeckel nach unten und sah in die andere

Richtung. Niemand stürzte auf sie oder das Auto zu. Gut. Ein letzter Blick auf das Kennzeichen. Das sollte sie sich merken.

Sie drückte den Deckel ins Schloss und entfernte sich gemessenen Schrittes und leicht schwankend in Richtung eines kleinen Wäldchens. Hinter einer ausladenden Mülltonne bezog sie einen Beobachtungsplatz und wartete, dass ihre Gliedmaßen wieder funktionstüchtig wurden. Außerdem konnte sie sich endlich erleichtern. Eine volle Blase war eine ganz schön lästige Angelegenheit. Besonders, wenn sie vielleicht demnächst im Eiltempo verschwinden musste. Sie wusste nicht, wie ihre Entführer aussahen, konnte vielleicht nicht einmal ihre Stimmen identifizieren, da sie immer nur das Gemurmel durch die Trennwand gehört hatte. Es waren aber auf jeden Fall zwei Männer.

Dorli hatte weder Geld noch Handy. Wenn sie von hier wegwollte, dann musste sie entweder eine Frau oder ein Pärchen finden, die bereit waren, ihr zu helfen.

Es war vermutlich früher Nachmittag. Der Himmel verhangen, doch es regnete wenigstens nicht. Dorli blickte in die Runde. Sie entdeckte, wo die Einfahrt zur Raststätte und die Tankstelle lagen. Dort musste sie hin. Und dann möglichst eine Mitfahrgelegenheit in die andere Richtung finden.

Als sie sich eben hinter der Mülltonne vorwagen wollte, sah sie zwei Männer Richtung Auto gehen, das sie eben mühevoll verlassen hatte. Der eine war der Riese, der ihr auf dem Anwesen der Bergmanns begegnet war, kurz bevor bei ihr die Lichter ausgingen. Der andere war kleiner, dunkelhaarig, ein drahtiger Typ. Wahrscheinlich der, der ihr von hinten eins übergebraten hatte. Allerdings sah sie ihn nicht von vorne, sondern nur von der Seite. Sie stiegen ins Auto und starteten. Zeit, sich vom Acker zu machen. Bevor die Gauner entdeckten, dass ihre Beute verschwunden war.

Dorli huschte zu den nächsten abgestellten Autos. Dort blieb sie immer in der halben Deckung der Wagen. Erreichte den Lkw-Parkplatz. Hier war es leichter, sich ungesehen fortzubewegen. Dann musste sie einen freien Platz überqueren, ehe sie zur Ausfahrt gelangte.

Bevor sie sich aus der Deckung wagte, hörte sie das Kreischen von Bremsen. Vorsichtig linste sie zwischen Zugmaschine und Anhänger hindurch. Ihre Entführer! Sie musste entdeckt haben, dass der Kofferraum leer war. Die Männer stiegen aus, schrien sich gegenseitig an und blickten sich hektisch um. In dem Moment startete der Laster neben ihr den Motor. Dorli rannte vor zur Beifahrertür und klopfte dagegen. Dann schwang sie sich rauf und riss die Tür auf. Der Mann am Steuer blickte sie entgeistert an.

»Könnten Sie mich ein Stück mitnehmen?«

»Wohin willst denn?«, entgegnete er.

»Egal. Nur weg von hier.«

Dorli überlegte kurz, ob sie dem Chauffeur sagen sollte, dass sie entführt worden war, entschied sich dann dagegen. Was, wenn der keine Scherereien haben wollte?

»Spring rein!«

Super. Sie zog sich mühsam nach oben. Sie war immer noch steif von der unbequemen Reise im Kofferraum.

Als der Truck auf die Ausfahrt zurollte, machte sie sich so klein wie möglich. Die Typen, die sie entführt hatten, liefen systematisch die geparkten Wagen ab. Sie waren jedoch noch bei den Personenwagen. Inzwischen rollte der Truck zur Ausfahrt.

»Streit mit 'm Mann?«, fragte der Trucker.

»So was Ähnliches. Wo fahren Sie denn hin?«, fragte Dorli.

»Nach Spielfeld.«

Aha. Sie war also auf dem Weg nach Slowenien.

Kurz darauf bemerkte Dorli, dass sie sich geirrt hatte. Sie war auf dem Weg von Slowenien nach Österreich!

Der Trucker war ein schweigsamer Typ. Das war Dorli im Moment sehr angenehm. Eine halbe Stunde später kam die Grenze in Sicht. Dorli bat den Mann, sie aussteigen zu lassen, als sie einen Polizisten erblickte. Sie bedankte sich überschwänglich und rannte dann über die Straße. Der Beamte musterte sie misstrauisch.

»Guten Tag. Mein Name ist Dorothea Wiltzing. Ich wurde entführt und konnte flüchten.«

Der Beamte sah sie an, als hätte sie mehrere Schrauben locker. »Können Sie sich ausweisen?«, knarzte er.

»Leider nein. Man hat mir alles abgenommen. Papiere, Handy, Geld.«

»Dann kommen S' einmal mit!«

Der Typ klang nicht gerade freundlich. Er glaubte ihr nicht, wie es schien. Er konnte sie kaum für einen Wirtschaftsflüchtling aus Afrika halten. War er einfach nur sauer, weil sie ihm den Nachmittag mit Arbeit versaute? Um solche Kleinigkeiten konnte sich Dorli im Moment wirklich nicht kümmern. Sie mussten den Grantscherm nur dazu bringen, Leo Bergler anzurufen.

56

Der traurige Haufen, bestehend aus Leo Bergler, Lupo, den unbekannten Grünschnäbeln und Sandra, saß in Sandras kleiner Küche und löffelte Gulaschsuppe. Dazu gab es knusprige Semmeln aus der Tiefkühltruhe, frisch aufgebacken.

Plötzlich läutete Berglers Telefon. Er meldete sich mit vollem Mund. Seine Augen wurden groß. »Wo?«, stieß er aufgeregt hervor. Er bedankte sich, sprang auf und hieb Lupo auf die Schulter.

»Ihre Partnerin ist ein Wahnsinn! Und, das werdet ihr jetzt nicht glauben, sie hat sich selbst befreit, sich das Kennzeichen des Autos gemerkt und eine Beschreibung der Typen geliefert, die sie entführt haben. Die Suchmeldung ist schon raus.«

»Super!«, rief Sandra.

Um Lupo drehte sich alles. Dorli war nichts passiert! »Wo ist sie?«, stammelte er.

»In Spielfeld. Sie können sie dort abholen.«

»Äh … kann ich nicht.«

Bergler starrte ihn verständnislos an. »Und warum nicht?«

»Weil mir der Führerschein abgenommen wurde.«

»Aber Sie sind doch mit dem Auto –«, entgegnete Bergler.

»Ja, aber das war ein Notfall«, unterbrach ihn Lupo. »Hätt ich mich da in die Bahn setzen sollen, die bei vier Fahrten fünf Mal zu spät ankommt?«

»Na, dann passen S' auf, dass die Polizei nix davon erfährt!« Bergler grinste spitzbübisch in die Runde.

Lupo war gar nicht zum Lachen zumute. »Und was ist jetzt mit Dorli?«

»Tja, sie hat weder Geld noch Handy bei sich. Wenn Sie nicht können, muss wohl ich sie holen.«

Lupos Gesichtszüge entgleisten kurz. Doch er hatte sich schnell wieder unter Kontrolle. »Hauptsache, es geht ihr gut.«

Bergler sprang auf. »Dann wollen wir mal. Sie kommen doch mit, oder?«, wandte er sich an Lupo.

Am liebsten hätte er Bergler umarmt. Der war doch nicht so ein blöder Polizistenarsch, wie er immer gedacht hatte. Er war sogar richtig nett, wenn es darauf ankam. Nach diesem Angebot bestand sogar die Aussicht, dass sie irgendwann mal Freunde wurden.

57

Sie waren noch keine halbe Stunde unterwegs, da klingelte Lupos Handy. Eine Zeit lang sprach er aufgeregt und hörte dann wieder fassungslos zu.

Als er aufgelegt hatte, wandte er sich ratlos an Bergler.

»Das war Dorli.«

»Na, was hat sie denn jetzt wieder angestellt?«

»Sie ist schon auf dem Weg nach Hause.«

»Wie bitte?« Leo Bergler ging vom Gas. Der Fahrer hinter ihnen hupte ungehalten.

»Sie hat in Spielfeld jemanden aufgegabelt, der Richtung Wien unterwegs ist und sie mitgenommen hat.«

»Na gut. Und was tun wir jetzt?«

»Sie hat gesagt, wenn wir unbedingt wollen, können wir sie bei der Raststation am Semmering treffen.«

Bergler schüttelte den Kopf. »Wenn wir unbedingt wollen! Die Frau kostet mich die letzten Nerven.«

Lupo nickte. »Und mich erst!«

»Hat sie gesagt, wann sie dort sein wird?«

»Ungefähr in einer halben Stunde.«

Bergler knurrte unwillig. »Wie will sie denn das schaffen?«

Lupo zuckte mit den Schultern. »Keinen blassen Schimmer. Vielleicht hat sie einen Hubschrauberpiloten aufgerissen.«

»Ich trau ihr schön langsam alles zu. Fahren wir halt wieder zurück.«

Bei der nächsten Ausfahrt fuhr Leo Bergler ab und in die andere Richtung wieder auf die Autobahn auf. Die wenigen Kilometer bis zum Semmering legten sie schweigend zurück. Auch während sie auf dem Rastplatz warteten, kam kein Gespräch in Gang.

Plötzlich rauschte ein schweres Motorrad an ihnen vorbei und quietschte sich mit rauchenden Pneus vor der Raststation ein. Ein Pärchen stieg ab. Sie nahmen die Helme ab. Der Mann war ein gut aussehender Kerl mit athletischem Körperbau, mindestens eins neunzig groß, breite Schultern, dunkles Haar. Die Frau war eindeutig Dorli. Sie umarmte den Mann, drückte ihm den Helm in die Hand, den er in einem Köfferchen auf dem Gepäckträger verstaute, und blickte sich dann suchend um.

Leo Bergler stieg aus dem Wagen, während Lupo wie gelähmt sitzen blieb.

»Hallo, ihr Lieben«, grüßte Dorli fröhlich. »Das ist Oberleutnant Leo Bergler vom LKA Sankt Pölten, und das hier«, sie wies auf den Mann in der Motorradkombi, »ist Karsten Renner vom LKA Klagenfurt.«

Die Männer reichten sich die Hand. Mittlerweile hatte auch Lupo seine Schockstarre überwunden und war aus dem Auto geklettert.

»Und das hier ist der Privatdetektiv Wolfgang Schatz aus Wien, der mit mir an dem Fall dran war, der jetzt doch noch geklärt werden wird.«

Lupo und Leo Bergler wechselten einen Blick, den man als Außenstehender vielleicht dahingehend interpretieren könnte, dass sie still resignierten.

Dorli blickte fragend von einem zum anderen. »Was schaut's denn jetzt so drein, wie wenn euch die Hendln 's Brot weggefressen hätten?«

Leo Bergler fand als Erster die Sprache wieder.

»Hallo Dorli.« Und an den Biker gewandt: »Danke, dass du uns Frau Wiltzing in einem Stück wiederbringst.«

»Da war ich nicht beteiligt. Befreit hat sie sich selbst. Tolle Leistung übrigens.« Er grinste Dorli an, als wäre sie seine Freundin, auf die er mächtig stolz war.

»Ein schöner Zufall, dass Karsten gerade einen Halt einlegte, als ich verzweifelt jemanden suchte, der mich mitnehmen würde.«

Dorli lächelte in die Runde und ignorierte Lupos vorwurfsvollen Blick. »Ich hab seine Maschine bewundert, so sind wir ins Gespräch gekommen. Dann hat er mir was zu essen spendiert, dazu noch ein Getränk, und mich zuletzt auf seinem wundervollen Bike mitgenommen.«

»Ich hab heute frei und bin so in der Gegend rumgebolzt«, meinte der Klagenfurter Polizist mit deutlich carinthischem Zungenschlag.

»Und das vermutlich jenseits aller erlaubten Geschwindigkeiten«, knurrte Lupo, »wenn man die Fahrzeit bedenkt. Aber als Kieberer kann man sich das ja leisten.« Niemand beachtete ihn. War auch schon egal.

»Wollen wir?«, fragte Leo Bergler und wies auf seinen Wagen. »Wir brauchen auf der Dienststelle noch ein paar Angaben fürs Protokoll.«

»Schon klar.« Dorli stellte sich auf die Zehenspitzen und küsste den Kärntner links und rechts auf die Wange. »Danke. Bis zum Frühling. Dann treffen wir uns mal mit den Motorrädern!«

»Und du kommst nächstes Jahr zum großen Bikertreff am Faaker See. Da ist die Hölle los!«

»Auf jeden Fall! Und ich nehm die Devils mit.«

Sie schlugen ihre erhobenen Hände gegeneinander.

Bergler und Lupo tauschten einen weiteren verständnislosen Blick, Marke »die Frau hat doch einen an der Waffel«.

Der Kärntner drehte sich um und bestieg sein Motorrad. Diesen Moment wählte eine Taube, um vom Dachrand der Raststation eine geballte Ladung auf das Visier des Bikers abzulassen. Fluchend sprang dieser nochmals ab und riss sich den Helm herunter.

Lupo beglückwünschte die Taube insgeheim für ihre Treffgenauigkeit und freute sich wie ein Schneekönig, dass der Supermann den Scheißdreck abgekriegt hatte und nicht er.

»Sauviech, damisches!«

Der Kärntner Polizist nestelte mühsam ein Papiertaschentuch aus den Tiefen seines Hosensackes und wischte damit mehrfach über das Visier. Der Erfolg war niederschmetternd. Er verteilte den Taubendreck gleichmäßig. Supermann musste in die Raststation, um den Helm und seine Hände zu waschen.

Aus dem Augenwinkel beobachtete Lupo, dass auch Leo Bergler schadenfroh grinste.

Als der Biker endlich losgefahren war und Dorli mit geschlossenen Augen im Fond des Wagens lehnte, gelangte Lupo schlagartig zu der Erkenntnis, dass es ihm wahrscheinlich nie gelingen würde, dieses Wesen, eine Mischung aus herb, wild und zart, jemals zu erobern. Dazu brauchte es vermutlich einen durchgeknallten Typen wie den Kärntner Tempobolzer. Ein wenig, wenn auch nicht allzu sehr, tröstete ihn, dass es auch dem Schnösel Leo Bergler nicht gelingen würde, die wilde Dorli zu zähmen.

Stolz war er trotz allem auf sie. Dank ihr würde Lukas Smekal freigelassen werden und die Bergmanns diesmal nicht ungeschoren davonkommen. Er musste Dorli allerdings schleunigst beibringen, nicht so impulsiv ihr Leben aufs Spiel zu setzten. Da gab es noch eine Menge zu tun für ihn.

Vielleicht würden sie sich dann doch wieder näherkommen?

Warum eigentlich nicht? Er hatte seit der Fahrschule den Motorradführerschein. Gefahren war er allerdings nie. Er hatte zu wenig verdient, sich neben einem Auto auch noch ein Motorrad leisten zu können. Vielleicht sollte er heimlich üben. Und Dorli im Frühling einfach überraschen.

Das war's! Er brauchte ein Bike. Dringend.

58

Auf den Fotos von den diversen Angestellten der Bergmanns, die Bergler Dorli vorlegte, konnte sie zweifelsfrei die beiden Männer identifizieren, die sie entführt hatten. Es handelte sich um Fritz Engelhofer und Mathias Kranz. Die beiden, die laut Dr. Bergmann angeblich eine nicht gehfähige Patientin abgeholt hatten, als sie bei ihm waren. Der Wagen, mit dem Dorli entführt worden war, war sogar auf die Klinik zugelassen und hatte daher ein burgenländisches Kennzeichen gehabt.

»Danke, Dorli«, schloss Leo Bergler. »Tut mir leid, dass ich nicht früher reagieren konnte. Aber daran seid ihr nicht ganz schuldlos. Wie konntet ihr der Polizei das Gutachten der Pathologin vorenthalten?«

Lupo blickte betreten zu Boden. Dorli antwortete für sie beide.

»Lupo brauchte den Auftrag. Und ich fand es aufregend, bei so einer Ermittlung dabei zu sein.«

»Nun, Aufregung ist ja wohl genug für Sie abgefallen. Ich hoffe, Ihnen ist klar, dass ich nicht jedes Mal Kindermädchen spielen kann, wenn Sie sich wieder in Teufels Küche reiten!«

Jetzt nickte Dorli verlegen. Doch dann hob sie ihren Kopf.

»Aber ohne meinen Teufelsritt wäre vermutlich Lukas wegen des Mordes an seinem Vater verurteilt worden.«

»Mag sein. Wäre das Ihr Leben wert gewesen?«

Dorli schluckte. Das war ja das Blöde an der Situation. Sie hatte unüberlegt und impulsiv gehandelt und Erfolg gehabt. Aber es hätte auch ganz anders ausgehen können.

»Wir fahren jetzt gleich los und verhaften den feinen Herrn Medikus. Und seinen Vater und das saubere Fräulein Tochter werden wir zur Einvernahme vorladen. Lupo, wollen Sie dabei sein? Dann fahren Sie mit der Kollegin mit.« Leo Bergler wies mit dem Kopf in Richtung Sandra.

Als sie bei Bergmanns Anwesen ankamen, blinkten dort überall blaue Lichter. Mindestens sechs Polizeiwagen standen vor der Einfahrt.

»Und hinten?«, frage Lupo.

»Dort ist natürlich auch eine Funkstreife postiert. Heute kommt da keiner raus.«

Und doch war einer entkommen, nämlich Bergmann selbst.

Die Haushälterin berichtete, dass er vor einigen Minuten einen Anruf erhalten hatte. Daraufhin sei er in aller Eile und halb angezogen zur Garage gerannt, hatte sich in einen seiner Wagen gesetzt und war davongebraust. Das war gerade mal ein, zwei Minuten her. Wohin Bergmann gefahren war, konnte sie nicht sagen.

Bergler war wütend. »Wenn ich den Sauhund erwisch, der den Bergmann gewarnt hat, dann setzt's was!«

Er rief seine Leute zusammen. »Weit kann der Kerl in der Zeit ja nicht gekommen sein. Straßensperren in alle Richtungen, Umkreis zehn, fünfzehn Kilometer.« Ein ganzer Trupp Beamter schoss davon.

»Welches Auto hat er genommen?«, wandte Bergler sich noch einmal an die Hausdame Rosi.

»Den schwarzen Audi.«

»Na gut. Das ist ein Q7, ein SUV. Der ist zwar nicht so auffällig wie der gagerlgelbe Lamborghini, aber so viele davon gibt es ja glücklicherweise auch nicht auf den Straßen. Kennzeichen?«, knurrte er in Richtung eines seiner Männer. Der sprach ohnehin schon in sein Handy. Lupo vermutete, dass er die Dienststelle dranhatte.

»WB 843 AX«, kam es wie aus der Pistole geschossen zurück.

»Also, Suchmeldung raus. Und wir schauen uns jetzt mal in der Hütte um.« Mit dieser Bemerkung scheuchte er seine Männer in die Eingangshalle.

»Für Sie«, Bergler wandte sich wieder an die Hausdame, »habe ich hier den Durchsuchungsbeschluss. Und rufen Sie alle Bediensteten zusammen. Wir brauchen ihre Aussagen. Dazu noch einen Raum, wo wir sie einzeln vernehmen können. Und wenn es Ihnen irgendwie möglich wäre, für uns noch Kaffee und Wasser zu organisieren, wäre ich Ihnen sehr dankbar.«

»Was soll ich denn mit dem Wisch machen?«, fragte die verunsicherte Frau und hielt den Durchsuchungsbeschluss mit spitzen Fingern weit von sich.

»Für Ihren Boss oder seine Anwälte aufheben«, raunte Lupo ihr ins Ohr, denn Bergler stürmte schon mit seiner Truppe davon.

Kurz darauf kam eine Meldung an Bergler. Eine Polizeistreife hatte Bergmann gesichtet und war an ihm dran. Doch der Mann raste auf der S 31, der Burgenland Schnellstraße, wie ein Wahnsinniger in Richtung A 3. Man vermutete, dass er zur ungarischen Grenze wollte.

»Na den wird doch einer aufhalten können, oder?«

Fritz Engelhofer und Mathias Kranz gingen der Polizei in Italien ins Netz und wurden nach Wiener Neustadt überstellt. Nach anfänglichem Leugnen gestand Engelhofer den Mord an Smekal. Der Auftrag sei von Dr. Bergmann gekommen, »weil seine Tochter einen Blödsinn gemacht habe«.

Während Engelhofer und Kranz verhört wurden, fuhr ein grüner Jaguar vor dem Polizeigebäude vor. Aus diesem stiegen zwei Männer in dunklen Anzügen. Leo Bergler, der gerade gehen wollte, stieß mit ihnen fast zusammen.

»Dr. Lichtenegger und Dr. Stein von der Kanzlei Stein, Lichtenegger und Rogic«, stellte sich einer der Herren bei Leo Bergler vor.

»Oberleutnant Leo Bergler. Sie wünschen?«

»Wir sind die Anwälte von Dr. Bergmann.«

»Gut. Dann wissen Sie vielleicht, wo er ist. Sagen Sie ihm, er soll sich stellen. Und zwar *pronto*!«

»Darüber wollten wir gerade mit Ihnen sprechen.«

59

Lukas Smekal wurde auf freien Fuß gesetzt. Er schien um Jahre gealtert zu sein. Lupo, der ihn gemeinsam mit Beat Eberli abholte und nach Hause brachte, hoffte, dass er nicht nur körperlich, sondern auch geistig gereift war. Lupo hatte damit gerechnet, dass ihn Lukas Smekal anfeinden würde. Ihn beschuldigen, am Selbstmord seiner Mutter schuld zu sein. Und natürlich daran, dass er im Gefängnis gelandet war. Aber nichts dergleichen geschah. War dies nun ein gutes oder ein schlechtes Zeichen?

Lukas' Eltern waren beide tot. Er würde eine Firma erben, die sich aufgrund mangelnder Führung seit Smekals Tod, der Unterschlagungen des Buchhalters und des Fehlens eines Chefs in der Krise in großen Turbulenzen befand. Die Firma und damit die Arbeitsplätze der Mitarbeiter zu erhalten, war eine Herausforderung, die auch stärkere Typen wie Lukas Smekal bis an die Grenzen gefordert hätte. Man durfte gespannt sein, ob der Junge das schaffte. Doch wenn er von seinem Vater auch nur ein wenig geerbt hatte, würde er sich der Herausforderung stellen. Beat Eberli hatte versprochen, dem jungen Mann zur Seite zu stehen.

Lupo war wieder mal sehr zufrieden mit sich. Der Mord an Erich Smekal war geklärt. Zugegebenermaßen mehr durch Dorlis Einsatz als durch seinen. Aber ohne ihn gäbe es keine »Miss Dorli Marple«. Also doch irgendwie auch sein Verdienst.

Der kommende Prozess würde spannend werden. Die Frage blieb offen, ob man Dr. Bergmann, seiner Tochter und dem überlebenden Mörder den Mord würde nachweisen können.

Engelhofer würde seine Aussage vor Gericht nicht wiederholen können. Am Morgen nach seinem Geständnis hing er tot in der Zelle. Angeblich hatte er sich erhängt. Die näheren Umstände waren noch nicht bekannt.

Und Bergmann, das Schwein, saß überhaupt zu Hause in seiner Protzvilla und erwartete auf seinem Luxusanwesen, verwöhnt von einer Unzahl Bediensteter, den Prozess. Seine Anwälte hatten mit Erfolg verhindert, dass er in Untersuchungshaft musste. Gerade mal eine Nacht hatte er in der Haftanstalt verbracht. Dann wurde er auf Kaution freigelassen. Und der alte Bergmann war noch gar nicht wieder im Land. Er war auf hoher See. Bergler hatte ihm erzählt, dass er aus Kreta angerufen hatte. An dem bewussten Abend, als Smekal starb, war er schon auf dem Boot gewesen. Seine Leute konnten das beeiden. Wer sollte ihm das Gegenteil beweisen?

Aber Bergler hatte auch noch etwas anderes getan. Lupo dachte, *mich beißt ein Schwein*, als ihm Bergler einen Zettel in die Hand drückte und dazu meinte, »bei der Dame könnte er sich seinen Schein abholen«. Jetzt fiel es ihm noch schwerer, den Lackaffen zu hassen. Er hatte ihm seinen Führerschein wieder besorgt, lang vor Ablauf der drei Monate.

60

Als Dorli am folgenden Montag das Büro des Bürgermeisters betrat, ahnte sie schon, was sie erwartete.

Kofler stand mit finsterem Gesicht und in die Hüften gestemmten Armen in ihrem Büro.

»Frau Witzling! Und diesmal mein i des grad so, wie i's sag. Auf de Wahlzetteln zur Gemeinderatswahl stehen zwa Listen!«

»Ah ja? Wer außer mir hat denn no rechtzeitig kandidiert?«

»Jetzt tuan S' net so! Sie falsche Schlangen!«

Dorli grinste. »War scho nett, wia Sie dreing'schaut haben, wia i Ihna g'sagt hab, Sie könnten mei Sekretär wer'n.«

Kofler fuchtelte mit erhobenem Zeigefinger vor Dorlis Nase herum.

»Dafür sollten S' eigentlich strafversetzt werden.«

»Ach ja, wohin denn?«

»Wenn i des wüsst, wären S' scho weg.« Der Kofler grinste mittlerweile auch übers ganze Gesicht. »Aber jetzt, so unter uns, verraten S' ma bitte, wia S' des mit der Wahlbehörde wieder hinkriagt haben?«

»Lieber Herr Bürgermeister, des fallt unters Amtsgeheimnis. Und jetzt sollt i, glaub i, an die Arbeit gehn.«

»Richtig. Die Babs is übrigens krank. Sie halt den Stress da net aus.«

Dorli musste sich zusammenreißen, um nicht laut loszulachen. Im Amtshaus Stress? Den gab es überhaupt erst, seit Barbara Schöne hier Einzug gehalten hatte.

»Haben S' eigentlich Ihr Auto wiederkriagt?«

»Bis jetzt nicht. Die Polizei glaubt, dass die Kerle das irgendwo im Ostblock verklopft haben.«

»Und was machen S' jetzt?«

»Wohl oder übel a neues kaufen. Die Versicherung zahlt den Zeitwert.«

»Na ja, wenigstens was. Übrigens, da kenn i an Autohandler ...«

»Danke, aber nein. I bin bei meiner Werkstatt, seit i a Auto hab. Und dort kauf i a meinen neuen Wagen.«

»Na, wia S' wollen. Aber Sie müssen mir übrigens zusätzlich no was organisieren, Frau Wiltzing.«

Wäre ja nicht das erste Mal, dass sie für den Kofler irgendwelche privaten Erledigungen vornehmen sollte.

»Ja? Was denn?«

»Drei Tag nach der Wahl is mei fünfzigster Geburtstag. Und der wird groß g'feiert, egal, ob i g'winn oder net. Können S' da was auf die Fiass stellen?«

Epilog

Der Himmel war blau, zarte Postkartenwölkchen schwebten vom Schneeberg herbei. Eine bleiche Herbstsonne schien auf den Platz vor dem Amtshaus. Dort hatten von Dorli organisierte fleißige Helferlein ein großes Zelt aufgestellt.

Die Wahl war geschlagen. Der Bürgermeister hatte mit einem beachtlichen Vorsprung gewonnen. Dorli, die zum allerersten Mal mit einer Bürgerliste angetreten war, hatte wesentlich mehr Zuspruch erhalten, als irgendjemand sich vor der Wahl hätte vorstellen können. Und das mit einer Jux-Liste, die sie mit ein paar Freunden zusammengestoppelt und eingereicht hatte. Ein Achtungserfolg. Vielleicht sollte sie es bei der nächsten Wahl ernsthaft angehen, sorgfältig ein Programm erarbeiten und richtig Wahlwerbung machen. Dafür war ja diesmal keine Zeit gewesen. Sie war mit Lupo auf Mörderjagd. Jedenfalls war ihr kleiner Erfolg ein Beweis dafür, dass es auch auf dem Land ein paar Leute gab, die sich mit dem System von Lug, Betrug und Filz nicht abfinden wollten. Dorli war immer noch überwältigt von dem Vertrauen, das so viele Menschen aus der Gemeinde in sie setzten.

Der alte und neue Bürgermeister Willi Kofler feierte seinen Wahlsieg und seinen fünfzigsten Geburtstag.

Jede Menge Honoratioren aus der näheren und weiteren Umgebung hatten sich angesagt. Sogar der Landeshauptmann würde auf einen Sprung vorbeischauen.

Schön langsam füllte sich das Festzelt.

Dorli begrüßte die Musiker. Dann kamen die Volkstanzgruppe und die Kinder, die heute wieder einen eigenen Auftritt haben würden.

Selbstverständlich war Lupo auch eingeladen. Er hatte Dorli allerdings nur kurz begrüßt und war dann auf Bär und die Devils zugestürmt. Jetzt unterhielten sich Bär und Lupo bestens, unter Zuhilfenahme beider Arme. Sah witzig aus, wie die herumfuchtelten. Was trieb die beiden eigentlich um? Seit Neuestem heckten die irgendwas miteinander aus. Wenn das mal gut ging!

Die Festreden zogen sich endlos dahin, aber das gab Dorli Zeit, sich auch ein Glas Wein zu holen und durchzuatmen.

Eigentlich konnte jetzt ja nicht mehr viel schiefgehen. Außer, die Schöne soff sich bewusstlos und kippte vom Stuhl. Wäre nicht das erste Mal. Oder dem Max fiel bei der Laudatio das Essen aus dem Gesicht, weil er schon den ganzen Tag bürschtelte. Oder ein Sturm brach los und das Zelt zusammen. Aber das war Wunschdenken.

Dorli nahm ihr Glas und ging zu Lupo und Bär.

»Na, ihr zwei, was habt's denn ihr für Geheimnisse?«

»Wir?«

»Geheimnisse?«

Einer blickte unschuldiger drein als der andere. Was Dorlis Bauchweh verstärkte.

Lore schlenderte herbei und nahm Dorli zur Seite. »Wo is denn dein Hawara vom LKA?«

»Lore, wie oft soll i dir no sagen … Ach, is eh zwecklos. Mei Hawara hat heut Dienst.«

Lore lachte. »Dafür is dein Lupo da.«

»*Mein* Lupo hat neuerdings irgendwas mit Bär am Laufen.«

»Und was stört di dran?«

»Na, i waß net. Die zwa san irgendwie a unheilige Allianz.«

»Geh, sie verstehn se halt guat.«

»Genau des macht ma Sorgen.«

Lore lachte und antwortete etwas, das im Einsetzten der Blasmusik unterging. Und dann kam Lupo auf Dorli zu, schnappte sie am Arm, zog sie auf die Tanzfläche und tanzte mit ihr einen Walzer.

Dorli lag in seinen Armen und fühlte sich wohl. Pudelwohl. Wobei sie das vermutlich in Idefix' Anwesenheit so nicht sagen durfte. Aber »bernerwohl« gab es unter Garantie noch nicht. Und Lupo? Gut sah er aus. Er musste ein wenig abgenommen haben. Wahrscheinlich machte er wieder sein Lauftraining. Oder hatte er keinen Auftrag und kein Geld für Essen? *Ach, hör endlich auf, dir über alles Sorgen zu machen*, schalt sie sich selbst.

Sie musste dran denken, wie er ihr die Leviten gelesen hatte nach ihrem letzten Einsatz. Was sie sich dabei gedacht hätte, so allein loszuziehen. Welche Sorgen er sich gemacht hätte. Und dabei hatte er sie so liebevoll angesehen, dass ihr ganz warm uns Herz geworden war.

In seinen Augen lag ein seltsamer Glanz. Und seine Einserkluft, ein dunkelgrauer Anzug, blank polierte schwarze Schuhe und ein blütenweißes Hemd, strahlte mit ihm um die Wette.

Der Tanz war zu Ende, und Dorli zog Lupo von der Tanzfläche Richtung Bar.

»Wir haben ja noch nicht einmal unseren Erfolg begießen können. Das hol ma jetzt nach!«

Sie bestellte bei dem jungen Mann hinter der Budel zwei Klare.

Dorli hob ihr Glas und sagte: »Auf uns!«

Dann schloss sie die Augen und kippte den Schnaps hinunter. Gleich darauf spürte sie Lupos Hände an ihren Wangen. Und dann küsste er sie sanft. Vor allen Leuten. Und es machte ihr absolut nichts aus. Nicht einmal ein Anflug von Gewaltaktionen gegen Germteig. Ganz im Gegenteil. Es war nämlich wunderschön.

Glossar

a – ein, eine, auch
a Wochen – eine Woche
abgekragelt – umgebracht
abg'haut – weggelaufen
abg'rauscht – davongefahren
abkrageln – ermorden
ablandiger Wind – Wind vom Land Richtung See
abscherren – abkratzen
Achtundachtziger – Heil-Hitler-Fraktion, Altnazis
adjustieren – ankleiden, umkleiden
Affenbluzer – Affenschädel, Dummkopf
afoch – einfach
ah eh nur – ach ohnedies nur
alte Schrapnöln – abfällig für alte Frau
Altvordere – Ahnen
amal, amoi – einmal
an – einen, einem
ana – einer, eine
angefärbelt – angestrichen
angefressenes Gesicht – saures Gesicht
ang'rührt – wehleidig
anlassig – zudringlich
Anpumperer – Angeber
auf die Fiass stellen – organisieren
auf Slip legen – ein Tau so an einem Poller befestigen, dass man es vom Boot wieder lösen kann
aufmucken – aufbegehren
auftuchen – die Segel zusammenbinden
ausg'wachsener – riesiger
Ausputzer – jemand, der Schwierigkeiten beseitigt, egal wie
ausseg'haut – hinausgeworfen
ausseg'schmissen – hinausgeworfen
Äußerln gehen – Gassi gehen mit dem Hund
backbord – links in Fahrtrichtung des Bootes

Backkiste – Stauraum im Heck des Bootes
Bauernjazz – Volksmusik
Baum – unten vom Mast abstehende Querstange, an der das Segel befestigt ist
Baum kommt! – Warnruf, bei einer Wende dreht sich der Baum auf die andere Seite
Beisl – Kneipe, Gasthaus
Beiwagerl – Assistentin
bedingte Strafe ausfassen – Bewährung bekommen
befetzen – streiten
belegen (Tau) – festbinden
betropetzt – betroffen
beuteln – schütteln
Bierhansel – abgestandene Bierreste
Binkel Fetzen – Paket alter Tücher
blazen – weinen
bled – blöd, dumm
Bluzer – Dummkopf
Börsel-schonend – Geld sparend
Budel – Theke, Empfangspult
bummvoll – krachvoll
Burgamasta – Bürgermeister
bürschteln – saufen
buseriert – bearbeitet
damisch – blöd
de – die
Deibel – Teufel
deppat – dumm
des – das
di – dich
do – doch; hier
dreinsah – aussah
durch Sonn und Mond hauen – niedermachen
durt – dort
echauffieren – aufregen
eh – ohnehin

ein paar Beaufort – ein paar Windstärken
einelassen – hereinlassen
einhand segeln – allein segeln
Einserkluft – Sonntagskleider, schönster Anzug
erfangen – erholen
es – ihr
fad – langweilig
Fetzenwind – Sturm
Fiass – Füße
Finanz, die – Finanzamt
Fix Teufel – zum Teufel
Fixnochamoi! – Schimpfwort, wie Himmelarschundzwirn
Flaute – Windstille
fliagst ausse – fliegst du raus
fliagt's – wird sie entlassen
Frame – Spiel beim Billard
fratscheln, ausfratscheln – fragen, ausfragen
Fratz – schlimmes Kind
Funsen – unangenehme, dumme Frau (urspr.: kleines Licht)
Fürstin Bamsti – Adelige, die mit dem gemeinen Fußvolk nichts zu tun haben will
gagerlgelb – quietschgelb
Gatsch – Schlamm
gehatscht – gehumpelt
Gelsen – Schnaken, Mücken
Gelsengitter – Mückenschutz
gengan S' – gehen Sie
Germteig – Hefeteig
Gerschtl – Geld
Gfraster – Gauner
g'hupft – gesprungen
Gierkrampen – Geizhals
giftige Graten – böses Weib
Glatzerte – Männer mit rasierten Köpfen
glei – gleich
gnädig haben – eilig haben

gottvoll – herrlich
Gössermuskel – Bierbauch
Grant – Ärger, Wut
Grantscherm – grantiger Mensch
Greißlerladen – Tante-Emma-Laden
g'schegn – geschehen
G'schichtl drucken – schwindeln
Gschpusi – Verhältnis
Gschrapperln – Kinder
g'schupft – gemanagt
guat – gut
Haarspitzenkatarrh – Kater als Folge eines Besäufnisses
hab mi gern – lass mich in Ruhe
Häfen – Gefängnis
ham – nach Hause
hamdraht – ermordet
hamma – haben wir
hast anschauen lassen – zugemutet hast
hatschert – hinkend
Häuselspray – WC-Duftspray
Hawara – Freund
Haxen – Bein, Fuß
Hearst d' es? – Hörst du es?
Hendln – Hühner
herummurksen – etwas unsachgemäß verändern
hinterfotzig – hinterlistig
Hö! – Halt!
hock di – setz dich
Holler – Blödsinn
i – ich
i steh da mit'm g'waschenen G'sicht – ich steh dumm da
Ihna – Sie
im Stand – im Krankenstand
is – ist
jo mei – Du meine Güte!
ka – kein, keine

ka lukerter Heller – kein Cent
Kajüte – Kabine des Bootes
Kampl, fescher – hübscher Mann
kana – keiner
kane – keine
Kasperl – Clown
Kieberer – Polizist
Klampen – Metallteil zur Befestigung eines Seiles am Boot
Klane – Kleine
kloa – klar
Koffer – Idiot
Koje – Schlafstelle im Schiff
Krachen – Pistole
kramperlt – ärgert
kumman S' – kommen Sie
Lage – Schräglage des Schiffes
Lamourhatscher – langsamer Tanz
lass mi in Kraut – lass mich in Ruhe
Leitl'n – Leute
Lulu – Feigling (urspr.: Urin)
ma – man; mir, wir; meine Güte
Ma – Abkürzung von Marandaner, siehe dort
maan (i) – (ich) meine
Machatschek – einer, der sagt, wo es langgeht
Macheloikes – krumme Geschäfte
Marandaner – Ausdruck der Überraschung (eig.: Maria und Anna)
Marie – Geld
mei – meine Güte
mi – mich
muass – muss
na – nein
Na gengan S'! – Ich bitte Sie!
nachwassern – herausfinden
Narrischer – Verrückter
neichen – neuen
Neidhammel – neidiger Mensch

net – nicht
Netsch – bisschen Geld
nimmer – nicht mehr
nit – nicht
no – noch
no na – natürlich
noamoi – noch einmal
Notstandsgeld – Sozialhilfe
Oasch – Arsch
Oberwappler – großer Dummkopf
Oide – Alte
patschert – ungeschickt
Pantscherl – Verhältnis
pekuniär – geldmäßig
per Hetz – aus Jux
pfiat' di – behüt dich Gott, i. S. von »auf Wiedersehen«
picken – kleben
Pimpf – kleinwüchsiger Junge
Pippimaus – junges Mädchen, eher schüchtern
plärren – schreien
Plicht – offenes Cockpit im Segelboot
porös sein – ärgerlich sein
Primararzt – Chefarzt
Professionisten – Facharbeiter
Puffen – Pistole
Quetschen – Firma
Repetent – Sitzenbleiber, der eine Klasse wiederholen muss
runterratschen – runterrasseln
S' – Sie
Sauhacken – grässlicher Job
Saumas'n – Glück
Sautanz – Schlachtfest, wenn Schweine geschlachtet wurden
Schein zupft – Führerschein abgenommen
schen – schön
schiach – hässlich
Schiffanakeln – Boote

Schippel, ein – eine Menge
Schläge – Richtungsänderungen mit dem Boot
Schleich di! – Hau ab!
Schmarrn – Blödsinn
Schmiss – Narbe im Gesicht, Kennzeichen schlagender Burschenschafter
schmissig – hier: mit einem Schmiss im Gesicht
schnakseln – poppen
Schot – Leine
schrallen (der Wind) – dauernd die Richtung ändern
Schrapnöln, oide – alte, hässliche Frau
Schubhäftling – jemand, der sich in Abschiebehaft befindet
schubladisieren – verschwinden lassen
Schulstageln – Schule schwänzen
schupfen (den Haushalt) – stemmen
Schurl, Schurli – Georg
Schwalbennest – Ausnehmung in der Bootswand innen, Staufach
schwindlicher Typ – windiger Typ
segn – sehen
servas – servus
si – sich
siech – sehe
simma – sind wir
soigniert – gepflegt
sonst kleschtʼs – sonst hau ich dir eine rein
Spinnaker – großes Vorsegel
spitzkriegen – merken
Stagen und Wanten – stehendes Gut am Boot (Versteifungen und Seile)
Stan – Stein
stanzen – kündigen
Steckerlfisch – Fische auf Holzspießen, über offenem Feuer gebraten
steuerbord – rechts in Fahrtrichtung des Bootes
Strichkatz – leichtes Mädchen
Striezel – Hefezopf

Sturmfock – kleines Vorsegel
tan – getan
Trutschen – Tussi
Tschuschen – Ausländer, vorwiegend aus dem ehemaligen Ostblock
tuan – tun
Tuchent – Federbett
Ungustel – unsympathischer Mann
unpackbar – unglaublich
verklopfen, etwas – verkaufen
verkoffern – verfahren
Viech – Tier
waschelnass – triefend nass
waß – weiß
Weidling – Rührschüssel
Wende – Richtungsänderung mit dem Boot
wer'ma – werden wir
wia – wie
wie i haß – wie ich heiße
wurscht – egal
Wuschel – Kosename für einen Hund mit langem, lockigem Fell
z'amm – zusammen
Zeisinge – Gummistrippen mit Holzkugeln am Ende
z'erscht – zuerst
z'samm – zusammen
z'sammkumman – zusammenkommen
zur Veranlagung – zum Anlegen
zwa – zwei

Danksagung

Mein herzlicher Dank geht an die hilfreichen Augen und rauchenden Köpfe von:

- Mike Amon, der mir gestattete, den Namen seiner Gruppe »Greyhound Gang« zu verwenden, ohne eine Ahnung davon zu haben, was ich mit der Band vorhabe. Er wird sich wundern.
- Thomas Bonfert, der sich mit mir und wechselnden Windrichtungen am Neusiedler See auseinandergesetzt hat.
- Sascha Nggalai Erni, der Beat Eberli einen Hauch Schwyzerdütsch verpasst hat. Leider musste ich es ein wenig entschärfen. Wenn dadurch etwas seltsam klingen sollte: »Des isch de Vero ihre Schuld!« Also meine.
- Andreas Gruber, der mit seiner erbarmungslosen, aber ungeheuer konstruktiven Kritik (»Wer soll den Kas lesen? De san ja alle unsympathisch!«) zum Gelingen wesentlich beigetragen hat. Und der eigentlich Schuld ist, dass ich überhaupt schreibe. Beschwerden zu diesem Thema werde ich gerne an ihn weiterleiten!
- Waltraude Trux, die im Gegensatz zu mir immer noch segelt und daher genau Bescheid wusste über neue Sicherheitsvorschriften und Warnungen am Neusiedler See.
- Manfred Wasshuber, der immer als technischer Berater und Erstleser herhalten muss. Dazu kommen noch seine Dienste als Chauffeur, Tontechniker, Buchverkäufer, Fanbetreuer und Fotograf bei Lesungen. Er hat keine Chance zu entkommen, er ist mit mir verheiratet – noch. Denn seit in England einige Fälle von Sklaverei in privaten Haushalten aufgedeckt wurden, kam er ins Grübeln …
- Dem Team von Emons, das wieder von der Geschichte überzeugt war.
- Carlos Westerkamp, der mich mit viel Liebe und Geduld unterstützt hat, sich diesmal nicht nur durch die österreichische Mundart, sondern auch noch die schweizerische kämpfen musste und diesem Krimi mit seinem Lektorat den letzten Schliff verpasste.

- Der größte Dank allerdings gebührt Ihnen, meinen treuen Leserinnen und Lesern. Wenn ich Ihnen einen spannenden und heiteren Abend mit Dorli, Lupo & Idefix bescheren konnte, dann freut mich das sehr.

Veronika A. Grager
SAUPECH
Broschur, 208 Seiten
ISBN 978-3-95451-073-3

»Spannend wird es durch verschiedene Erzählstränge, jedes Kapitel ist einem gewidmet. Ein guter Schuss Humor ist durch reichlich Lokalkolorit und mehr als eine skurrile Wendung auch gegeben. Insgesamt ein rasantes Leseerlebnis.« Alpentourer